afgeschreven

DE VOLMAAKTHEID VAN HET TIJDELIJKE

Gianrico Carofiglio

De volmaaktheid van het tijdelijke

Vertaald door Rob Gerritsen

2011 Prometheus Amsterdam

De vertaler ontving voor deze vertaling een werkbeurs van het Nederlands Letterenfonds.

Oorspronkelijke titel *Le perfezioni provvisorie*
© 2010 Gianrico Carofiglio
© 2011 Nederlandse vertaling Uitgeverij Prometheus en Rob Gerritsen
Omslagontwerp Dog & Pony
Foto omslag Trevillion Images
www.uitgeverijprometheus.nl
ISBN 978 90 446 1688 0

I

Het begon allemaal met een onschuldig telefoontje van een oud-studiegenoot.

Sabino Fornelli is civiel advocaat. Als een cliënt van hem een strafrechtelijk probleem heeft belt hij mij, draagt de zaak aan me over en wil er vervolgens niets meer mee te maken hebben. Zoals veel civiel advocaten denkt hij dat strafrechtbanken beruchte, gevaarlijke oorden zijn waar je je beter verre van kunt houden.

Op een middag in maart, terwijl ik druk bezig was met het bestuderen van een beroep dat ik de volgende dag moest presenteren voor het Hof van Cassatie, werd ik gebeld door Sabino Fornelli. Al verscheidene maanden hadden we niets meer van elkaar gehoord.

'Hallo, Guerrieri, hoe gaat het met je?'

'Goed, en met jou?'

'Z'n gewone gangetje. Mijn zoon zit op een high school in de Verenigde Staten, hij blijft er drie maanden.'

'Mooi zo. Een prima idee, dan heeft hij later iets om op terug te zien.'

'Nou, anders ik wel. Sinds zijn vertrek teistert mijn vrouw me met haar bezorgdheid, ik word er helemaal dol van.'

We gingen nog een paar minuten door met deze beleefdheidsconversatie en kwamen toen ter zake. Hij had twee cliënten die me wilden spreken over een delicate en urgente zaak. Bij de woorden *delicaat en urgent* ging hij wat zachter praten, op een manier die op mij enigszins belachelijk overkwam. De ernstigste zaak die Fornelli tot dan toe aan mij had overgedragen was een dramatisch geval van grove belediging, geweldpleging en huisvredebreuk.

Gezien de vorige gevallen was ik niet zo geneigd om de kwalificatie 'delicaat en urgent' met betrekking tot zaken die Sabino Fornelli aan mij overdroeg serieus te nemen.

'Morgen ga ik naar Rome, Sabino, en ik weet niet hoe laat ik terug ben. Overmorgen is het zaterdag, dus dan kunnen ze – ik wierp een snelle blik op mijn agenda – maandag komen, maar dan wel wat later, 's avonds na achten. Waar gaat het over?'

Er viel een korte stilte.

'Oké, na achten. Maar ik ben er ook bij, ik kom met ze mee, dan kunnen we je het probleem samen uitleggen. Daar zijn allerlei goede redenen voor.'

Toen viel ík even stil. Fornelli had nog nooit cliënten die hij aan mij overdroeg persoonlijk naar mijn kantoor begeleid. Ik stond op het punt hem te vragen wat die goede redenen dan wel waren en waarom hij niets kon loslaten over de telefoon, maar iets weerhield me. Dus zei ik oké, we zouden elkaar om halfnegen op mijn kantoor zien, en vervolgens beëindigden we het gesprek.

Nog een paar minuten bleef ik me afvragen waarover het zou kunnen gaan. Ik kon niets bedenken en ten slotte keerde ik terug naar mijn cassatieberoep.

2

Ik ga graag naar het Hof van Cassatie. De rechters zijn bijna altijd goed voorbereid, het gebeurt zelden dat iemand tijdens de zitting in slaap valt, en de voorzitters zijn in de regel heel voorkomend, ook wanneer ze je vragen het kort te houden en niet te veel tijd te verspillen.

In tegenstelling tot de gang van zaken bij rechtbanken en vooral bij gerechtshoven, maakt het Hof van Cassatie de indruk een wereld te zijn waar orde heerst en waar de rechterlijke macht functioneert.

Het gaat slechts om een indruk, want de wereld is *niet* geordend en de rechterlijke macht functioneert *niet*. Maar het is wel een prettige indruk. Om die redenen ben ik in het algemeen goedgehumeurd wanneer ik een zaak moet behandelen voor het Hof van Cassatie, ook al moet ik er 's ochtends vroeg voor opstaan.

Het was een mooie dag, koud en licht. Het vliegtuig vertrok en arriveerde stipt op tijd wat mijn afgezaagde voorspellingen logenstrafte.

Tijdens de taxirit van de luchthaven naar het Hof van Cassatie had ik een bijzondere ervaring. De wagen was nog maar net vertrokken toen ik een stuk of tien boeken, in goedkope uitgave, op een hoop zag liggen op de rechtervoorbank. Als ik in een huis boeken zie rondzwerven word ik onmiddellijk nieuwsgierig. Kun je nagaan wat er gebeurt als ik boeken in een taxi zie liggen, een plek waar je ze doorgaans niet aantreft. Ik wierp een blik op de omslagen. Er lagen een paar tweederangs detectives, maar ook *Stoplicht* van Simenon, *Een particuliere affaire* van Fenoglio en zelfs een poëziebundel van García Lorca.

'Wat doen al die boeken daar?'

'Die lees ik, tussen ritten door.'

Heel goed. Een bondig antwoord op een stomme vraag. Wat doe je met boeken? Die lees je.

'Nou ja, ik vroeg het meer omdat je niet zo vaak boeken, en dan nog zo veel, aantreft in een taxi.'

'Dat is beslist niet waar. Ik ken heel wat collega's die graag lezen.'

Hij sprak bijna zonder accent, en leek aandacht te besteden aan zijn woordkeus. Hij leek behoedzaam met woorden om te gaan, alsof het tere, en ook enigszins gevaarlijke voorwerpen waren. Scheermesjes.

'Ja, natuurlijk. Maar u heeft hier een hele bibliotheek.'

'Dat is omdat ik graag meerdere boeken tegelijk lees. Het hangt af van mijn stemming. Daarom neem ik verschillende boeken mee, en de boeken die ik uit heb blijven in de wagen liggen, en vormen dan een stapeltje.'

'Ik lees ook graag meerdere boeken tegelijk. Wat bent u nu aan het lezen?'

'Een roman van Simenon. Ik vind het onder andere een goed boek omdat een gedeelte van het verhaal zich in een auto afspeelt, en ik zit altijd in de auto. Ik heb het gevoel dat ik het daardoor beter begrijp. En dan de gedichten van García Lorca. Ik lees graag gedichten, ook al kost het me meer moeite. Maar als ik moe ben, lees ik dat soort boeken.' Hij wees op een van de goedkope detectives. Hij noemde noch de naam van de auteur noch de titel, en dat leek me terecht. Hij sprak op zo'n manier over de boeken die hij aan het lezen was, en over hun impliciete rangorde, dat ik een duidelijke, scherp omlijnde, afgeronde esthetiek meende te zien. Ik kreeg er plezier in. Ik probeerde zijn gezicht te zien, deels van opzij, deels weerspiegeld in het achteruitkijkspiegeltje. Hij was waarschijnlijk zo'n jaar of vijfendertig, hij was bleek en er lag een zweem van verlegenheid in zijn ogen.

'Hoe komt u aan die passie voor literatuur?'

'Als ik dat verhaal vertel zult u het niet geloven.'

'Vertel het toch maar.'

'Tot mijn achtentwintigste had ik nog nooit een boek in handen gehad, behalve schoolboeken. Maar u moet weten dat ik een spraakgebrek had: ik stotterde. Ik stotterde echt heel erg. Zoiets kan je leven verpesten, weet u dat?'

Ik knikte. Toen realiseerde ik me dat hij me niet kon zien, tenminste, niet goed.

'Ja, dat kan ik me wel voorstellen. Maar u spreekt nu heel goed,' zei ik. Ik moest weer denken aan de omzichtigheid, aan de behoedzaamheid waarmee hij met woorden omging.

'Op een bepaald moment kon ik het niet meer aan. Ik ben naar een logopedist gegaan en heb een cursus gevolgd om van het stotteren af te komen. En op deze cursus moesten we boeken lezen, hardop.'

'En zo is het begonnen?'

'Ja. Ik heb het boek ontdekt. Toen de cursus voorbij was, ben ik doorgegaan met lezen. Ze zeggen dat in het leven niets toevallig gebeurt. Misschien stotterde ik omdat ik het boek moest ontdekken. Ik weet het niet. Maar sindsdien is mijn leven totaal veranderd. Ik kan me zelfs niet herinneren hoe ik vroeger mijn dagen doorbracht.'

'Wat een mooi verhaal. Ik zou willen dat mij zoiets overkwam.'

'Hoe bedoelt u? Houdt u dan niet van lezen?'

'Nee, nee, ik ben er juist dol op. Het is misschien wel dat wat ik het liefste doe. Ik bedoelde dat ik best een bijzondere verandering zou willen meemaken, zoals u is overkomen.'

'O, nu snap ik het,' zei hij. Vervolgens zwegen we terwijl de auto doorgleed over de vrije baan van de Via Ostiense.

We kwamen aan op de Piazza Cavour zonder ook maar één keer in de file te hebben gestaan. Mijn vriend, de lezende taxichauffeur, stopte de auto, zette de motor af en draaide zich naar mij om. Ik dacht dat hij ging zeggen hoeveel hij van me kreeg en bracht mijn hand naar mijn portefeuille.

'Er is een zin van Paul Valéry...'

'Ja?'

'Hij gaat min of meer als volgt: de beste manier om je dromen te verwezenlijken is ontwaken.'

We bleven elkaar enige ogenblikken aankijken. In de ogen van de man school iets wat ingewikkelder was dan verlegenheid. Het was een soort vertrouwdheid met angst, een strategie om die te beheersen, in de wetenschap dat hij er was en er altijd zou zijn, altijd op de loer. Ik moet met bevreemding naar hem hebben gekeken. Ik vroeg me af of ik ooit iets van Valéry had gelezen. Ik was er niet zeker van.

'Ik dacht dat die zin u misschien zou kunnen inspireren, vanwege dat wat u straks zei. Over verandering. Ik weet niet of anderen hetzelfde hebben, maar ik wil wat ik lees graag met anderen delen. Wanneer ik een zin herhaal die ik heb gelezen, of een idee, of een gedicht, lijkt het even of ik de schrijver ben. Dat vind ik heel prettig.'

De laatste woorden zei hij op een bijna verontschuldigende toon. Alsof hij zich opeens realiseerde dat hij misschien opdringerig was geweest. Daarom haastte ik mij om te antwoorden.

'Dank u. Ik heb dat ook, al sinds ik een klein jongetje was. Maar ik heb het nooit zo goed kunnen verwoorden.'

Voordat ik uitstapte gaf ik hem een hand en terwijl ik op weg ging om mijn werk als advocaat te gaan doen, bedacht ik dat ik veel liever daar was gebleven, om over boeken en andere dingen te praten.

Ik was minstens een uur te vroeg. Ik wist alles van het proces af, er was geen enkele noodzaak om de stukken nog een keer door te nemen, en dus besloot ik een wandeling te maken. Ik stak de Tiber over via de Ponte Cavour. Het water was geelgroen, en het fonkelende kwikzilverige weerschijnsel bracht me in een vrolijke stemming. Er liepen maar weinig mensen rond, en op de achtergrond waren wat afgezwakt verkeerslawaai en vage stemgeluiden te horen. Ik kreeg het sterke, verrukkelijk onzinnige gevoel dat er speciaal voor mij een geweldige stilte was georganiseerd. Iemand heeft eens gezegd dat momenten van geluk ons onverwachts overvallen en dat we er ons soms – zelfs vaak – niet van bewust zijn. Pas achteraf ontdekken we dat we gelukkig waren, wat natuurlijk tamelijk stom is. Terwijl ik naar de Ara Pacis wandelde kwam een herinnering van heel veel jaren geleden weer bij me boven.

Ik bereidde me voor op de laatste examens, vlak voor mijn doctoraal, samen met twee vrienden. We werden vooral vrienden doordat we samen hadden gestudeerd, doordat we in dezelfde tijd onze doctoraalscriptie hadden geschreven en doordat we in dezelfde examenperiode afstudeerden. Dingen die – althans kortstondig – een band scheppen op bepaalde momenten. In werkelijkheid waren we heel verschillend en hadden we maar weinig echt met elkaar gemeen. Te beginnen bij onze toekomstplannen. In de zin dat zij plannen hadden en ik niet. Zij hadden gekozen voor de rechtenstudie omdat ze een betrekking bij de rechterlijke macht ambieerden, zonder enige twijfel, vastberaden. Ik had me ingeschreven bij rechten omdat ik niet wist wat ik wilde.

Mijn gevoelens ten aanzien van hun vastberadenheid

waren verward. Voor een deel keek ik erop neer. Ik vond het toekomstperspectief van mijn vrienden beperkt en hun droom middelmatig. Een ander deel van mezelf benijdde hen om dat heldere perspectief, om dat duidelijke beeld van een gewenste toekomst. Het was iets wat ik niet goed begreep, wat mij ontging maar wat wel als iets geruststellends op mij overkwam. Een remedie tegen de onderhuidse onrust waarmee mijn wazig wereldbeeld gepaard ging.

Direct na ons afstuderen, zonder echt vakantie te nemen, begonnen zij fanatiek te studeren voor de selectieprocedure. Ík begon fanatiek wat aan te klooien. Ik ging regelmatig naar een advocatenkantoor voor civiele zaken, zonder er iets van op te steken, ik fantaseerde over het volgen van onduidelijke cursussen aan buitenlands universiteiten, ik speelde met de gedachte me in te schrijven aan de letterenfaculteit, ik overwoog me te wijden aan het schrijven van een roman die mijn leven en dat van mijn talloze lezers zou veranderen, en waaraan ik gelukkig zelfs niet ben begonnen. Kortom, ik was een helder type met duidelijke ideeën.

Toen de selectieprocedure voor de rechterlijke macht officieel werd aangekondigd besloot ik plotseling, vooral vanwege die duidelijke ideeën, een toelatingsverzoek in te dienen. Op het moment dat ik het aan Andrea en Sergio vertelde ontstond er een vreemde, enigszins ongemakkelijke situatie. Ze vroegen me wat ik van plan was, aangezien ik sinds de dag van ons afstuderen geen boek meer open had gedaan en dat wisten zij heel goed. Ik antwoordde dat ik de drie maanden die ons scheidden van de schriftelijke examens zou gebruiken om te studeren, dat ik een poging wilde wagen. Misschien zou ik, door te studeren voor dat examen, greep krijgen op wat ik met mijn leven wilde.

Ik probeerde inderdaad om in die weinige maanden te studeren, stiekem de hoop koesterend dat ik geluk zou hebben, dat ik stappen kon overslaan of dat er een wonder zou geschieden. De droom der nietsnutten.

Op een morgen in februari, halverwege de stompzinnige jaren tachtig, vertrokken Andrea Colaianni, Sergio Carofiglio en Guido Guerrieri in de oude Alfasud van de vader van Andrea. Om naar Rome te gaan en deel te nemen aan de schriftelijke examens, om toegelaten te worden als rechterlijk ambtenaar in opleiding.

Van die reis herinner ik me slechts een paar beelden – benzinestations, koffie-sigaret-plassen, een halfuur slagregen midden in de Apennijnen – maar het gevoel van lichtheid en het ontbreken van verantwoordelijkheid is mij helemaal bijgebleven. Ik had een beetje gestudeerd, maar ik had niet echt geïnvesteerd in die onderneming, zoals mijn vrienden. Ik had niets te verliezen, en als ik het niet haalde, wat hoogst waarschijnlijk was, zou niemand kunnen zeggen dat ik gefaald had.

'Maar waarom ga jij eigenlijk mee, Guerrieri?' vroeg Andrea me op een bepaald ogenblik weer nadat hij het geluid van de stereo-installatie zachter had gezet. We luisterden naar een cassette die we speciaal hadden samengesteld voor de reis: 'Have You Ever Seen the Rain?', 'I Don't Wanna Talk about It', 'Love Letters in the Sand', 'Like a Rolling Stone', 'Time Passages', en toen Andrea me die vraag stelde speelde geloof ik Billy Joels 'Piano Man'.

'Dat weet ik niet. Om een poging te wagen, een lolletje, weet ik veel. Ook als ik mocht slagen zou ik een baan bij de rechterlijke macht nog steeds niet zien als een roeping. Ik heb dat heilige vuur van jullie niet.'

Het waren precies de woorden die Andrea op zijn zenuwen werkten omdat het een schot in de roos was.

'Waar heb je het in godsnaam over? Wat nou heilig vuur? Wat heeft het met roeping te maken? Ik heb zin om dat werk te doen, het trekt me aan, ik denk dat ik het leuk zal vinden – dat ik het leuk zóu vinden,' verbeterde hij zichzelf snel, uit bijgeloof – 'en ik zou iets nuttigs kunnen doen.'

'Dat denk ik ook,' voegde Sergio eraan toe. 'Ik denk dat de maatschappij van onderaf verandert. Ik denk dat als iemand rechter is – als hij een goede rechter is, natuurlijk – dat hij helpt de wereld te veranderen, haar te bevrijden van corruptie, van criminaliteit, van rotte plekken.'

Vooral Sergio's woorden zijn me bijgebleven, en als ik eraan terugdenk geven ze me een halfslachtig gevoel, tussen vertedering en verbijstering in. Omdat ik weet hoe die naïeve aspiraties vervolgens zijn verzwolgen door de dodelijke ravijnen van het leven.

Ik stond op het punt te reageren, maar toen bedacht ik, in mijn verwarring, dat ik daartoe geen recht had omdat ik illegaal verbleef te midden van hun dromen. Dus haalde ik mijn schouders op en zette de cassettespeler harder, juist toen de stem van Billy Joel vervloeide en de gitaar van Creedence Clearwater Revival begon: 'Have You Ever Seen the Rain?' Buiten was de onweersbui net opgehouden.

De sollicitatieprocedure bestond uit drie schriftelijke examens: burgerlijk recht, strafrecht en bestuursrecht, en over de volgorde van afneming werd iedere keer geloot.

We begonnen met een opgave over bestuursrecht: het was een onderwerp waar ik absoluut niets van af wist, en na drie uur besloot ik me terug te trekken en mijn verborgen, onzinnige hoop op te geven. Het was voor mij destijds niet weggelegd dat de schuifdeur die toegang gaf tot de wereld der volwassenen voor mij open zou gaan; ik bleef in de wachtkamer. En zou daar nog geruime tijd blijven.

Ik heb mij in de afgelopen jaren soms afgevraagd hoe mijn leven er zou hebben uitgezien als ik, door een gril van het lot, dat examen had gehaald.

Ik zou uit Bari zijn weggegaan, ik zou iemand anders

zijn geworden en waarschijnlijk niet meer teruggekomen zijn. Zoals gebeurde met Andrea Colaianni die het examen wel haalde en ergens ver weg ging werken als officier van justitie, maar die vervolgens zijn ideeën moest bijstellen ten aanzien van de mogelijkheid om in zijn eentje de wereld echt te veranderen.

Sergio Carofiglio heeft het niet gered. Zo mogelijk was zijn wens om rechter te worden nog sterker dan die van Colaianni maar het lukte hem niet de schriftelijke examens te halen. Hij heeft het nog een keer geprobeerd en daarna nog een keer, en toen waren de drie mogelijkheden die de wet toestaat uitgeput. We hadden elkaar al uit het oog verloren toen ik hoorde dat hij ook de derde en laatste keer was gezakt, maar ik moest wel denken aan het verpletterende gevoel verslagen en mislukt te zijn dat hij ervaren moet hebben. Vervolgens leerde hij een meisje kennen, dochter van een industrieel uit de Veneto, trouwde met haar en ging ergens in de buurt van Rovigo wonen. Hij werkte samen met zijn schoonvader en verdronk zijn bitterheid en zijn gefrustreerde dromen in de mist. Of misschien zijn dat dingen die ik alleen denk en is hij rijk en gelukkig, en was het voor hem gewoon de kans van zijn leven dat hij geen rechter is geworden.

Nadat ik mij had teruggetrokken uit de selectieprocedure bleef ik in Rome. De pensionkamer was voor drie dagen vooruitbetaald, dat wil zeggen voor de hele periode van de schriftelijke examens. Dus terwijl mijn vrienden bezig waren met strafrecht en burgerlijk recht, had ik onverwachts de mooiste vakantie van mijn leven in Rome. Omdat ik niets te doen had maakte ik lange wandelingen, kocht boeken voor de halve prijs, strekte mij uit op de banken van de Villa Borghese, las, en schreef zelfs. Een aantal afgrijselijke gedichten die gelukkig verloren zijn gegaan. Op de Spaanse Trappen raakte ik bevriend met twee te dikke Amerikaanse meisjes, we aten samen een pizza maar de uitnodiging om de avond voort te zetten in hun appartement sloeg ik af omdat ik dacht een blik van verstandhouding tussen hen te bespeuren, en hun gewicht inschattend op tachtig à negentig kilo per persoon, overwoog ik dat het goed is om mensen te vertrouwen, maar nog beter om dat niet te doen.

In die lauwe, onverwachte februarimaand in Rome wemelde de wereld van oneindige mogelijkheden terwijl mijn leven zweefde tussen het *geen* jongen *meer* zijn en het *nog geen* man zijn. Het was een subtiele grens, euforisch en tijdelijk. Het was heerlijk om me daar te bevinden, op die grens. Alleen dat wat tijdelijk is, is volmaakt.

Dat alles herinnerde ik me tijdens dat uur dat zich door een wonderlijk soort alchemie losgemaakt leek te hebben van de tijd, net zoals die zoete dagen van twintig jaar geleden. Ik had het onzinnige, extatische gevoel dat de band op het punt stond teruggedraaid te worden en dat er voor mij een nieuw begin aankwam. Er ging een huivering door me heen, een siddering. Verrukkelijk.

Toen realiseerde ik me dat het tien uur was geworden, ik liep het gevaar te laat te komen, en keerde snel terug naar de Piazza Cavour.

3

Wanneer je naar het Hof van Cassatie gaat moet je eerst langs de togazaal.

Het dragen van een toga is verplicht tijdens de zittingen van het Hof, maar behalve advocaten uit Rome neemt niemand zijn eigen toga mee, en je moet er dus een huren, alsof het ging om een toneelkostuum of een carnavalsvermomming.

Zoals altijd stond er een kleine rij voor de togazaal. Ik keek om me heen, op zoek naar bekende gezichten maar ik zag niemand die ik kende. Vlak voor me stond wel een type dat het eindproduct leek van herhaalde, verwoede paringen tussen bloedverwanten. Hij had zwarte, zware wenkbrauwen, onrustbarend blond geverfd haar met rode schakeringen, een opvallend vooruitstekende onderkaak en een groen jasje van een vage Tiroler snit. Ik zag zijn signalementfoto al in een krant staan met het onderschrift: 'Bende pedofielen opgerold', of op een verkiezingsaffiche vergezeld van een fraaie, racistische slogan.

Ik nam mijn gehuurde toga in ontvangst en moest me bedwingen om er niet aan te ruiken omdat dat mij de hele morgen een licht gevoel van walging zou hebben gegeven. Zoals altijd moest ik een paar seconden denken aan hoeveel advocaten hem hadden gedragen, en hoeveel zaken er door hen waren behandeld. Vervolgens zei ik, zoals altijd, tegen mezelf dat het een banale gedachte was en ging op weg naar de rechtszaal.

Mijn proces was een van de eerste en een halfuur na het begin van de zitting was ik aan de beurt.

De rechterrapporteur vertelde in een paar minuten het verhaal van het proces; hij legde uit waarom mijn cliënt was veroordeeld en verklaarde ten slotte de beweegredenen van mijn beroep.

De verdachte was de jongste zoon van een notabele uit Bari. Ten tijde van het ten laste gelegde, dat wil zeggen acht jaar geleden, was hij eenentwintig en ingeschreven bij de rechtenfaculteit, met zeer gering resultaat. Hij had veel meer succes als cocaïnedealer. Iedereen die in een bepaalde ambiance cocaïne nodig had of wilde gebruiken – en soms ook andere middelen – kende hem. In zijn werk was hij nauwkeurig, punctueel en betrouwbaar. Hij bezorgde aan huis en zijn vermogende cliënten hoefden zich dus niet te verlagen tot zo'n overduidelijk vulgaire onderneming als het op zoek gaan naar een dealer.

Aangezien iedereen hem kende en wist wat hij deed kregen op een bepaald moment ook de carabinieri hem in de gaten. Ze luisterden zijn mobiele telefoons af en schaduwden hem een aantal weken, en toen, op het juiste moment, doorzochten ze zijn huis en zijn garage. En in de garage vonden ze bijna een halve kilo Venezolaanse cocaïne van uitstekende kwaliteit. Aanvankelijk probeerde hij zich nog te verdedigen door te zeggen dat die drugs niet van hem waren, dat ook andere bewoners toegang hadden tot de garage en dat dat spul van iedereen kon zijn. Vervolgens confronteerden ze hem met zijn telefoongesprekken en ten slotte besloot hij, op aanraden van zijn advocaat – ik dus – om gebruik te maken van zijn zwijgrecht. Het was een klassiek geval waarin iedere verdere verklaring tegen hem gebruikt zou worden.

Na een paar maanden voorlopige hechtenis werd hem huisarrest opgelegd en iets meer dan een jaar na zijn arrestatie kwam hij op vrije voeten met de verplichting een vaste verblijfplaats te kiezen en zich regelmatig te melden bij de politie. Het proces nam zijn loop en, los van alle omhaal, draaide mijn verdediging erom dat de afgetapte telefoongesprekken in deze zaak niet als bewijs ingebracht konden worden. Als dit argument werd geaccepteerd, zou dat de positie van het OM ernstig verzwakken.

Ik had het argument van de onbruikbaarheid van de afgetapte telefoongesprekken aangevoerd voor de rechtbank. Ze hadden mijn verzoek verworpen en mijn cliënt veroordeeld tot tien jaar gevangenisstraf en een buitensporig hoge boete geëist. Ik had het argument nogmaals aangevoerd voor het gerechtshof. Die hadden mijn verzoek opnieuw verworpen maar hem wel strafvermindering gegeven.

Hetzelfde argument had ik aangevoerd bij het Hof van Cassatie en die ochtend was ik daar om een laatste poging te ondernemen om mijn cliënt – die intussen een serieuze baan had gevonden, en een partner en een zoontje had – een fiks aantal jaren gevangenisstraf te besparen, nog afgezien van eventuele gratie, vervroegde invrijheidstelling en dergelijke. Bij de zittingen van het Hof van Cassatie is gewoonlijk geen publiek aanwezig, de rechtszalen hebben hun eigen abstracte plechtige karakter, en bovenal worden er uitsluitend juridische kwesties behandeld: de botte concreetheid van de feiten waarmee strafprocessen zich bezighouden blijft buiten de gecapitonneerde vertrekken van het Hof.

In principe zijn alle omstandigheden aanwezig om de situatie en de uitspraak te ontdoen van de emotionele lading van de voorafgaande stadia.

Maar dat is niet zo, om een heel duidelijke reden.

Wanneer je bij het Hof van Cassatie bent beland ben je heel dicht bij het einde van het proces. Een van de mogelijke uitkomsten van de zitting is dat het Hof je beroep verwerpt. En als het Hof je beroep tegen een veroordeling verwerpt kan het gebeuren dat de volgende stap voor jouw cliënt het betreden van de gevangenis is, om zijn straf uit te zitten.

Daardoor wordt dat wat er bij het Hof van Cassatie gebeurt geenszins abstract; het verandert het verheven karakter van de zalen en de zitting in een dramatische voorbode van geenszins verheven, vaak afschuwelijke zaken.

De procureur-generaal eiste verwerping van mijn beroep. Hij sprak kort maar het was duidelijk dat hij het dossier had bestudeerd, en de afloop was geenszins te voorzien. Doeltreffend bestreed hij de onderbouwing van mijn argumenten en ik bedacht dat ik, als ik een van de rechters was geweest, overtuigd zou zijn en de appellant ongelijk zou hebben gegeven.

Vervolgens richtte de voorzitter zich tot mij: 'Mijnheer de advocaat, het college heeft het beroep en ook uw memorie gelezen. Uw gezichtspunt is duidelijk uiteengezet. Ik zou u willen verzoeken om u tijdens de behandeling te beperken tot fundamentele aspecten of zaken die niet aan de orde zijn gekomen in het beroep en in uw memorie.'

Zeer voorkomend en helder. Maakt u alstublieft voort, herhaal niet wat we al weten en laat ons geen tijd verliezen.

'Dank u, mijnheer de voorzitter. Ik zal proberen het zo kort mogelijk te houden.'

Ik hield het inderdaad kort. Ik zette nogmaals uiteen waarom volgens mij de afgetapte telefoongesprekken ontoelaatbaar verklaard moesten worden als bewijs en waarom het vonnis dus vernietigd moest worden. In iets meer dan vijf minuten was ik klaar. De president bedankte mij dat ik de belofte om het kort te houden was nagekomen, hij vroeg mij vriendelijk om te vertrekken en riep om de volgende zaak. De beslissing zou 's middags bekend worden gemaakt. Het Hof van Cassatie gaat als volgt te werk:

alle beroepszaken worden achter elkaar behandeld en pas aan het eind trekken de rechters zich terug in de raadkamer. Daar komen ze, vaak laat in de middag, weer uit en lezen dan alle beslissingen achter elkaar op. Gewoonlijk vindt dat oplezen plaats in een lege rechtszaal omdat niemand zin heeft om uren en uren in de gangen te wachten, te midden van verontrustende marmeren beelden en het geluid van wegstervende voetstappen. Voor advocaten, vooral voor degenen die zoals ik van buiten Rome komen, werkt het als volgt: je wendt je tot een portier, vraagt hem om je te informeren over de uitkomst van je zaak, je overhandigt hem een opgevouwen papiertje met je mobiele nummer, en daartussen een bankbiljet van twintig euro.

Dan vertrek je, en vanaf dat moment schrik je iedere keer als je mobiel gaat op omdat het de portier kan zijn die je op ambtelijke toon de uitslag van het proces meedeelt.

Het gebeurde terwijl ik op de luchthaven was, ik stond op het punt in te stappen en mijn telefoon af te zetten.

'Advocaat Guerrieri?'

'Ja?'

'De uitslag van uw beroep. Het Hof heeft het beroep verworpen, en veroordeelt u tot het betalen van de proceskosten. Goedenavond.'

Goedenavond, zei ik tegen een stilgevallen telefoon omdat die kerel onmiddellijk de verbinding had verbroken om naar iemand anders te bellen en ook hem, tegen een (geringe) vergoeding, de uitslag van zijn zaak door te geven.

In het vliegtuig probeerde ik te lezen, zonder succes. Ik zat te overwegen wanneer ik mijn cliënt zou vertellen dat hij binnen enkele dagen de gevangenis in moest om daar jaren te blijven. Dat vooruitzicht bracht me in een akelige, treurige stemming die voortkwam uit een gevoel van vernedering.

Ja, ik weet het. Hij was een drugsdealer, een misdadiger dus, en als hij niet was gepakt zou hij waarschijnlijk zijn doorgegaan met die handel en er de vruchten van hebben geplukt. Maar in de jaren tussen zijn arrestatie en het vonnis van het Hof van Cassatie was hij een ander mens geworden. Ik vond het onverdraaglijk dat het verleden weer opdook in de kille, wrede vorm van een vonnis van het Hof, en zijn leven veranderde in een puinhoop.

Na verloop van zo veel jaren kwam het mij voor als een daad van geweld. Des te zinlozer omdat je zelfs niemand als schuldige kon aanwijzen.

Terwijl ik deze dingen dacht dutte ik in, een lichte, koortsige slaap. Toen ik mijn ogen weer opende waren de lichtjes van de stad vlakbij.

4

Toen ik weer thuis was belde ik mijn cliënt en ik probeerde de loodzware stilte te negeren die tussen ons ontstond toen ik hem het bericht doorgaf. Ik probeerde het hele leven te negeren dat tijdens die stilte ineenstortte, en nadat ik de telefoon had neergelegd bedacht ik dat ik te oud begon te worden voor dit werk.

Vervolgens probeerde ik mijn maal te doen met wat er in de ijskast lag, maar waar het uiteindelijk op neerkwam was het achteroverslaan van bijna een hele fles Primitivo met een alcoholpercentage van 14,5%. Ik sliep weinig en slecht, en het hele weekend sleepte zich langzaam, moeizaam en grauw voort. Zaterdag ging ik naar de bioscoop en koos de verkeerde film. Toen ik buiten kwam wachtte mij een fijne, onverbiddelijke motregen. Omdat die regen de hele zondag aanhield bracht ik die dag thuis al lezend door, maar ik koos ook de verkeerde boeken en het mooiste van de dag waren nog een paar oude afleveringen van *Happy Days*, op een satellietzender.

Toen ik maandagochtend opstond, ging ik bij het raam staan en zag dat er een klein zonnetje door de resterende wolken scheen en ik was blij dat het weekend voorbij was.

Ik bracht de hele ochtend door in het gerechtsgebouw, met onbeduidende zittingen en rondjes langs griffies.

's Middags ging ik naar kantoor. Mijn nieuwe kantoor. Het was al meer dan vier maanden in gebruik, maar iedere keer als ik de zware geblindeerde deur openduwde die de architect per se had willen aanbrengen had ik hetzelfde gevoel van ontheemding. En iedere keer stelde ik mezelf dezelfde reeks vragen. Waar was ik in godsnaam? En vooral: wie had mij zover gekregen om mijn oude, kleine, gerieflijke kantoor te verlaten en te verhuizen naar die onpersoonlijke plek waar een chemische geur hing van plastic, hout en leer?

In werkelijkheid waren er verscheidene voortreffelijke redenen geweest voor die verhuizing. In de allereerste plaats had Maria Teresa eindelijk haar rechtenstudie afgerond en me gevraagd of ze op mijn kantoor mocht blijven, maar dan als praktiserend advocaat en niet meer als secretaresse. Zo was de noodzaak ontstaan om iemand anders te vinden die zich zou bezighouden met het secretariaat. Ik nam daarvoor een man aan van een jaar of zestig, Pasquale Macina geheten, die heel veel jaren had gewerkt voor een oudere collega van me en die zonder werk was komen te zitten toen die collega stierf.

Min of meer in dezelfde periode vroeg een vriend van me, een professor aan de universiteit, of zijn dochter, die strafpleiter wilde worden, op mijn kantoor mocht komen werken. Ze had het advocatenexamen al gedaan, maar had zich op het kantoor van haar vader altijd met civiele zaken beziggehouden en nu had ze zich gerealiseerd dat ze daar helemaal niets aan vond.

Consuelo is een aangenomen dochter en komt uit Peru. Ze heeft een donker, pafferig gezicht, met wangen die haar op het eerste gezicht een komische aanblik geven, die van een hamster. Als je echter op bepaalde momenten haar blik opvangt besef je dat *komisch* niet het juiste woord is voor haar. Wanneer op die momenten de zwarte ogen van Consuelo ophouden met glimlachen, geven ze een heel simpele boodschap af: om mij de strijd te doen staken, zullen jullie me moeten doden.

Ik nam haar aan, en zo groeide het aantal gebruikers van het kantoor in een paar maanden van twee naar vier, een kantoor dat daarvoor al redelijk klein was en dat nu te krap was geworden.

Ik moest een nieuwe plek zoeken. Ik vond een groot appartement in de oude stad, een prachtig pand dat echter van onder tot boven verbouwd moest worden. Op verbouwen ben ik ongeveer net zo dol als op hemorroïden. Ik vond een architect die dacht dat hij een kunstenaar was en die niet lastiggevallen wilde worden door de mening van de opdrachtgever of door banale zaken zoals de prijs van materialen en meubels, of het oplopen van zijn honorarium.

Een boze droom van drie maanden was nodig om het werk te voltooien. Ik zou tevreden moeten zijn, maar het lukte me niet om te wennen aan de nieuwe situatie. Het lukte me niet om me te identificeren met het type advocaat dat een dergelijk kantoor bezit. Als ik een kantoor binnenkwam zoals het mijne – voordat het het mijne was – dacht ik altijd dat de eigenaar een lul was. Nu was ik zelf die lul, en ik had er moeite mee om dat idee te accepteren.

Ik sloot de nutteloze geblindeerde deur achter me, groette Pasquale, groette Maria Teresa, groette Consuelo en trok mij terug in mijn kamer. Ik zette de computer aan en na enige ogenblikken verscheen de agendapagina met de afspraken voor die middag. Dat waren er drie. De eerste was een gemeentelandmeter die de neiging had een beloning te vragen voor het niet tegenwerken van de zaken waarmee hij was belast. De technische term voor dit gedrag is afpersing en dat is een nogal onverkwikkelijk misdrijf. Het huis van de landmeter was doorzocht door de financiële recherche en nu was hij ten prooi aan paniek, ervan overtuigd, en niet zonder goede reden, dat ze hem ieder moment konden arresteren. De tweede afspraak was met de vrouw van een oude cliënt van me, een beroepsdief die voor de zoveelste maal was gearresteerd. Ten slotte zou tegen sluitingstijd mijn collega Sabino Fornelli komen met zijn cliënten, vanwege de zaak waarover hij mij niets via de telefoon had kunnen zeggen.

Ik ontving de landmeter en vervolgens de vrouw van de dief, samen met Consuelo. Wanneer ik haar voorstel, kijken de cliënten altijd enigszins verbijsterd.

'Dit is mijn collega Favia, ze zal samen met mij uw zaak behandelen.'

Collega?

Deze vraag is altijd, min of meer duidelijk, te lezen in de blik van elke cliënt. Dan preciseer ik: '*Advocaat* Consuelo Favia. Ze werkt al een paar maanden bij mij. We zullen samen uw zaak behandelen.'

Hun verbijstering is enigszins terecht, en heeft in de regel niets met racisme te maken. In Bari, en in Italië in het algemeen, verwacht men nog niet dat een meisje met een donkere huid en gelaatstrekken uit het Andesgebergte het beroep van advocaat uitoefent.

De landmeter had een horloge dat hij zich met zijn salaris nooit had kunnen permitteren, hij droeg een antracietkleurig pak en een zwart t-shirt van een playboy in blessuretijd, en stond op de rand van een zenuwinzinking. Hij zei dat hij niets kwaads had gedaan, dat hij hoogstens wel eens een fooi had aangenomen of een cadeautje. Op basis van vrijwilligheid, voegde hij er ter verduidelijking aan toe. Maar wie nam nu nooit een cadeautje aan, kom nou? Liep hij het risico gearresteerd te worden? Hij liep toch niet het risico *gearresteerd* te worden?

Nu is het zo dat ik delinquenten als die landmeter verafschuw. Ik verdedig ze omdat ik op deze manier mijn brood verdien, maar, eerlijk gezegd, zou ik geneigd zijn om ze allemaal in een ongemakkelijke cel te smijten en me onherroepelijk te ontdoen van de desbetreffende sleutel. Na hem zo'n twintig minuten te hebben aangehoord, moest ik de aandrang om zijn bezorgdheid eerder te vergroten dan te verlichten onderdrukken. Ik zei dat we het huiszoekings-bevel en de daarmee verbandhoudende beslaglegging moes-ten bestuderen om een duidelijk oordeel te kunnen geven, en dat we beide zaken eventueel bij het Hof van de Vrij-heid zouden moeten aanvechten. Vervolgens zouden we beoordelen of het opportuun was om met het Openbaar Ministerie te spreken. Ik raadde hem aan geen compro-mitterende gesprekken te voeren via de telefoon of op de plekken die de financiële recherche had doorzocht en waar ze allerlei soorten afluisterapparaatjes hadden kunnen plaatsen. Ten slotte zei Consuelo koel dat we hem over een paar dagen weer zouden oproepen en dat hij zich thans naar het secretariaat kon begeven om een voorschot te storten.

Ik aanbid haar wanneer ze me verlost van de akelige taak om met cliënten over geld te praten.

De vrouw van de dief, mevrouw Carlone, was veel min-der opgewonden. Het was voor haar geen nieuwe ervaring om met een advocaat te spreken over de justitiële proble-men van haar man, ook al was deze zaak beslist veel ern-stiger dan normaal. Het rechercheteam had een langdurig onderzoek ingesteld naar een onrustbarende reeks diefstal-len, ze hadden telefoons afgeluisterd, verdachten gevolgd, vingerafdrukken genomen in de leeggehaalde apparte-menten, en ten slotte hadden ze de heer Carlone en vijf van zijn vrienden gearresteerd, op beschuldiging van meer-voudige diefstal met braak en het vormen van een crimi-nele organisatie. Carlone had een encyclopedisch strafblad (ook al was het nogal eentonig, aangezien hij zijn hele leven uitsluitend een dief was geweest). Toen de vrouw ons dan ook de enige vraag stelde die haar echt interesseerde

– namelijk wanneer hij weer thuiskwam –, was ons antwoord dat dat niet zeker was en zeker niet snel zou gebeuren. Vooralsnog zouden we het bevel tot voorlopige hechtenis aanvechten bij het Hof van de Vrijheid, maar, zei ik tegen *madame* Carlone, ze kon zich beter niet te veel illusies maken, zelfs niet als slechts de helft van wat er in het bevel stond terug te vinden was in de onderzoeksverslagen.

Toen de vrouw was vertrokken droeg ik Consuelo op om de stukken te bestuderen die de landmeter en de vrouw van de dief hadden meegebracht, en twee opzetten te maken voor het appèl bij het Hof van de Vrijheid.

'Mag ik iets zeggen, Guido?'

Zo introduceert Consuelo een onderwerp waarvan ze weet of veronderstelt dat het discussie zal veroorzaken. Het is niet een manier om toestemming te vragen, het is een stijlfiguur, het is haar manier om aan te kondigen dat ze op het punt staat iets te zeggen wat mij misschien niet zal bevallen.

'Jazeker.'

'Ik hou niet van klanten zoals...'

'Zoals onze landmeter. Dat weet ik. Ik houd er ook niet van.'

'Waarom accepteren we ze dan?'

'Omdat we strafpleiters zijn. Of liever gezegd: ik ben strafpleiter, en als jij doorgaat met het opwerpen van dit soort problemen, eindig je nog eens voordat je bent begonnen.'

'Zijn we verplicht alle cliënten te accepteren die zich tot ons wenden?'

'Nee, dat zijn we niet verplicht. We accepteren dan ook geen pedofielen, verkrachters en maffiosi. Maar als we ook de brave ambtenaar die steekpenningen aanneemt of burgers chanteert gaan afwijzen, dan kunnen we ons net zo goed beperken tot mensen die in beroep gaan tegen opgelegde parkeerboetes.'

Ik wilde subtiel sarcastisch zijn maar ik was me bewust van een toon van lichte irritatie die mijn stem anders deed klinken. Ik had last van het feit dat ik het met haar eens was en dat ik in dit gesprek de rol moest spelen die me het minst beviel.

'Maar als je geen zin hebt om het te doen, ik bedoel dat beroepschrift voor die clown met zijn Rolex, dan doe ik het wel.'

Ze schudde haar hoofd, pakte alle stukken en stak toen haar tong tegen me uit. Voordat ik kon reageren draaide ze zich om en liep de kamer uit. Deze scène bracht bij mij een onverwachte vorm van ontroering teweeg. Een soort familiegevoel, een gevoel van huiselijke intimiteit, van vredigheid gemengd met flarden nostalgie. De mensen die met mij het kantoor deelden, vervingen het gezin dat ik niet had. Eventjes moest ik bijna huilen, vervolgens wreef ik mijn ogen uit, ook al waren ze niet echt vochtig, en ik zei tegen mezelf dat het beter was om stapsgewijs kinds te worden dan in één keer. Ik kon nu beter gaan werken.

Om halfnegen, terwijl Maria Teresa, Pasquale en Consuelo vertrokken, arriveerde Sabino Fornelli met zijn cliënten en hun mysterieuze zaak.

5

De cliënten van Fornelli waren een man en een vrouw, een echtpaar. Zo te zien een jaar of tien ouder dan ik, dacht ik. Een paar dagen daarna, toen ik de verslagen las met hun persoonsgegevens, ontdekte ik dat we bijna leeftijdgenoten waren.

Van de twee werd ik het meest getroffen door de man. Hij had een lege blik, gebogen schouders, en zijn kleren slobberden om hem heen. Toen ik hem begroette, voelde ik de hand van een ongelukkig, futloos wezen.

De vrouw zag er normaler uit, ze was met enige zorg gekleed, maar ook haar ogen hadden iets ziekelijks, het gevolg van een gekwetste ziel. Het was alsof er een vochtige, koude windvlaag door mijn kamer ging toen ze binnenkwamen.

We stelden ons aan elkaar voor met een enigszins ongemakkelijk gevoel dat tijdens het hele bezoek niet zou verdwijnen.

'Mijnheer en mevrouw Ferraro zijn al jaren cliënten van me. Tonino, Antonio – hij knikte in de richting van de man, waarschijnlijk uit angst dat ik zou denken dat de vrouw Tonino heette – heeft een aantal keuken-en-woninginrichtingzaken in Bari en omstreken. Rosaria was lerares lichamelijke opvoeding, maar een paar jaar geleden heeft ze haar baan opgegeven en doet nu de administratie voor hem. Ze hebben twee kinderen.'

Op dat moment onderbrak hij zichzelf en zweeg. Ik

keek naar hem, vervolgens naar Antonio, bijgenaamd Tonino, en toen naar Rosaria. Daarna keek ik weer naar Fornelli met een vragende glimlach om mijn mond die bijna verstrakte tot een grimas. Van buiten drong het lawaai door van op elkaar botsend blik en ik nam aan dat er twee auto's op elkaar waren geklapt. Fornelli ging door.

'Een meisje, de oudste, en een jongen van zeventien. Hij heet Nicola, en doet gymnasium bèta. Het meisje heet Manuela, is tweeëntwintig en studeert aan de Luiss-universiteit in Rome.'

Hij pauzeerde even, alsof hij op adem moest komen of kracht moest verzamelen.

'Manuela is zes maanden geleden verdwenen.'

Ik weet niet waarom ik mijn ogen half sloot bij deze onthulling, maar ik moest ze onmiddellijk weer opendoen omdat ik in het duister van mijn oogleden verblindende lichtbollen zag.

'Verdwenen? Hoe bedoel je "verdwenen"?'

Wat een uiterst scherpzinnige vraag, dacht ik een seconde later. *Hoe bedoel je 'verdwenen'?* Bedoelden ze misschien verdwenen tijdens eens goochelvoorstelling? Je bent vanavond wel op je best, Guerrieri.

De vader keek naar me. Zijn gezicht had een ondefinieerbare uitdrukking; er bewogen een paar gezichtsspieren alsof hij zou gaan praten, maar hij zei niets. Ik had de indruk dat het hem gewoonweg niet lukte. Terwijl ik naar hem keek schoten de woorden van een oud lied van De Gregori door mijn hoofd: *Kennen jullie misschien een meisje uit Rome wier gezicht doet denken aan een ingestorte dam?* Het gezicht van de heer Ferraro, meubelverkoper en wanhopige vader, leek op een ingestorte dam.

De vrouw nam het woord.

'Manuela is verdwenen in september. Ze had het weekend doorgebracht bij een paar vrienden die een trullo hebben tussen Cisternino en Ostuni. Op zondagmiddag heeft een meisje haar weggebracht naar het station van Ostuni. Vanaf dat moment weten we niets meer.'

Ik knikte, niet wetend wat te zeggen. Ik had solidariteit willen laten blijken, medeleven, maar wat zeg je tegen ouders die wanhopig zijn omdat hun dochter is verdwenen? Ach, wat naar voor u, maakt u zich maar niet ongerust, zulke dingen gebeuren. U zult zien dat uw dochter binnenkort weer boven water komt, het leven zal zijn normale gang weer nemen en alles zal slechts een nachtmerrie lijken.

Een nachtmerrie? Als een volwassen vrouw al een hele tijd wordt vermist – en zes maanden ís een hele tijd – dan is haar iets ergs overkomen, of ze heeft er bewust voor gekozen om ervandoor te gaan. Natuurlijk bestaat de mogelijkheid dat ze haar geheugen kwijt is, dat ze ergens rondzwerft en vroeg of laat wordt gevonden. Dat overkomt bejaarden soms. Manuela is echter geen bejaarde. Overigens, wat had een advocaat hiermee te maken? Waarom waren ze naar mij toe gekomen? Ik vroeg me af op welk moment ik die vraag zou kunnen stellen zonder ongevoelig te lijken.

'Die vriendin is natuurlijk gehoord door de politie, of door de carabinieri?'

'Natuurlijk. Het onderzoek is gedaan door de carabinieri. We hebben kopieën van alle stukken, ik zal ze je brengen,' zei Fornelli.

Waarom zou je mij die stukken brengen? Ik schuifelde heen en weer op mijn stoel, wat ik altijd doe als ik niet begrijp wat er aan de hand is en me ongemakkelijk voel.

'Maar ik kan je nu alvast een samenvatting geven. Manuela had zelf geen auto, ze was met vrienden meegereden naar het trullidorp. Op zondagmiddag moest ze weer naar huis en omdat niemand haar een rechtstreekse lift naar Bari kon geven, heeft ze zich naar het station van Ostuni laten brengen om de trein te nemen.'

'Staat het vast dat ze die trein heeft genomen?'

'We denken van wel, ook al weten we het niet met zekerheid. Wel staat vast dat ze een kaartje heeft gekocht.'

'Op grond waarvan zeg je dat het vaststaat dat ze een kaartje heeft gekocht?'

'De carabinieri hebben de kaartjesverkoper gehoord, ze hebben hem foto's laten zien en hij kon zich Manuela herinneren.'

Ik vond dat vrij ongewoon. Kaartjesverkopers, net als andere beroepsgroepen die in contact staan met het publiek, kijken hun klanten nauwelijks aan. Ze zien hen bijna niet, en in ieder geval vergeten ze hen onmiddellijk. Dat is normaal, er komen zo veel gezichten langs en die kunnen ze onmogelijk allemaal onthouden, tenzij er een bijzondere reden voor is. Fornelli voelde aan wat ik dacht en antwoordde zonder dat ik de vraag had gesteld.

'Manuela is een heel mooi meisje, ik denk dat de kaartjesverkoper haar daarom heeft opgemerkt.'

'En volgens jou heeft men niet kunnen nagaan of ze inderdaad in die trein gestapt is?'

'Dat heeft men niet met zekerheid kunnen vaststellen. De carabinieri hebben de conducteurs van alle middagtreinen gehoord. Slechts een van hen meende zich te herinneren een meisje te hebben gezien dat op Manuela leek, maar hij was er lang niet zo zeker van als de kaartjesverkoper. Laten we zeggen dat ze waarschijnlijk in die trein is gestapt – later zie je de verslagen van de carabinieri wel – maar we kunnen daar niet zeker van zijn.'

'Wanneer is het tot hen doorgedrongen dat ze verdwenen was?'

'Tonino en Rosaria hebben een villa in Castellaneta Marina. Ze waren daar met Nicola. Manuela had een paar dagen bij hen doorgebracht en was daarna weer weggegaan. Ze had gezegd dat ze het weekend zou doorbrengen in een trullo van vrienden. Vandaar had ze gebeld om te zeggen dat ze zondagavond weer terug zou gaan naar Rome, met de trein of met de auto als ze van iemand een lift kon krijgen. De week daarop moest ze naar de universiteit om te praten met een professor, geloof ik, of met iemand op het secretariaat.'

'Ze had een afspraak met een professor,' zei de moeder.

'Juist. Het is in ieder geval pas maandag tot hen doorgedrongen dat hun dochter verdwenen was. Tonino en Rosaria zijn zondagavond thuisgekomen in Bari. De volgende morgen is er niet getelefoneerd, maar dat was vrij normaal. 's Middags heeft Rosaria gebeld, maar de mobiele telefoon van Manuela was niet bereikbaar.'

De moeder viel weer in, terwijl de vader zweeg.

'Ik heb twee of drie keer geprobeerd te bellen maar haar telefoon was niet bereikbaar. Toen heb ik haar een sms gestuurd of ze wilde terugbellen maar dat deed ze niet, en vanaf dat moment begon ik ongerust te worden. Ik heb haar de hele middag gebeld maar haar telefoon bleef uit staan. Ten slotte heb ik Nicoletta gebeld, de vriendin met wie ze het appartement in Rome deelde, en die zei dat Manuela nooit was aangekomen.'

'Maar weet u of ze langs huis is gegaan in Bari?'

Fornelli gaf antwoord omdat Rosaria nu buiten adem was, alsof ze een paar trappen had beklommen.

'De conciërge woont in het gebouw en ook op zondag zit ze altijd bij de entree, en die heeft haar niet gezien. In het huis bleek uit niets dat ze langs was geweest.'

'Nadat ze met Nicoletta hadden gesproken, hebben ze nog een paar andere vrienden van Manuela gebeld, maar niemand wist iets. Behalve dat ze in een trullo had gelogeerd en zondagmiddag was vertrokken. Toen hebben ze de carabinieri gebeld – het was zo langzamerhand nacht – maar die zeiden dat ze niets konden doen. Als het een minderjarige had betroffen hadden ze een onderzoek kunnen instellen, maar het betrof een volwassen vrouw die vrij was om te gaan waar ze wilde, om haar telefoon uit te zetten et cetera.'

'En toen hebben ze hun aangeraden de volgende morgen langs te komen om officieel aangifte te doen.'

'Precies. Op dat moment hebben ze geprobeerd de politie te bellen maar daar kregen ze min of meer hetzelfde antwoord. Toen hebben ze mij gebeld. Tonino wilde in de auto stappen en naar Rome gaan, ik heb hem dat uit zijn hoofd gepraat. Wat kon hij in Rome doen? Waar kon hij naartoe gaan? Ze hadden al met de vriendin van Manuela gesproken en die had uitgesloten dat zij thuisgekomen was, en er was ook nog eens geen enkele zekerheid dat ze inderdaad naar Rome was vertrokken. Integendeel. Die nacht hebben we doorgebracht met het opbellen van alle vrienden van Manuela van wie we de telefoonnummers konden vinden, maar zonder enig resultaat.'

Heel even werd ik de exacte, verstikkende, onverdraaglijke paniek gewaar waarmee die nacht doordrenkt moet zijn geweest, te midden van koortsachtige telefoongesprekken en sluipende, onuitsprekelijke angsten.

Ik had de even absurde als concrete aandrang om op te staan en mijn kantoor uit te vluchten om te ontsnappen aan die paniek. En inderdaad wist ik enige ogenblikken te ontkomen; ik trok me in mezelf terug, alsof ik me had laten wegzuigen naar een veiligere, minder benauwende plek. Ik ben er zeker van omdat ik een stuk van het relaas van Fornelli gemist moet hebben. Ik herinner me hoe zijn stem weer uitkwam boven de mist van die verdoving, halverwege een verhaal waaraan hij al was begonnen tijdens mijn afwezigheid.

'...en op dat moment beseften ze dat er een echt probleem lag, en is het onderzoek gestart. Ze hebben een heleboel mensen gehoord, ze hebben de gesprekstabellen opgevraagd, de nummers van inkomend en uitgaand verkeer van de mobiele telefoon van Manuela, ze hebben de geldopnames met haar bankpas gecontroleerd en haar computer onderzocht. Ze hebben er serieus aan gewerkt, maar in al deze maanden is er niets bruikbaars naar boven gekomen en vandaag weten we nauwelijks iets meer dan wat we op de eerste dag wisten.'

Waarom vertelden ze mij dit verhaal? Wellicht was het moment aangebroken om die vraag te stellen.

'Dat spijt me erg. Kan ik jullie op een of andere manier van dienst zijn?'

De vrouw keek naar mijn collega. Ook de man draaide zich langzaam om en keek naar hem, met dat gezicht dat op het punt leek te verbrokkelen. Fornelli keek ze even aan, en wendde zich toen weer tot mij.

'Een paar dagen geleden ben ik gaan praten met de substituut-officier van justitie die over het dossier gaat.'

'Wie is dat?'

'Een zekere Carella, hij is er nog niet zo lang, zeggen ze.'

'Dat klopt, hij is kort geleden gekomen, uit Sicilië, geloof ik.'

'Wat vind je van hem?'

'Ik ken hem nog niet zo goed, maar ik zou zeggen: een fatsoenlijke man. Misschien een beetje grijs, maar hij lijkt me niet iemand die alleen maar zijn salaris opstrijkt.'

Onwillekeurig, en bijna onmerkbaar, vertrok Fornelli zijn gezicht voordat hij weer begon te praten.

'Toen ik hem opzocht om te proberen de stand van zaken te bepalen, zei hij dat er voorbereidingen werden getroffen om het om te vragen de zaak te seponeren. De zes maanden waren bijna voorbij en hij had niets in handen om een verzoek tot verlenging van het onderzoek kansrijk te achten.'

'En wat zei jij?'

'Ik heb geprobeerd hem duidelijk te maken dat de zaak niet op deze manier afgesloten kon worden en hij antwoordde dat als ik suggesties had voor verder onderzoek, ik daarmee moest komen en dat hij dan rekening zou houden met mijn verzoek. Zo niet, dan zou hij om seponering vragen wat natuurlijk niet de hervatting van het onderzoek in de weg stond als er vervolgens nieuwe elementen naar boven zouden komen.'

'Dat klopt,' zei ik terwijl het me begon te dagen waarom ze bij mij waren gekomen.

'Op mijn aanraden willen Tonino en Rosaria jou de taak toevertrouwen om het dossier te bestuderen en op zoek te gaan naar mogelijkheden tot verder onderzoek die we het om kunnen suggereren, om te voorkomen dat de zaak wordt geseponeerd.'

'Ik dank jullie zeer voor jullie vertrouwen, maar dit is werk voor een detective, niet voor een advocaat.'

'We durven het niet aan om ons rechtstreeks te wenden tot een privédetective. Jij bent strafpleiter, je bent goed, je hebt heel veel dossiers gezien, je weet wat een onderzoek is. Het spreekt vanzelf dat geld het minste probleem is. Er is genoeg voor jou en voor een eventuele detective die je zou willen inhuren als medewerker.'

Overigens bestond er niet eens een standaard om mijn honorarium te berekenen voor dergelijke professionele handelingen. Het professionele tarief voorziet niet in 'opsporingsadviezen in verband met vermiste personen'. Deze vervelende gedachte kwam in mijn hoofd op zonder dat het goed tot mij doordrong, en gaf me een ongemakkelijk gevoel. Daarom keek ik om me heen, mijn blik viel op het gezicht van de vader en ik had het gevoel dat hij misschien medicijnen nam. Psychofarmaca. Misschien dat zijn afwezige gelaatsuitdrukking daardoor werd veroorzaakt. Mijn ongemakkelijke gevoel nam toe. Ik vond dat ik beleefd nee moest zeggen, en daarmee uit. Dat het niet eerlijk was om illusies te wekken en hun geld aan te nemen. Maar ik wist niet hóe ik het moest zeggen.

Ik voelde me het neppersonage uit bepaalde hard-boiled detectiveromans van het tweede garnituur. Zo'n cliché-detective die een cliënt op bezoek krijgt, en zegt dat hij de zaak niet kan aannemen – alleen maar om een beetje vaart en spanning aan het verhaal te geven – en vervolgens verandert hij van idee en gaat erop los. En natuurlijk lost hij de zaak op.

Maar in deze zaak viel niets op te lossen. Misschien zouden ze nooit meer iets van dat meisje horen; of misschien wel, maar dan was ik niet de persoon van wie ze het nieuws konden verwachten dat ze wilden horen.

Ik sprak zonder het te merken en zonder volledige greep op mijn woorden te hebben. Zoals mij soms gebeurt zei ik iets anders dan wat ik dacht.

'Ik wil niet dat jullie je illusies maken. Waarschijnlijk – hoogst waarschijnlijk – hebben het OM en de carabinieri alles gedaan wat ze konden. Als er grove nalatigheden zijn kunnen we overwegen enig onderzoek te doen en een verzoek indienen tot toevoeging van bewijsmateriaal, maar, ik zeg het nogmaals, maak je niet te veel illusies. Zei je dat je een volledige kopie van het dossier hebt?'

'Ja, ik breng het je morgen.'

'Goed, maar je hoeft zelf niet te komen, je kunt het ook door een van je medewerkers laten brengen.'

Met een onhandig gebaar haalde Fornelli een envelop tevoorschijn en gaf die aan mij.

'Dank je, Guido. Dit is een voorschot op je kosten. Tonino en Rosaria staan erop dat je het aanneemt. We zijn er zeker van dat je iets voor ons zult kunnen doen. Dank je.'

Waarom niet, dacht ik. Ik los dat mysterie wel even op

tussen een glas whisky en een lekkere knokpartij. Ik voelde me net Nick Belane, de groteske privédetective van Charles Bukowski, en dat had niets amusants.

Na hen naar de deur te hebben gebracht liep ik door het duistere, verlaten kantoor weer terug naar mijn kamer. Even voelde ik de onrust opkomen die deed denken aan de angst van een kind. Ik ging aan mijn bureau zitten en keek naar de envelop die was blijven liggen waar Fornelli hem had neergelegd. Vervolgens deed ik hem open en haalde er een cheque uit waarop een buitensporig hoog bedrag stond. Even werd mijn ijdelheid gestreeld, maar die maakte snel plaats voor gêne.

Ik vond dat ik de cheque terug had moeten geven, maar direct daarna realiseerde ik me dat voor de Ferraro's – en misschien ook voor Fornelli – dat geld een manier was om hun angst in bedwang te houden. Het gaf hun de illusie dat de betaling onvermijdelijk gevolgd zou worden door een concrete, nuttige daad. Als ik de cheque had teruggeven zou ik hebben bevestigd dat er inderdaad niets meer aan te doen was en zou ik hun die minimale tijdelijke verlichting hebben afgenomen.

En dat kon ik dus niet. Tenminste, niet direct.

Het lukte me niet het gezicht van Antonio Ferraro, bijgenaamd Tonino, uit mijn hoofd te zetten. Onmiskenbaar gek geworden van verdriet door het verlies van zijn eerstgeboren dochter.

Ik maakte verbinding met YouTube, en vond dat oude lied. Ik legde mijn voeten op mijn bureau en deed mijn ogen half dicht terwijl de eerste akkoorden van een live-opname begonnen.

Hij woont nu in Atlantis met een hoed vol herinneringen.

Hij heeft het gezicht van iemand die het heeft begrepen. Dat bedoel ik.

6

Op straat was het koud, vooral vanwege de mistral.

Ik had geen zin om naar huis te gaan, ik had geen zin me terug te trekken in de eenzaamheid die af en toe wel erg uitdijde in de kamers van mijn appartement. Ik had er behoefte aan mijn kwade, sombere sappen te laten verdampen, voordat ik ging slapen. In de tweede plaats had ik er ook behoefte aan iets voedzaams te eten en iets troostrijks te drinken. Daarom besloot ik naar het Chelsea Hotel te gaan.

Dat was niet het beroemde, uit rode baksteen opgetrokken hotel in 23rd Street op Manhattan, maar een etablissement – in de wijk San Girolamo in Bari – dat ik een paar weken geleden had ontdekt en dat mijn favoriete plek was geworden voor de avonden die ik niet thuis wilde doorbrengen.

Sinds ik was verhuisd naar mijn nieuwe kantoor had ik de gewoonte ontwikkeld om lange wandelingen te maken in onbekende gedeeltes van de stad. Ik verliet na tienen het kantoor, zoals die avond, at snel een broodje, een stuk pizza of sushi en dan ging ik op weg, met de tred van iemand die een duidelijk doel voor ogen heeft en geen tijd te verliezen. In werkelijkheid hoefde ik helemaal geen duidelijk doel te bereiken, ook al zocht ik hoogstwaarschijnlijk wel iets.

Die wandelingen vervingen de bokstraining wanneer ik daar echt geen zin in had, maar ze dienden vooral als verkenning van de stad en van mijn eenzaamheid. Af en toe stond ik stil bij de gedachte hoe flinterdun mijn sociale banden waren geworden sinds Margherita was vertrokken; en des te meer sinds ze me had laten weten niet terug te zullen komen.

Ik had heimwee naar mijn vorige leven – of liever gezegd naar mijn vorige *levens.* Mijn min of meer normale levens. Naar de tijd dat ik getrouwd was met Sara of naar de tijd dat Margherita er nog was. Maar het was een lichte heimwee, zonder pijn. Of in ieder geval een pijn die te verdragen was.

Soms kwam de gedachte bij me op ik dat ik graag iemand zou ontmoeten op wie ik net zo viel als ik op die twee was gevallen, maar ik besefte dat dat geen realistische verwachting was. Die gedachte stemde me enigszins treurig maar ook dat was te verdragen, doorgaans. En als dat treurige gevoel af en toe sterker werd, en gevaarlijk dicht in de buurt van zelfmedelijden kwam, zei ik tegen mezelf dat ik niet mocht klagen. Ik had mijn werk, sport, reisjes als alleengaande, af en toe een uitstapje met voorkomende, afstandelijke vrienden. En dan natuurlijk mijn boeken. Er ontbrak iets, dat wel. Maar als klein jongetje was ik al zeer onder de indruk als ze zeiden dat ik aan de kinderen in Afrika moest denken die stierven van de honger.

Een paar weken daarvoor had ik mijn kantoor tegen tien uur 's avonds verlaten, na een dag van onophoudelijke regen. Ik had yoghurt met groene thee gekocht in de etnische winkel die tot laat openblijft en was, al etend, op weg gegaan in noordelijke richting.

Ik vind het prettig om op straat te eten. Onder de juiste omstandigheden – zoals tijdens die avondwandelingen – roept het herinneringen bij me op uit mijn jongenstijd. Duidelijke, onaangetaste herinneringen, en zonder melancholie. Soms roept het zelfs een soort euforie bij me op, alsof het kortsluiting veroorzaakt in de tijd en ik degene ben van toen, met een zak vol eerste keren nog in het vooruitzicht. Wat een illusie is maar volstrekt geen nare.

Ik liep langs de eindeloze omheining van de haven, langs het fietspad van de Viale Vittorio Veneto. Na al die regen leek het of de stad bedekt was met een donkere, glimmende laklaag. Geen fietsen, geen voetgangers, weinig auto's. Het was een decor uit *Blade Runner*, en die indruk werd nog versterkt toen ik de verlaten, grauwe straten insloeg die her en der kronkelen tussen de Fiera del Levante, een gigantisch industrieel complex dat al tientallen jaren geleden verlaten is, en het oude gemeentelijk slachthuis dat omgebouwd is tot nationale bibliotheek en waarvan de binnenplaatsen schilderijen van De Chirico lijken. Er zijn in die omgeving geen bars, restaurants of winkels. Er zijn slechts werkplaatsen, opslagplaatsen, verlaten magazijnen, garages, werkloze schoorstenen, met onkruid overgroeide binnenplaatsen van fabrieken die al tientallen jaren dicht zijn, zwerfhonden, ransuilen, en niet te vangen stadsvossen.

De onrust die deze plekken uitstralen heeft een wonderlijk weldadige uitwerking op mij. Alsof hij mij bevrijdt van mijn persoonlijke onrust door deze mee te trekken in zijn duistere maalstroom; alsof de vage angst voor een gevaar van buitenaf me bevrijdt van een veel hevigere, minder beheersbare innerlijke angst. Na het maken van dit soort wandelingen, in verlaten, spookachtige gebieden, val ik als een blok in slaap en word ik gewoonlijk ook goedgehumeurd wakker.

Ik liep midden in een no man's land op de grens tussen de wijk Libertà en de wijk San Girolamo toen ik opeens, in de natte, smerige duisternis van een zijstraatje, een verlicht blauwrood uithangbord zag dat leek op een oude neonreclame uit de jaren vijftig.

Het was een bar en het leek of hij daar was neer gekwakt, tussen duistere loodsen en fabrieken, vanaf een verre plek en vanuit vervlogen tijden.

De naam op het bord luidde CHELSEA HOTEL NO. 2, net als de titel van een van mijn favoriete liederen, en van binnenuit kwam een flauw, groen licht door de matglazen ruiten die inderdaad groen waren, en dik.

Ik ging naar binnen en keek om me heen. De lucht rook lekker naar eten, heel licht naar kruiden, en naar properheid. Zoals de geur van sommige huizen kan zijn: warm, droog en aangenaam.

Het etablissement was ingericht met Amerikaanse jarenvijftigmeubelen, passend bij het neon van het uithangbord, die ogenschijnlijk wat nonchalant waren opgesteld. In werkelijkheid, dacht ik terwijl ik om me heen keek, was er geen sprake van nonchalance bij die opstelling. Daar moest iemand aan gewerkt hebben die wist wat hij – of zij – deed en het leuk vond om te doen. De wanden waren behangen met filmposters. Sommige van de oudste posters leken wel originelen te zijn en zagen er kostbaar uit.

Het volume van de muziek was acceptabel – ik haat keiharde muziek, behalve onder bepaalde uitzonderlijke omstandigheden – en er waren aardig wat mensen, gezien het tijdstip, en er hing iets in de lucht dat ik pas kon thuisbrengen toen ik aan de bar ging zitten, op een hoge, met leer beklede, houten kruk.

Chelsea Hotel No. 2 was een homobar. In een flits van helderheid herinnerde ik me dat mij jaren geleden was verteld dat de wijk Chelsea de meest levendige, drukke buurt van de gayscene in New York was. En dus – concludeerde ik bij mezelf – was de naam van het etablissement waar ik naar binnen was gegaan, zo nadrukkelijk Amerikaans, niet toevallig en niet (alleen) te danken aan een passie voor Leonard Cohen.

Aan een tafeltje zaten twee meisjes die elkaars hand vasthielden, druk praatten en elkaar af en toe kusten. Ze deden me denken aan de twee Giovanna's, vriendinnen van Margherita, experts in vechtsporten en parachutespringen. Even vroeg ik me zelfs af of zij dat niet waren totdat ik bedacht dat de twee Giovanna's niet de enige lesbiennes in de stad waren.

Aan de andere tafeltjes zaten overwegend, bijna uitsluitend, mannen.

Opeens voelde ik me gedropt in een beroemde scène uit de film *Police Academy*. Die waarin twee domme rekruten in een sadomasochistische homobar belanden en opeens staan te schuifelen met woestelingen voorzien van snorren, nazihelmen en zwartleren overalls. Ik vroeg me af hoeveel ik er zou kunnen neerleggen voordat ik uiteindelijk zou worden overmeesterd en bezeten.

Oké, ik overdreef. In werkelijkheid was de situatie allernormaalst, de muziek was niet van de Village People (terwijl deze gedachten door mijn hoofd gingen klonk op de achtergrond heel simpel 'Dance Me to the End of Love') en niemand was in de verste verte gekleed in sm-stijl.

Desondanks kon mijn positie toch tot misverstanden leiden. Ik stelde me voor dat ik iemand zou ontmoeten die ik kende – bijvoorbeeld een collega of een magistraat – en hoe ik die zou hebben uitgelegd dat ik daar alleen maar beland was vanwege mijn gewoonte lange avondwandelingen te maken in vervallen gebieden van de stad.

Ik probeerde me te herinneren welke homoseksuele advocaten en rechters ik kende. Er kwamen er vijf bij me boven en ik stelde opgelucht vast dat geen van hen daar aanwezig was.

Na deze bezopen screening van het publiek, zei ik wel tegen mezelf dat ik aardig aan het versukkelen moest zijn. Ook al was de situatie, laten we zeggen, een beetje atypisch voor mij, het was ook niet normaal dat ik om me heen keek met een verontruste, enigszins heimelijke blik, alsof er op het uithangbord PERSONEELSVERENIGING HOMOSEKSUELE JURISTEN had gestaan, of iets dergelijks.

Terwijl ik een strategie aan het bedenken was om op nonchalante wijze zowel te ontsnappen aan het etablissement als, zo mogelijk, aan mijn stupide gedrag, klonk er een stem, boven de muziek van Leonard Cohen uit, die de kans dat mijn bezoek aan Chelsea Hotel No. 2 onopgemerkt zou blijven, voor altijd in rook deed opgaan.

'Advocaat Guerrieri!'

Ik draaide me naar rechts terwijl ik bloosde en me afvroeg hoe ik mijn aanwezigheid zou rechtvaardigen tegenover de vrouw van die stem, wie het ook was.

Nadia. Nadia, haar achternaam kon ik me niet herinneren.

Ze was een cliënte van me geweest, vier of vijf jaar daarvoor.

Ex-model, ex-pornoactrice, ex-escort van niveau, gearresteerd wegens het organiseren en leiden van een kring van prachtige, dure escortdames. Het was mij gelukt op een onverwachte wijze vrijspraak voor haar te krijgen, via wat niet-juristen een spitsvondigheid zouden noemen. In werkelijkheid had ik ontdekt dat er een formele fout was gemaakt bij het onderscheppen van gegevens, en die keer was de beschuldiging verpulverd als een cracker.

Ik herinner me nog precies hoe Nadia eruitzag op de dag van het proces. Ze droeg een antracietgrijs mantelpakje, een witte blouse, ze was sober opgemaakt en leek allesbehalve een hoer. Dat ze op geen enkele manier beantwoordde aan de clichés van haar beroep had ik overigens bij iedere ontmoeting geconstateerd. Eerst in de gevangenis, onmiddellijk na haar arrestatie, daarna op mijn kantoor en ten slotte, zoals gezegd, voor de rechtbank.

Die avond droeg ze een verschoten spijkerbroek en een wit, strak T-shirt. Ze leek tegelijkertijd – ik weet niet hoe ik het moet zeggen – zowel ouder als jonger en ondanks haar informele kleding was ze toch mooi. Ik probeerde me te herinneren of ik me destijds, toen ze mijn cliënte was, had gerealiseerd hoe mooi ze was.

'Hallo... ik bedoel goedenavond. Ik zeg jij tegen je... omdat... omdat ik verrast ben.'

'Ik ben ook verrast jou hier te zien. Welkom in mijn zaak.'

'Uw zaak? Is dit café van u?'

'Ik heb geen enkel probleem met "jij".'

'Ja, natuurlijk. Voor mij geldt hetzelfde.'

'Wat heb jij in deze buurt te zoeken?' Ze zei het glimlachend en, naar ik meende op te merken, een tikkeltje geamuseerd en ondeugend. De onuitgesproken, maar eigenlijk wel gestelde vraag was: je bent dus homo? Nu begrijp ik waarom jij je, toen ik jouw cliënte was, zo correct hebt gedragen en nooit hebt geprobeerd de situatie uit te buiten.

NEE. Ik-ben-geen-homo. Ik ben hier toevallig binnengekomen, omdat ik 's avonds lange wandelingen maak in de meest afgelegen buurten van de stad, omdat ik graag daar wandel waar ik niemand tegenkom; nee, ik ben hier niet om iemand te versieren, ja, ik realiseer me dat het moeilijk te geloven is, maar ik verzeker je dat ik alleen maar een wandeling aan het maken was, zonder doel, ik zag het licht in het duister en ben naar binnen gegaan, maar ik wist NIET dat dit een etablissement was... ik bedoel wat voor soort etablissement dit was, niet dat ik enig vooroordeel heb, begrijp me goed, ik ben een man van links, ik ben ruimdenkend en heb heel veel homoseksuele vrienden.

Oké, niet zo veel, maar wel een paar. Maar ik zeg het nogmaals: ik-ben-geen-homo.

Dat zei ik niet. Ik haalde mijn schouders op en trok een

gezicht dat, geloof ik, alles kon betekenen. En dus niets betekende. Het was dus het juiste gezicht voor deze situatie.

'Niets speciaals, ik was een wandeling aan het maken, zag het bord, dat intrigeerde mij en ik ben naar binnen gegaan om een kijkje te nemen. Leuk is het hier.'

Ze glimlachte.

'Ben jij homo? Dat idee had ik niet toen ik jouw cliënte was.'

Ik was blij dat ze me die vraag stelde. Het maakte alles eenvoudiger. Ik zei dat ik niet homo was en vertelde haar over mijn avondwandelingen en dat vond zij allemaal volslagen normaal, en ik was haar daar zeer dankbaar voor. Vervolgens bood ze me een glaasje verrukkelijke rum aan waarvan ik de naam nooit eerder had gehoord. Daarna bood ze me er nog een aan, en terwijl ik op mijn horloge keek besefte ik dat het al heel laat was en stond op. Zij zei dat ik moest beloven terug te komen, ook al was ik niet homo. Ze had ook heteroklanten – niet veel, voegde ze eraan toe, maar ze waren er wel –, het was een rustige tent, je kon er lekker eten, er was vaak livemuziek en bovenal zou zij het heel fijn vinden als ik terug zou komen. Ze zei het terwijl ze me in de ogen keek, met een natuurlijkheid die ik heel aangenaam vond, en ik beloofde terug te komen, en ik wist dat ik die belofte zou houden.

Vanaf die avond ontwikkelde ik de gewoonte om bij het Chelsea Hotel langs te gaan. Ik vond het prettig om daar alleen te zitten zonder me alleen te voelen. Ik was er op mijn gemak, ik had een gevoel van vrolijke, vrijmoedige vertrouwdheid dat me ergens aan deed denken waar ik geen vat op wist te krijgen.

Een van de eerste keren, terwijl ik alleen aan een tafeltje op mijn eten zat te wachten, posteerde zich een jongen vóór mij die vroeg of hij mocht gaan zitten.

Gedraag je beleefd, zei ik tegen mezelf terwijl ik hem

met een handgebaar duidelijk maakte dat hij natuurlijk mocht gaan zitten. Hij gaf mij een hand – een stevige, mannelijke handdruk – en zei dat hij Oliviero heette. Na een paar snelle beleefdheidsfrases waarbij hij me strak in de ogen keek zei Oliviero dat hij een voorkeur had voor rijpe mannen. Ik vond 'rijp' meer een woord voor zijn moeder, maar ik wist me in te houden en probeerde hem daarentegen op een vriendelijke manier duidelijk te maken dat dingen soms niet zo zijn als ze lijken, toen Nadia arriveerde met mijn bestelling.

'Guido is niet homo, Oliviero.'

Hij keek naar haar, van onder naar boven. Vervolgens keek hij naar mij, met een blik van teleurstelling.

'Wat jammer. Maar je weet nooit. Ik heb een vriend gehad – vast en zeker ouder dan jij – die op zijn vierenveertigste pas ontdekte dat hij homo was. Hoe oud ben jij?'

'Vijfenveertig,' zei ik met buitensporig enthousiasme. En vervolgens verduidelijkte ik dat ik niet de indruk had dat er significante veranderingen in mijn seksuele voorkeur in zicht waren. Mocht Oliviero, dit vooropgesteld, nog willen, dan konden we samen een glas wijn drinken.

Oliviero was geheelonthouder. Kort daarna stond hij op, uit het veld geslagen, en dat was de enige keer dat een man heeft geprobeerd me te versieren in de Chelsea.

Ik ging erheen op de fiets, ik luisterde naar muziek en soms ontdekte ik nummers die ik nooit eerder had gehoord, ik at, kletste met Nadia, dronk verrukkelijke drankjes en ging behoorlijk ontspannen naar huis. Wat, in moeilijke tijden, heus niet gering is.

Toen ik die avond mijn kantoor verliet, na het gesprek met Fornelli en het echtpaar Ferraro, bedacht ik dat het een uitgelezen avond was om naar Nadia te gaan. Dus nam ik de fiets en een kwartier later was ik er, en pas op dat mo-

ment, toen ik het gedoofde uithangbord en de vergrendel-
de deur zag, herinnerde ik me dat maandag de wekelijkse
sluitingsdag was.

Foute avond, zei ik tegen mezelf terwijl ik weer koers
zette naar het centrum en naar huis, en voorzag dat het
niet makkelijk zou zijn om de slaap te vatten.

7

De volgende ochtend belde Fornelli om me nogmaals te bedanken.

'Guido, ontzettend bedankt. Denk niet dat ik niet begrepen heb wat je ons gisteravond probeerde te zeggen. Ik weet dat het slechts een poging is en dat het waarschijnlijk nergens toe zal leiden. En ik weet heel goed dat het jouw werk niet is.'

'Oké, Sabino, maak je geen zorgen...'

'Jou om hulp vragen was het enige wat ik kon bedenken toen de officier van justitie zei dat ze bezig waren seponering van de zaak aan te vragen. Die twee arme drommels zijn gebroken. Hij meer dan zij, dat zal je wel opgevallen zijn.'

'Slikt hij medicijnen?'

Er viel een korte stilte aan de andere kant van de lijn.

'Ja, hij staat stijf van de medicijnen. Maar ze schijnen geen enkel effect te hebben, behalve dat ze hem laten slapen. Hij was...' – Fornelli realiseerde zich de gruwelijke implicatie van de verleden tijd en corrigeerde zichzelf onmiddellijk – '...hij is zeer verknocht aan zijn dochter en deze geschiedenis heeft hem geknakt. De moeder is sterker, die wil vechten, ik heb haar nog niet zien huilen sinds haar dochter is verdwenen.'

'Ik heb jullie gisteren niet gevraagd of jullie contact hadden opgenomen met dat tv-programma...'

'*Opsporing Verzocht*. Ja, ze hebben in een paar afleveringen kort iets gezegd over de verdwijning van Manuela en ze hebben haar opgenomen in hun archief. Maar het heeft niets opgeleverd. Je zult zien dat in het dossier ook de verklaring van een idioot zit die de carabinieri heeft gebeld na het zien van de uitzending, om te vertellen dat hij haar had zien tippelen in de buitenwijken van Foggia.'

'En hebben de carabinieri dat nagetrokken?'

'Ja, dat hebben ze gedaan en onmiddellijk daarna kwamen ze erachter dat de tipgever een vent was die stelselmatig naar alle kazernes en politiebureaus van half Italië belt om mee te delen dat hij tientallen vermiste personen heeft gezien. Nog zes of zeven mensen hebben gebeld om te zeggen dat ze een op Manuela lijkend meisje hadden gezien op het station van Ventimiglia, in Bologna, in Brescia, gekleed als zigeunerin, in een dorp vlak bij Crotone en nog een paar plaatsen. Ze hebben allemaal een officiële verklaring afgelegd maar er is niet concreets uitgekomen. De carabinieri hebben me uitgelegd dat, wanneer op de televisie de verdwijning van iemand wordt gemeld, er altijd een aantal mensen is dat opbelt om te zeggen dat ze informatie hebben terwijl ze in werkelijkheid niets weten. Het zijn niet allemaal mythomanen in de technische zin van het woord, maar ze doen het wel om aandacht te trekken.'

Ik liet deze informatie bezinken en bedacht dat ik nu graag een blik zou willen werpen in dat dossier.

'Oké, Sabino, ik zal de stukken bekijken om te zien of er eventueel nog ruimte bestaat om verder onderzoek voor te stellen en of het misschien zin heeft een privédetective in te schakelen. Als ik geen enkel aanknopingspunt kan ontdekken, of niets zinvols kan doen, zullen jullie die cheque terug moeten nemen.'

'Incasseer hem nu eerst maar. We hebben het er nog wel over zodra je de stukken hebt bekeken. Bovendien valt het bestuderen van het dossier ook onder werk.'

Ik stond op het punt iets te zeggen in de trant van dat ik het geld pas aan zou nemen als ik het ergens mee had verdiend. Ik zou het zeggen op een vriendelijke toon die echter geen tegenspraak duldde. Vervolgens kwam het me voor als een banaal, clichématig toneelstukje. Vandaar dat ik me beperkte tot het verzoek om mij zo snel mogelijk de stukken te bezorgen. Hij antwoordde dat hij die middag een volledige kopie van het dossier naar mijn kantoor zou laten brengen, en zo eindigde het gesprek.

Het leek me beter om, binnen de mogelijkheden, banale, clichématige toneelstukjes te vermijden.

Die middag arriveerde een koerier van advocatenkantoor Fornelli en overhandigde aan Pasquale een behoorlijk omvangrijke envelop. Pasquale bracht hem naar mijn kamer en herinnerde me eraan dat over een halfuur de wethouder Bouwen en Wonen van een gemeente in de provincie zou komen aan wie justitie had laten weten dat hij voorwerp was van onderzoek in verband met ambtsmisbruik en illegale verkaveling. Voor zover ik wist was die wethouder een fatsoenlijk persoon, maar in sommige gemeentes werd politiek uitsluitend bedreven via anonieme missives en aangiftes bij het Openbaar Ministerie.

Ik bracht dat halve uur door met het doorbladeren van het dossier, zonder er echt naar te kijken. Ik was me vooral bewust van de aanwezigheid ervan. Die fotokopieën hadden een uitstraling die een verschrikkelijk gevoel van onrust opriep. Ik dacht aan de ouders van het meisje en hoe ík zoiets vreselijks als de verdwijning van een dochter ervaren zou hebben. Ik probeerde het me voor te stellen maar dat lukte me niet. Het was zoiets monsterlijks dat mijn voorstellingsvermogen weigerde mij er een duidelijk beeld van te geven. Het lukte me nauwelijks om de aard en de omvang van zo'n gruwel aan te voelen.

Waarom verdwijnt een normaal meisje, met een normaal leven en een normale familie van het ene moment op het andere, zonder enig voorteken, zonder enige waarschuwing en zonder enig spoor achter te laten?

Is het mogelijk dat ze uit vrije wil is gegaan en dat ze zo harteloos was dat ze haar familie radeloos en vertwijfeld achterliet? Dat is onmogelijk, zei ik tegen mezelf.

En als ze dus niet uit vrije wil is gegaan, dan zijn er twee mogelijkheden. Of iemand heeft haar ontvoerd – maar waarom? – of iemand heeft haar gedood, met opzet of per ongeluk, en heeft vervolgens haar lichaam laten verdwijnen.

Een reeks flitsende veronderstellingen, vond ik. Het echtpaar Ferraro en mijn collega Fornelli hadden er goed aan gedaan zich te wenden tot de nieuwe Auguste Dupin.

De fundamentele vraag was echter een andere: wat kon ík doen? Stel dat ik bij het lezen van het dossier zou stuiten op een lacune, op een tekortkoming in het onderzoek, wat zou dan de volgende stap zijn? Ondanks wat ik had besproken met Fornelli, peinsde ik er niet over om een detective in te schakelen. Er lopen vast en zeker heel goeie rond, maar ik heb niet het geluk gehad die ooit te ontmoeten. Mijn enige twee ervaringen met detectivebureaus waren een ramp geweest en ik had mezelf bezworen dat mij dat niet nog een keer zou overkomen.

Dat ik zelf op onderzoek zou uitgaan was een onzinnig, maar wel gevaarlijk aantrekkelijk idee.

De enige serieuze mogelijkheid was om, als ik erin zou slagen een plausibel aanknopingspunt te vinden, naar het om te gaan, – met heel veel tact want ze zijn daar gauw op hun teentjes getrapt – en voor te stellen bepaalde dingen nog wat uit te diepen alvorens de zaak definitief te seponeren.

De wethouder arriveerde terwijl ik geheel in beslag werd genomen door deze bespiegelingen waar hij me gelukkig uithaalde want ik moest me met hem en zijn justitiële problemen bezighouden.

Hij leek nogal geagiteerd. Hij was leraar aan een middelbare school, had voor het eerst een bestuursfunctie en had nooit eerder te maken gehad met een strafprocedure. Hij was er niet aan gewend en vreesde van het ene op het andere moment gearresteerd te worden.

Ik liet hem in hoofdlijnen uitleggen waar het om draaide, wierp een blik op de informatie van justitie en op nog een paar documenten die hij had meegenomen en ten slotte zei ik dat hij gerust kon zijn omdat het ernaar uitzag dat hem echt niets ernstigs ten laste kon worden gelegd.

Hij leek nog een beetje onzeker, maar wel opgelucht. Hij bedankte me en we namen afscheid van elkaar met de afspraak dat ik naar de officier van justitie zou gaan om te zeggen dat mijn cliënt geheel beschikbaar was om te verschijnen en volledige opheldering te geven over zijn positie.

Eén voor één kwamen mijn medewerkers – wat heb ik toch een hekel aan dat woord – mij groeten voordat ze weggingen. Iedere keer geeft dit ritueel mij het gevoel een seniele oude man te zijn.

Toen ik alleen was belde ik het Japanse afhaalrestaurant dat een paar blokken verderop was geopend en bestelde een overdreven hoeveelheid sushi, sashimi, temaki, uramaki en taugésalade. Toen de dame aan de telefoon vroeg of ik ook iets te drinken wilde hebben bestelde ik, na enige aarzeling, een fles gekoelde witte wijn.

Stokjes en glazen voor twee natuurlijk, zei het meisje.

Natuurlijk, antwoordde ik, voor twee.

8

Drie kwartier later was ik bezig een onduidelijke chaos van schaaltjes, flesjes, stokjes, zakjes en servetten te verwijderen van mijn bureau. Toen ik daarmee klaar was, schonk ik nog een glas gewürztraminer in, sloot de fles af met de plastic stop – ik heb een hekel aan die stoppen, maar ik moet toegeven dat, sinds ze er zijn, het niet meer voorkomt dat je wijn drinkt die naar kurk smaakt – en zette hem in de ijskast. Alles langzaam en zeer zorgvuldig. Zo doe ik altijd als ik me moet voorbereiden op een nieuwe taak die spanning bij me oproept. Ik probeer op allerlei manieren het moment uit te stellen dat ik zal moeten beginnen, en ik moet zeggen dat ik daarin nogal vindingrijk ben.

Een pathologische neiging tot uitstellen, noemen ze dat.

Het schijnt een typische houding te zijn van onzekere individuen met weinig zelfrespect, die voortdurend onaangename taken uitstellen om de confrontatie uit de weg te gaan met hun eigen zwakheden, hun angsten en hun beperkingen. Iets dergelijks heb ik eens gelezen toen ik een boek doorbladerde getiteld: *Stel niet uit en begin te leven*. Het was een handboek dat op analytische wijze de oorzaken van het verschijnsel uitlegde en, in ongeveer tweehonderd pagina's met krankzinnige oefeningen, aangaf hoe je je – letterlijk – 'moest bevrijden van deze ziekte van de wil om een vol, productief en frustratieloos leven te leiden'.

Ik bedacht dat ik niet zo'n groot verlangen had naar een al te productief leven, dat ik allergisch was voor handboeken om je leven te veranderen en dat, al met al, een zekere dosis frustratie mij niet onwelgevallig was. Dus zette ik het boek weer terug op de plank waar ik het vanaf had gepakt – ik was in een boekwinkel en zoals gebruikelijk las ik op kosten van de zaak –, kocht een boek van Alan Bennett en ging naar huis.

Na alle sporen te hebben uitgewist van mijn Japanse maaltijd, na nog een beetje wijn te hebben gedronken en na mijn e-mail vergeefs te hebben gecheckt, realiseerde ik me dat het moment daar was.

Ik besloot het dossier te lezen in de chronologische volgorde waarin het onderzoek was uitgevoerd. Te beginnen bij het moment van de verdwijning. Normaal doe ik het anders.

Als ik een dossier moet bekijken waarin een voorzorgsmaatregel is getroffen, en mijn cliënt zich in de gevangenis bevindt of huisarrest heeft, dan lees ik eerst die beschikking, dat wil zeggen het laatste document van de chronologisch geordende stukken. Omdat ik de rechter ken die het heeft geschreven kan ik me onmiddellijk een idee vormen en nagaan of het gaat om een ernstige zaak of niet. Na die beschikking lees ik de andere stukken in omgekeerde volgorde, van de recentste tot de oudste. Ik doe hetzelfde als ik word aangetrokken als advocaat na het vonnis in eerste aanleg, dat wil zeggen dat ik eerst de verordening lees die ik aan moet vechten, en daarna pas de hele rest.

In het geval van het dossier over de verdwijning van Manuela Ferraro leek het me het beste om te proberen, via de stukken, het onderzoek door te nemen zoals het was verlopen, in de hoop iets te begrijpen van het verhaal dat erachter zat.

Het was een zogenaamd dossier model 44: zo heten de documenten waarin men procedeert tegen onbekenden. Op de kaft waren de naam van het slachtoffer, de datum van de verdwijning en de benaming van het misdrijf gedrukt. Artikel 605 van de Codice Penale: ontvoering. Het enige misdrijf dat je kunt bedenken wanneer iemand verdwijnt en ieder element ontbreekt om meer concrete veronderstellingen te doen.

Het eerste stuk van het dossier was het rapport van de carabinieri – getekend door sergeant Navarra, een onderofficier voor wie ik grote achting had – waarin aan het OM de aangifte van de ouders en de verslagen van de eerste onderzoekshandelingen werden doorgegeven.

Ik begon met de verklaring van het meisje dat Manuela naar het station had gebracht. Anita Salvemini – zo heette ze – was ook te gast geweest in het trullidorp waar Manuela het weekend had doorgebracht. Ze had haar een lift gegeven omdat ze in Ostuni een afspraak had met vrienden, maar de twee meisjes hadden pas bij die gelegenheid kennis met elkaar gemaakt.

Tijdens de korte rit van twintig minuten tussen het trullidorp en het station hadden ze wat oppervlakkig gekletst. Manuela had haar verteld dat ze rechten studeerde in Rome waar ze die avond of de volgende morgen per trein heen zou gaan.

Nee, ze wist niet of Manuela een afspraak had met iemand op het station van Bari en ze wist al helemaal niet of Manuela verkering had, of ze een vriend had enzovoort.

Nee, ze had niet de indruk gehad dat Manuela gespannen was. Ze had haar overigens niet aandachtig geobserveerd om de voor de hand liggende reden dat zij – Anita – reed en dus haar ogen op de weg moest houden.

Nee, het stond haar niet voor de geest dat Manuela tijdens de autorit tussen het trullidorp en het station van Ostuni telefoongesprekken had ontvangen of zelf had gebeld. Misschien had ze op een bepaald moment haar mobiel uit haar tas gehaald. Misschien had ze een sms ontvangen of misschien had ze er een verstuurd maar Anita kon dat echt niet met zekerheid zeggen.

Nee, ze herinnerde zich niet precies hoe Manuela die middag gekleed was. In ieder geval had ze een grote zwarte tas bij zich, en een kleinere tas, en misschien droeg ze een spijkerbroek en een licht t-shirt.

Nee, ze herinnerde zich niet precies hoe laat ze uit het trullidorp waren vertrokken en dus ook niet hoe laat ze bij het station waren aangekomen, waar ze afscheid van Manuela had genomen. Ze waren waarschijnlijk kort na vieren op weg gegaan en moesten dus om en nabij halfvijf zijn aangekomen.

Nee, ze wist niet hoe laat Manuela's trein precies vertrok. Waarschijnlijk kort na hun aankomst in Ostuni, maar dat was slechts een veronderstelling omdat ze zich niet herinnerde dat ze het daarover hadden gehad.

Nee, ze had verder niets toe te voegen.

Voor gezien en akkoord.

Na die getuigenverklaring kwamen de verslagen van de drie vrienden – twee meisjes en een jongen – met wie Manuela naar het trullidorp was gegaan. Ze waren kort en behelsden vrijwel hetzelfde: de afspraak was dat ze zondagavond terug naar Bari zouden gaan. Maar omdat er een feest was wilden zij drieën vervolgens tot maandag blijven. Manuela daarentegen had besloten zondag terug te gaan, volgens het oude plan. Ze had gezegd dat het geen probleem was omdat ze een lift had gevonden naar Ostuni, waar ze de trein zou nemen.

Einde.

Daarna volgde de verklaring van de kaartjesverkoper over wie Fornelli me had verteld. De man die Manuela had herkend, hoewel hij niet had kunnen zeggen hoe laat ze zich bij zijn loket had vervoegd om een kaartje te kopen.

Uit het rapport bleek dat de carabinieri de dienstregeling van de uit Ostuni vertrekkende treinen hadden gecontroleerd. Manuela had een Eurostar, een expres of twee regionale treinen kunnen nemen, tussen 17.02 en 18.58.

De carabinieri waren heel zorgvuldig te werk gegaan en hadden alle conducteurs van alle vier treinen gehoord: het waren een stuk of tien processen-verbaal, allemaal eender en bijna allemaal onbruikbaar.

De conducteurs kregen een foto van het meisje te zien en ze antwoordden dat ze zich niet herinnerden haar ooit te hebben gezien.

Slechts een van hen, die van de trein van 18.50, had gezegd dat het gezicht van Manuela hem niet onbekend voorkwam. Hij dacht dat meisje gezien te hebben, maar was er niet zeker van of dat op zondagmiddag was geweest of op een andere tijd.

Er volgde een reeks processen-verbaal van de verklaringen van de jongelui die het weekend hadden doorgebracht in het trullidorp. Geen van deze verklaringen was ook maar enigszins bruikbaar. Het viel me alleen op dat de carabinieri aan iedereen hadden gevraagd of er die dagen verdovende middelen waren rondgegaan. Iedereen had dat uitgesloten en niemand had kunnen – of willen – zeggen of Manuela, eventueel slechts af en toe, bepaalde drugs gebruikte.

Vervolgens was er de summiere informatie van twee vriendinnen van Manuela die, net als zij, in Rome studeerden. Nicoletta Abbrescia – het meisje dat het appartement deelde met Manuela – en Caterina Pontrandolfi.

Ook aan hen hadden de carabinieri vragen gesteld over drugs. Beiden hadden toegegeven dat Manuela misschien af een toe een joint rookte, maar niet meer dan dat. Tussen de regels van de ambtenarentaal door voelde je hun ongemak en misschien ook hun terughoudendheid, maar dat was waarschijnlijk een normale zaak gezien het feit dat de vragen toch nog altijd werden gesteld door carabinieri.

Het interessantste deel van hun verklaringen betrof echter een zekere Michele Cantalupi, het laatste vriendje van Manuela. Beiden hadden het over een moeilijke verhouding die te lijden had gehad onder de talloze ruzies en stormachtig was afgelopen, met taferelen van verbaal en soms ook fysiek geweld.

De carabinieri vermeldden dat het hun in de dagen onmiddellijk volgend op de verdwijning van Manuela niet was gelukt Cantalupi op te sporen. Zijn ouders hadden gezegd dat hij op vakantie was en zich in het buitenland bevond. De onderzoekers hadden dit antwoord hoogst bevreemdend gevonden (in het rapport staat dat de houding van de familie op hen nogal ontwijkend overkwam) en een machtiging gevraagd om de gesprekstabellen van de mobiele telefoons van Cantalupi en Manuela te mogen opvragen, en ook de gegevens van haar bankpas. Ze wilden de laatste contacten van het meisje controleren, en ook die van Cantalupi, en vooral of het waar was dat Cantalupi al verscheidene dagen in het buitenland was.

Een week later brachten de carabinieri in een nieuw, lang rapport verslag uit van hun verdere onderzoek. In de eerste plaats hadden ze Michele Cantalupi, die intussen uit het buitenland was teruggekeerd, officieel gehoord. Cantalupi bevestigde dat hij bijna een jaar verkering had gehad met Manuela; hij bevestigde dat het einde van de verhouding stormachtig was geweest, maar lichtte nader toe dat de verkering verscheidene maanden voor de verdwijning van Manuela was uitgeraakt, en dat de laatste tijd de verhouding tussen hen juist aanzienlijk verbeterd was. De verkering was om allerlei redenen uitgeraakt en zij had het initiatief genomen om ermee te kappen. Er waren inderdaad ruzies geweest, ook gewelddadige. Die hadden zich inderdaad een paar keer afgespeeld in aanwezigheid van vrienden. Nee, hij had nooit geslagen. Hij nam ter kennis dat een vriendin van Manuela had gezegd dat er een keer tijdens een ruzie klappen waren gevallen waar zij bij was. Er was toen inderdaad geslagen, maar door Manuela, niet door hem. Hij had haar een duw gegeven en zij had gereageerd met een klap. Daar was het bij gebleven, en het was de enige keer dat er een soort handgemeen had plaatsgevonden. Nee, hij had geen nieuwe verkering. Nee, hij wist niet of Manuela kennis had aan iemand anders in Rome. Hij had het haar inderdaad gevraagd maar zij had geantwoord dat dat zijn zaken niet waren. Ja, ze hadden elkaar een keer ontmoet, ze hadden samen koffiegedronken en wat gekletst. In het centrum van Bari, begin augustus. Nee, er was geen enkel probleem geweest, ze hadden juist heel ontspannen afscheid van elkaar genomen.

Het verslag bevreemdde me. Tussen de regels van het politieproza door was de moeite merkbaar die Cantalupi deed om een normale, rustige situatie op te roepen. Terwijl deze misschien helemaal niet zo rustig was, afgaande op wat de vriendinnen van Manuela hadden gezegd.

Aan de andere kant leken de gesprekstabellen echter te bevestigen dat Michele Cantalupi niets te maken had met de verdwijning van Manuela. In de eerste plaats bleek dat het telefoonverkeer van de jongen in die dagen was verlopen via buitenlandse providers en dat hij zich dus buiten Italiaans grondgebied had bevonden. Ten tweede was er tussen het meisje en haar ex-vriend geen enkel contact geweest – niet op die zondag, maar ook niet op de dagen daarvoor.

Het telefoonverkeer van Manuela was schaars. De opgevraagde tabellen hadden betrekking op de week voorafgaand aan haar verdwijning: weinig telefoontjes, weinig sms'jes, allemaal aan vriendinnen of aan haar moeder. Geen enkel nummer op naam van personen die niet behoorden tot haar vriendenkring; niets ongewoons, behalve misschien de schaarsheid van haar telefoonverkeer. Maar op zich is dat een te verwaarlozen gegeven.

Die zondag had Manuela maar twee telefoontjes ontvangen en een paar berichten uitgewisseld, alweer met haar moeder en met een vriendin. Het laatste levensteken van de telefoon was een 's middags verstuurde sms aan haar moeder geweest. Daarna niets meer. Het apparaat was en bleef dood.

De vriendin was gehoord door de carabinieri maar had geen enkele relevante informatie kunnen verschaffen. Ze had Manuela gebeld om haar te begroeten omdat zij naar Rome terug zou komen en ze elkaar de afgelopen dagen niet hadden kunnen zien. Ze had geen idee wat Manuela die avond zou doen, hoe ze naar Rome zou komen en zeker niet wat haar overkomen zou kunnen zijn.

De controle van haar bankpas had geen enkel bruikbaar element opgeleverd, gezien het feit dat voor het laatst geld was opgenomen in Bari op de vrijdag vóór haar verdwijning.

In de dagen daarna waren via plaatselijke kranten en tijdens de uitzending van *Opsporing Verzocht* een paar foto's van Manuela verspreid, met een beschrijving van de kleren die ze waarschijnlijk die middag droeg. Ik bekeek ze langdurig, op zoek naar iets verborgens of in ieder geval naar een aanwijzing. Natuurlijk vond ik niets en de enige briljante conclusie die ik wist te trekken op grond van die bestudering was dat Manuela een heel mooi meisje was – of was geweest.

Zoals Fornelli me al had gezegd en zoals altijd gebeurt in deze zaken hadden na de publicatie van die foto's talloze types – bijna allemaal in de psychiatrische alarmfase – opgebeld om mee te delen dat ze het vermiste meisje zogenaamd ergens hadden gesignaleerd.

De inhoud van het derde rapport was sterk beïnvloed door de publicatie van de foto's en het effect daarvan op allerlei labiele personen. Er was een tiental processen-verbaal afkomstig van politiebureaus uit half Italië. Allemaal van mensen die met meer of mindere zekerheid, die rechtstreeks verband hield met het min of meer wankele karakter van hun geestelijke gezondheidstoestand, verklaarden Manuela te hebben gezien.

Er was de spreekwoordelijke mythomaan over wie Fornelli had gesproken, de man die haar had zien tippelen in de buitenwijken van Foggia; de vrouw die haar had gesignaleerd terwijl ze afwezig dwaalde tussen de uitstallingen van een hypermarkt in Bologna; en er was een vent die zwoer dat hij Manuela in Brescia had gezien, tussen twee louche types in, die een Oost-Europese taal spraken en haar in een auto hadden geduwd die onmiddellijk was vertrokken met piepende banden.

De carabinieri stelden vast dat geen van deze verklaringen ook maar enigszins geloofwaardig was. En terwijl ik dat las bedacht ik dat ik het maar zelden zozeer eens was geweest met een verslag van de politie.

In het dossier zaten verscheidene anonieme brieven die rechtstreeks naar het OM waren gestuurd. Ze gingen over handel in blanke slavinnen, internationale complotten, over de Turkse en Israëlische geheime dienst, satanische sektes en zwarte missen. Ik gaf mezelf de opdracht ze allemaal, in hun geheel, te lezen, een afmattende ervaring die geen enkel bruikbaar element opleverde.

Manuela was stilletjes opgeslokt door het banale, angstwekkende niets van die zondag aan het einde van de zomer en ik had geen flauw idee welk verder onderzoek er nog gedaan zou kunnen worden om de vertwijfelde hoop van vader en moeder Ferraro levend te houden.

Ik ging naar de ijskast, schonk nog een glas wijn in. Ik liep de weinige aantekeningen die ik had gemaakt nog eens door en vond het redelijk banale notities.

Ik begon nerveus te worden en zonder in staat te zijn mijn gedachten in bedwang te houden vroeg ik me af wat de smerissen uit bepaalde Amerikaanse romans, waarvan ik er in het verleden heel wat had gelezen, in mijn plaats zouden hebben gedaan. Ik vroeg me af wat bijvoorbeeld Matthew Scudder, of Harry Bosch, of Steve Carella zouden hebben gedaan als ze zich met die zaak hadden moeten bezighouden.

Het was een belachelijke vraag, maar vreemd genoeg hielp hij me om mijn gedachten scherp te stellen.

De fictieve detectives zouden, zonder uitzondering, eerst zijn gaan praten met de politieagent die het onderzoek had geleid. Om hem te vragen wat voor idee hij zich had gevormd, los van wat hij in de stukken had geschreven. Vervolgens zouden ze weer contact opgenomen hebben met de reeds gehoorde personen, om te pogen een detail naar boven te halen dat ze zich niet hadden herinnerd, dat ze niet hadden verteld of dat niet opgetekend was in het proces-verbaal.

Precies op dat moment werd ik me van iets bewust. Een paar uur daarvoor, terwijl ik het dossier las, dacht ik nog dat ik geen enkel aanknopingspunt zou vinden voor verder onderzoek. En inderdaad had het lezen die veronderstelling bevestigd. En ik vond ook dat ik deze constatering moest meedelen aan Fornelli en aan het echtpaar Ferraro, dat ik de cheque moest retourneren en de opdracht moest teruggeven waarvoor ik de deskundigheid noch de middelen bezat. Dat zou de enige correcte, redelijke handelswijze zijn geweest. Maar in die twee uur was ik, om redenen die ik wel vaag kon aanvoelen maar niet scherp wilde formuleren, van gedachten veranderd.

Ik zei tegen mezelf dat ik een poging moest ondernemen. Niet meer dan dat. In de eerste plaats zou ik gaan praten met de onderofficier die het onderzoek had geleid, sergeant Navarra. Ik kende hem, we stonden op vriend-schappelijke voet en hij zou mij zeker zeggen welke mening hij zich had gevormd over de zaak, los van wat hij erover had geschreven. Daarna zou ik beslissen hoe ik het zou aanpakken en wat ik verder zou doen.

Terwijl ik naar buiten liep zette ik, met een bestudeerd gebaar, de kraag van mijn regenjas op, ook al was dat hele-maal niet nodig.

Wie te veel boeken leest doet vaak dingen die helemaal niet nodig zijn.

9

Terwijl ik me naar huis begaf besloot ik een halfuur op de stootzak te gaan oefenen. Zoals altijd bracht dit idee me in een licht euforische staat. Ik denk dat het voor een goede psycholoog interessant zou zijn zich te verdiepen in een interpretatie van mijn verhouding met de stootzak. Hij wordt natuurlijk bedolven onder vuistslagen, maar in de eerste plaats praat ik tegen hem, in de pauzes tussen de rondes en vooral na afloop, terwijl ik een lekker koud biertje drink of een glas wijn.

Dit verschijnsel is begonnen toen Margherita wegging, naar New York, en is erger geworden toen ze me schreef dat ze niet van plan was naar Italië terug te keren.

Die brief – een echte papieren brief, geen e-mail – was voor mij de bevestiging van wat ik al wist: onze relatie was afgelopen, ze had een ander leven, in een andere stad, in een andere wereld. Mij restten slechts de kruimels van hetzelfde leven, dezelfde stad en dezelfde wereld. In de daarop volgende maanden sprak ik tegen hem – tegen de stootzak, bedoel ik – vooral over Margherita en de andere vrouwen op wie ik verliefd was geweest. Drie in totaal.

'Weet je, vriend, wat mij nog het treurigst stemt?'

'...'

'Het lukt me niet om me dat verpletterende gevoel te herinneren. Dat wat ik heb gevoeld, zij het op verschillende manieren, bij Tiziana, Margherita en Sara. Ik kan het me echt niet herinneren, ik weet dat het er was maar ik moet mezelf ervan overtuigen dat ik het heb gevoeld, want ik herinner het me niet.'

De zak maakte een slingerende beweging en ik begreep dat hij verduidelijking wenste. Waarschijnlijk had ik me niet goed uitgedrukt. Wat betekende het dat ik me dat verpletterende gevoel niet kon herinneren?

'Herinner je je het lied van De André? "Het lied van de verloren liefde". Herinner je je de volgende strofe nog: *wat overblijft is slechts een lusteloze liefkozing en een beetje tederheid*?'

'...'

'Nee, je weet het niet meer. Waarschijnlijk heb je nooit aandachtig naar de woorden geluisterd, maar je hebt het lied vast en zeker gehoord. In een bepaalde periode zette ik het vaak op. Ja, ik weet dat het een beetje pathetisch is. Maar ik praat er ook alleen met jou over. Hoe dan ook, ik zou je iets willen zeggen, als je me verzekert dat het onder ons blijft.'

'...'

'Je hebt gelijk, sorry. Niemand kan zo goed een geheim bewaren als jij. Weet je dat ik soms bijna moet huilen?'

'...'

'Ik wil het je graag uitleggen. Want ik heb echt behoefte om erover te praten. Ik moet bijna huilen als ik bedenk dat de herinnering aan de vrouwen van wie ik heb gehouden mij geen pijn doet. Hoogstens komt er een vage treurigheid over me, vlak en afstandelijk. Net zo armetierig als een stilstaande waterpoel.'

'...'

'Oké, de beeldspraak was niet geweldig. En je hebt gelijk, ik draaf door en ben niet duidelijk genoeg. De reden waarom ik bijna moet huilen is dat alles me zo kleurloos lijkt, zo stil. Ook de pijn. Mijn zogenaamde gevoelsleven is een stomme film. Ik weet dat jij een type bent dat niet uit is op subtiliteiten, maar ik ben treurig en ik moet bijna huilen omdat ik de treurigheid kwijt ben geraakt. Die gezonde treurigheid, als bloed dat in je slapen klopt, waardoor je voelt dat je leeft. Niet dat vlakke, weke, ellendige gevoel. Begrijp je me?'

Op dat punt van de conversatie stopte Mister Sacco helemaal. De laatste zwakke slingerbeweging, veroorzaakt door de vuistslagen van zijn labiele vriend – ik – die hij zo hoffelijk had geïncasseerd, kwam tot stilstand en hij bleef roerloos hangen. Alsof de dingen die ik had verteld hem zozeer hadden aangegrepen dat hij erdoor werd verlamd. Hij dacht erover na, maar zoals gewoonlijk, zou hij mij geen antwoorden, meningen of adviezen geven.

En toch, of je het gelooft of niet, na die gesprekken met een hoog psychopathologisch gehalte – en na die vuistslagen natuurlijk – voelde ik me beter, en soms zelfs goed.

In werkelijkheid is Mister Sacco een perfecte psychotherapeut. Hij luistert naar je zonder te onderbreken, hij spreekt geen oordeel uit (hoogstens slingert hij een beetje) en zijn honorarium is geen probleem. Ook de *overdracht* is onschuldig van aard: een soort tederheid zonder seksuele implicaties. En daarom denk ik er niet over hem te vervangen. Als hij stukgaat op een punt waar ik hem het hardst heb geraakt, repareer ik hem door die plek te omwikkelen met verpakkingstape. Ik hou erg van zijn uitstraling als oude vechtjas en ik denk dat hij me er dankbaar voor is dat ik hem niet weggooi om een andere te kopen, nieuw, glimmend, en onbeduidend.

Terwijl ik het huis in liep maakte ik mijn stropdas los, en het eerste wat ik deed was een cd opzetten die ik zelf had gebrand, met zo'n twintig nummers van allerlei genres. Twee minuten later had ik mijn broek en mijn overhemd uitgetrokken (mijn ondergoed had ik aangehouden, welteverstaan), mijn handen omzwachteld, bokshandschoenen aangetrokken en begon ik te stompen.

De eerste ronde deed ik kalm aan, als warming-up. Lichte combinaties van drie à vier tweehandige slagen, zonder door te stoten. Jab, een directe, linkse hoekstoot. Rechtse hoekstoot, linkse hoekstoot, uppercut. Jab, jab, rechtse directe. En zo verder gedurende de eerste drie minuten, om op te warmen. In de pauze wisselde ik een paar woorden met Mister Sacco, maar die avond leek geen van ons beiden veel zin te hebben om te praten. Toen ik de tweede ronde startte en er met meer kracht tegenaan begon te gaan, selecteerde de shufflefunctie van de cd-speler het Intermezzo uit *Cavalleria Rusticana*, waardoor ik me heel erg Robert De Niro voelde in *Raging Bull*.

Soms, wanneer ik aan het boksen ben, met de juiste muziek en de juiste concentratie, komen onverwachte herinneringen naar boven, gaan er deuren wijd open waarachter zich langvergeten taferelen, klanken, geluiden, stemmen en soms zelfs geuren bevinden.

Terwijl ik die avond Mister Sacco flink op zijn donder gaf, die mij overigens rustig mijn gang liet gaan, herinnerde ik me, als in een historische filmopname, mijn eerste wedstrijd als amateurbokser, weltergewicht, categorie cadetten.

Ik was nog maar net zestien, lang, mager, en stervensbang. Mijn tegenstander was korter en meer gedrongen dan ik, met een pokdalig gezicht en de uitdrukking van een killer. Tenminste, zo kwam hij op dat moment op mij over. De reden waarom ik was gaan boksen was juist om de angst te overwinnen die ik voor dat soort types had. In de eindeloze minuten voorafgaand aan de wedstrijd bedacht ik, onder andere, dat de therapie klaarblijkelijk niet had gewerkt. Mijn benen trilden, ik ademde moeilijk en het leek of mijn armen verlamd waren. Ik dacht dat ik niet in staat zou zijn ze op te tillen om mezelf te beschermen, laat staan om klappen uit de delen. De angst werd zo hevig dat ik overwoog te veinzen dat ik onwel werd – door me bijvoorbeeld op de grond te laten vallen en te doen alsof ik flauwviel –, alles om de confrontatie te vermijden.

Maar toen de bel ging stond ik op en ging de strijd aan. Toen gebeurde er iets vreemds.

Zijn stompen deden geen pijn. Ze kwamen terecht op mijn helm en vooral op mijn lichaam, omdat hij korter was en op allerlei manieren probeerde de afstand te verkleinen. Bij iedere stomp perste hij lucht naar buiten met een gegrom uit zijn keel, alsof hij op zoek was naar de beslissende slag. Maar zijn slagen waren langzaam, zwak en ongevaarlijk, en deden geen pijn. Ik draaide om hem heen, in een poging mijn armlengte ten volle te benutten, en ik raakte hem aan één stuk door met mijn linkse.

In de derde ronde werd hij kwaad. Misschien had zijn trainer gezegd dat hij bezig was de wedstrijd te verliezen of misschien had hij zich dat zelf al gerealiseerd. Feit is dat hij zich, toen de bel ging, op mij stortte als een furie, woest met zijn armen maaiend. Mijn rechtse counter sloeg uit en trof zijn hoofd zonder dat ik me dat echt realiseerde, en zonder dat ik me de precieze beweging kan herinneren. Wat ik me herinner – of wat ik méén me te herinneren – is een soort stilstaand beeld, een fractie van een seconde nádat de klap was aangekomen en vóórdat hij op de grond viel, ongecoördineerd, net zoals hij mij had besprongen.

Bij het amateurboksen komt het zelden voor dat iemand wordt neergeworpen, en knock-out is nog zeldzamer. Het is een belevenis, dat weet iedereen. Toen ik mijn tegenstander op de grond zag liggen voelde ik een hete gloed door mij heen gaan, een rilling van warmte en hevig geluk die bij mijn middel begon en opsteeg tot aan mijn nek.

De scheidsrechter beval mij naar mijn hoek te gaan en begon vervolgens af te tellen. Mijn tegenstander stond vrijwel direct op en hief zijn bokshandschoenen omhoog ten teken dat hij door wilde gaan. Inderdaad werd de wedstrijd hervat, maar eigenlijk was hij al beslist. Ik stond onbereikbaar op voordeel, en om te winnen zou de pokdalige jongen mij zo ten val moeten brengen dat ik niet meer kon opstaan. Hij was niet in staat dat te doen. Ik begon weer om hem heen te draaien waarbij ik met gemak zijn aanvallen, die steeds slordiger en zwakker werden, kon ontwijken, en ik bleef hem raken met mijn linkse totdat de bel het einde van de ronde en van de wedstrijd aangaf.

Die nacht kon ik niet slapen. Ik was nog een kind en juist daarom wist ik toen – wat me later in mijn leven niet vaak meer zou gebeuren – wat het betekende je een man te voelen.

Ik hield op tegen de zak te stoten. Ik bleef voor hem staan terwijl ik probeerde mijn ademhaling te regelen. Ik voelde mijn slapen hevig kloppen en werd overvallen door een wanhopige tederheid voor die kind-man, klaarwakker in het duister, in de dekens gerold, met het vooruitzicht op alles wat nog moest gebeuren.

Terwijl de frequentie van de slingerbeweging en van mijn ademhaling afnam, schudde ik mezelf uit een soort trance.

Nico, met The Velvet Underground, zong 'I'll Be Your Mirror'.

'Oké, Mister Sacco, nu ga ik een douche nemen en daarna slapen. Hoop ik. Het is echter altijd een genoegen een halfuur met jou door te brengen.'

Hij knikte al schommelend, vol begrip. Hij hield ook van mij, ondanks alles.

10

Sergeant Navarra is een aardige vent die weinig wegheeft van een politieman en al helemaal niet van een militair. Hij heeft het gezicht van een iets te zwaarlijvige jongen en is niet het type waarvan je je voorstelt dat hij een inval doet in een broeinest van drugsdealers, pistool in de aanslag, of een verdachte op het ritme van zijn vragen om de oren slaat tijdens een verhoor. Hij is getrouwd met een ingenieur, onderzoekster bij de National Research Council, die hij aan de universiteit heeft leren kennen toen hij daar ook voor ingenieur studeerde. Daarna deed hij mee aan het selectie-examen om onderofficier te worden bij de carabinieri, hij werd toegelaten en gaf zijn studie op. Hij heeft drie kinderen, een hond, een droevige glimp in zijn ogen en een schitterende passie: hij bouwt vliegtuigen van papier.

Op het eerste gezicht lijkt het misschien een hobby voor kinderen, iets om de tijd mee te verdrijven in de wachtkamer van een dokter.

Dat is niet zo. Voor ieder onderdeel is hij dagenlang bezig met het maken van schetsen, het maken van een ontwerp, het uitproberen en uiteindelijk het perfectioneren totdat het vliegtuig kan vliegen en als ik zeg *vliegen*, bedoel ik écht vliegen. Heel lang achter elkaar, ongelooflijk lang achter elkaar alsof het een motor en een piloot had, of een eigen leven. Om me te bedanken voor een juridisch advies dat ik zijn zuster had gegeven had hij mij lang daarvoor een van zijn vliegtuigen geschonken. Ik heb het nog steeds en het is een van de weinige voorwerpen waar ik niet graag afstand van zou doen.

Ik had het mobiele nummer van Navarra en dus belde ik hem de volgende ochtend.

'Sergeant Navarra, u spreekt met advocaat Guerrieri.'

'Goedemorgen advocaat, hoe gaat het met u? Heeft u mijn vliegtuig nog?'

'Goedemorgen. Maar natuurlijk heb ik dat nog. Af en toe kijk ik ernaar en vraag me af hoe het u lukt zoiets te maken van vellen papier.'

'Kan ik iets voor u doen?' zei hij.

'Ja, ik zou een halfuurtje met u willen praten. Kunnen we elkaar ergens ontmoeten?'

'Waar gaat het over?'

'Over de verdwijning van Manuela Ferraro. Haar ouders zijn een paar dagen geleden bij me geweest, ik heb het dossier gelezen en ik zou er graag met u over praten, als u een momentje heeft.'

'Gaat u vandaag naar de rechtbank?'

'Ik heb geen zitting maar als u naar de rechtbank gaat kunnen we elkaar daar ontmoeten.'

'Als u er speciaal voor moet komen heeft het niet zo veel zin. Laten we het volgende doen: ik ga naar de zitting, ik vraag om direct gehoord te worden en zodra ik daar klaar ben, bel ik u en kom ik bij u langs op kantoor.'

Ik zei dat ik niet te veel van zijn tijd in beslag wilde nemen en hij antwoordde dat het hem een genoegen was mij te komen opzoeken. Hij zei dat hij mij, in tegenstelling tot het merendeel van mijn collega's, sympathiek vond. Volgens hem had ik officier van justitie moeten worden omdat hij goede herinneringen had aan hoe ik de civiele partij had verdedigd in een proces over woeker waarin hij het onderzoek had gedaan. Hij zei dat, als het aan het OM had gelegen, die hufter van een aangeklaagde vrijgesproken zou zijn. Dat de rechters die bende woekeraars hadden veroordeeld was mijn verdienste geweest. Hij herhaalde dat het hem een genoegen was mij te komen opzoeken.

Hij belde eerder terug dan ik had verwacht. Zijn proces was uitgesteld wegens het ontbreken van een aantal formele stukken en hij was dus bijna onmiddellijk weer vrij. Twintig minuten later zat hij tegenover me.

'Maar zat u tot voor kort niet in een ander kantoor?'

'Ja, we zijn sinds vier maanden verhuisd.'

'U bent op de Amerikaanse tour gegaan. Wel mooi. Ik ben ook wel aan verandering toe. Maar het is minder makkelijk als je bij de carabinieri bent, dan leef je van je salaris en je hebt geen vast dienstrooster. Ik dacht erover om me in te schrijven aan de universiteit.'

'En door te gaan met de ingenieursstudie?'

Hij keek me verbaasd aan.

'U heeft een uitstekend geheugen. Maar nee, nee. Ik zou het niet redden om me daar weer op toe te leggen, en zeker niet in mijn schaarse vrije tijd. Ik dacht aan letteren, filosofie. Maar misschien is het een moeilijk te realiseren plan. Als je de veertig bent gepasseerd, begin je jezelf lastige vragen te stellen. Over de zin van wat je doet en vooral over de tijd die voorbijgaat en dat steeds sneller lijkt te doen.'

'Een tijdje geleden heb ik een goed boek gelezen, van een Nederlandse psycholoog, geloof ik. Het heet: *Waarom het leven sneller gaat als je ouder wordt*, en gaat over dit verschijnsel. Heel interessant.'

'Van de titel alleen al krijg het benauwd. Er zijn momenten waarop het lijkt of ik mijn evenwicht volledig verlies en in een gat val. Dat is geen prettige gewaarwording.'

Ik wist waarover hij het had. Het is inderdaad geen prettige gewaarwording. We zwegen allebei, terwijl die woorden in de lucht bleven hangen.

'Oké. Laten we maar ophouden over de tijd die voorbij-gaat en over mijn midlifecrisis. Over de telefoon zei u dat u geïnteresseerd was in de verdwijning van Manuela Ferraro.'

'Ja. Zoals ik al tegen u zei, zijn haar ouders bij me ge-komen, samen met een collega van me, een civiel advocaat. Ze hebben me gevraagd het dossier te bekijken om na te gaan of verder onderzoek mogelijk is. Gisteravond heb ik de stukken bestudeerd en natuurlijk zag ik onmiddellijk dat u zich met de zaak heeft beziggehouden.'

Hij knikte, zonder iets te zeggen. Dus ging ik door.

'Ik wil graag weten welke indruk u van deze verdwij-ning heeft, los van wat u in uw rapporten hebt geschreven.'

Ik vermeed hem expliciet te vragen of hij dacht dat ver-der onderzoek mogelijk was. Ook een rustig, intelligent persoon als Navarra heeft zijn zwakke plek. Ik hoopte dat er misschien iets naar boven zou kunnen komen als we er informeel over spraken.

'Het is altijd moeilijk om een serieuze veronderstelling te doen ten aanzien van vermiste personen. Het is mijn er-varing – maar ik geloof dat die overeenkomt met de statis-tieken – dat de kans dat een verdwenen persoon weer wordt teruggevonden, nadat er veel tijd is verstreken, zeer gering is.'

Hij stopte alsof hem iets belangrijks te binnen was ge-schoten.

'U weet natuurlijk dat inspecteur Tancredi zeer gespe-cialiseerd is in dit soort onderzoek? Hij heeft ontzaglijk veel ervaring opgedaan met vermiste kinderen. U kent hem toch, nietwaar?'

'Ja, Tancredi en ik zijn bevriend.'

'Als u bevriend bent met Tancredi zou u ook zijn me-ning moeten horen. Ik voel me niet gepasseerd. Afgezien van algemene informatie wilt u natuurlijk weten of ik nog iets kan toevoegen aan wat er in de verslagen staat.'

'Dat zou inderdaad kunnen helpen.'

Navarra perste zijn lippen op elkaar. Hij krabde in zijn nek. Hij schudde licht met zijn hoofd, alsof hij zich afvroeg of hij er goed aan deed mij te vertrouwen en te zeggen wat hij dacht. Vervolgens moet hij die vraag positief beantwoord hebben.

'Als ik een heleboel tijd had kunnen steken in deze zaak, of laten we liever zeggen: als ik ál mijn tijd had kunnen steken aan deze zaak, zou ik me verdiept hebben in het leven van dat meisje in Rome. Ik kreeg de indruk dat die twee vriendinnen – Abbrescia en Pontrandolfi – niet alles vertelden, dat ze iets verzwegen maar ik weet niet wat. Laat ik vooropstellen dat mijn onderzoek in de eerste plaats gericht was op Cantalupi, de ex-vriend van Manuela. Een rijkeluiszoontje, een zelfingenomen, verwende dandy wiens handen nogal loszitten. Maar uit zijn gesprekstabellen blijkt dat hij zich, ten tijde van de verdwijning van Manuela, in Kroatië bevond en dat hij in feite pas vier of vijf dagen daarna is teruggekomen. Afgezien van teletransportatie had hij geen enkele mogelijkheid om met het meisje in contact te komen na haar verdwijning.'

'Het feit dat Cantalupi zich in Kroatië bevond blijkt alleen uit de gesprekstabellen.'

Hij keek me aan met een glimlach.

'Ik wilde ook het idee niet opgeven dat die vent betrokken was bij de verdwijning van het meisje. Ook ik heb de onzinnige, als ik zo vrij mag zijn, gedachte gekoesterd dat iemand anders die telefoon in gebruik had. Maar de tabellen geven binnenkomende gesprekken weer van zijn huisnummer, dus van zijn ouders. In ieder geval heb ik, omdat dat individu me niet beviel, informeel navraag gedaan bij de schipper van de boot waarop hij had gereisd. Ik ben bang dat er geen twijfel mogelijk is. In die dagen bevond die kleine klootzak zich aan de overkant van de Adriatische Zee.'

Terwijl hij antwoordde, vond ik het inderdaad een belachelijke veronderstelling. Dat Cantalupi zijn telefoon bij iemand in Kroatië had achtergelaten om een alibi te creëren en naar Italië was teruggekeerd om zijn ex te ontvoeren of uit de weg te ruimen. En waarom dan wel? Ik voelde me een beetje dom, ook al had een professionele rechercheur als Navarra een soortgelijke gedachte gehad.

'En die twee vriendinnen, wat zei u daarover?'

'O ja, die vriendinnen. Laat ik vooropstellen dat ik mijn gevoelens ten aanzien van de spontaniteit of de oprechtheid van getuigen of verdachten altijd kritisch beschouw. Weet u wat een goede manier is om vast te stellen of een detective een onbenul is?'

'Nee, zeg het maar. Het kan me nog van pas komen.'

'Vraag hem of hij in staat is te constateren of iemand liegt. Degenen die dat bevestigen en zeggen dat je hun onmogelijk leugens kunt vertellen, zijn de allergrootste onbenullen. En dat zijn juist degenen die een handige leugenaar met groot gemak en veel genoegen in zijn zak steekt.'

'Ik ken een paar officiers van justitie die beweren dat ze onmiddellijk doorhebben of een beklaagde of een getuige liegt. Dat zijn inderdaad de grootste onbenullen van het OM.'

'Dat zijn waarschijnlijk dezelfden die ik in gedachte heb. Nou ja, met deze uitweiding wilde ik aangeven dat ik voorzichtig omga met mijn gevoelens ten aanzien van de oprechtheid van degene die ik verhoor. Dat betekent niet dat ik er geen rekening mee houd. Ik gebruik ze als aanknopingspunt, om de zaak verder uit te diepen.'

Op dat moment vroeg ik hem of hij koffie wilde of iets anders. Hij zei, ja graag, hij zat juist te denken dat hij trek had in een cappuccino. Ik belde de bar, bestelde twee cappuccino's en richtte me toen weer tot Navarra.

'En dus?'

'En dus kreeg ik de indruk, toen ik de twee meisjes onder-vroeg, dat er iets niet klopte.'

'Maar wat precies?'

'Dat er dingen waren die ze niet tegen mij zeiden. Ik geef u een voorbeeld. Op een bepaald moment vroeg ik aan Nicoletta, de huisgenote van Manuela, en daarna ook aan het andere meisje, of Manuela verdovende middelen gebruikte.'

'Ja, dat heb ik in het proces-verbaal gelezen. Allebei hebben ze nee gezegd, voor zover ze wisten. Afgezien van een enkele joint.'

'Ja, maar het gaat erom hóe ze dat hebben gezegd. Er was iets in het antwoord van allebei dat me niet overtuigde. Ik heb nog wat aangedrongen maar zij trokken zich terug. Ik had niets om hun uitspraak aan te vechten, dus moest ik loslaten. Toch heb ik zeer sterk het gevoel gehouden dat ze niet alles hebben gezegd. En degene die zich daarbij het ongemakkelijkst leek te voelen was Nicoletta Abbrescia.'

'Maar heeft u deze twijfel besproken met uw superieuren of met de officier van justitie?'

'Natuurlijk heb ik erover gesproken. Trouwens,' – voegde hij eraan toe omdat hij zich opeens realiseerde dat hij mij vertrouwelijke details meedeelde over een onderzoek dat formeel nog aan de gang was – 'dit gesprek heeft nooit plaatsgevonden.'

'Nooit plaatsgevonden. Hoe reageerden uw superieuren en de officier?'

'De kapitein haalde zijn schouders op. Eigenlijk had hij misschien niet eens ongelijk. Wat moesten we met mijn vermoedens zonder enige concrete aanwijzingen? Ik probeerde nog te zeggen dat we misschien de twee meisjes een paar dagen in de gaten konden houden. Hij keek naar me alsof ik in een alien was veranderd. Hij vroeg me waar ik had gedacht deze Amerikaanse film op te nemen. Natuurlijk in Rome. Gaf ik persoonlijk toestemming voor die missie naar Rome? En aangezien er zelfs op de benzinetoelage voor de carabinieri was bezuinigd mocht hij toch aannemen dat ik alles zelf betaalde uit mijn speciale, voor dit doel gereserveerde fondsen? Toen heb ik gezegd dat we misschien hun telefoons konden aftappen, en de gesprekstabellen opvragen. Hij zei dat ik daar rechtstreeks met de officier van justitie over moest spreken.'

'En wat deed u?'

'Ik ben naar het OM gegaan en heb met de officier gesproken.'

'En wat heeft die gezegd?'

'Alles bij elkaar was hij heel voorkomend. Hij vroeg me of ik van plan was een verzoek tot aftappen in te dienen, met de motivering dat sergeant Navarra zijn twijfels had over de oprechtheid van twee personen die kennis hadden van de feiten. Hij vroeg me of ik me kon voorstellen hoe een rechter hierop zou reageren. Ik zei ja, dat ik me dat kon voorstellen, en daarmee was de zaak afgelopen. Met dien verstande dat ik het verzoek uiteraard niet eens heb geschreven.'

Op dat moment arriveerde de jongen van de bar met onze cappuccino's. Navarra dronk de zijne terwijl hij het kopje met beide handen vasthield, als een klein kind. Er bleef schuim op zijn bovenlip achter. Hij veegde het keurig af met een paar papieren servetjes, als iemand die weet wat er gebeurt als je cappuccino drinkt, en zijn maatregelen neemt. Kalm en welbewust.

Die eenvoudige, trefzekere reeks van handelingen sprak me aan. Hij had alleen maar wat cappuccinoschuim van zijn lippen verwijderd, maar ik zou graag iemand zijn die handelingen zo nauwgezet, welbewust en precies uitvoert.

Navarra verfrommelde de servetjes en wendde zich toen weer tot mij.

'We hebben alles gedaan wat we konden, we zitten tot over onze oren in het werk, op onze bureaus hopen nieuwe dossiers zich op die behandeld moeten worden. Bovendien, als we gaan muggenziften, er bestaat zelfs geen aangifte van een strafbaar feit. Ik bedoel dat het meisje...'

'Natuurlijk, natuurlijk. Het meisje is meerderjarig, er is geen enkel expliciet gegeven waaruit blijkt dat haar verdwijning samenhangt met een misdrijf, er kan niet worden uitgesloten dat zij er vrijwillig vandoor is gegaan, et cetera...'

'...et cetera. Het is onwaarschijnlijk, maar wel mogelijk dat ze er uit eigen vrije wil vandoor is gegaan en dat ze niet gevonden wil worden.'

Ik keek hem in de ogen. Hij kruiste mijn blik en trok zijn schouders op.

'Oké, ik geloof er ook niet in. Maar ik kon niets anders. Tenzij ik, zoals ik al zei, al mijn tijd in dit onderzoek had kunnen steken. Omdat dat niet kon, was ik gedwongen de zaak af te sluiten en me aan iets anders te wijden. Maar wie weet lukt het u iets te vinden wat ik over het hoofd heb gezien.'

Hij zei dat zonder een merkbare zweem van ironie. Maar die mogelijkheid leek ons beiden een beetje onwaarschijnlijk.

'Wat denkt u te gaan doen?' zei hij terwijl hij zijn stoel achteruit schoof.

'U weet beter dan ik dat dit nauwelijks een poging genoemd kan worden. Als jullie al niets hebben gevonden, is het des te onwaarschijnlijker dat het mij lukt.'

'Daar zou ik niet zo zeker van zijn. Bij recherchewerk spelen vreemde mechanismen een rol. Soms doe je alles zoals het moet, perfect volgens de regels, en vind je helemaal niets. En als je je er dan bij hebt neergelegd, gebeurt er iets toevalligs waardoor je de oplossing op een presenteerblaadje aangeboden krijgt. Op dit gebied, veel meer dan op andere, bestaat geen techniek of planning of ervaring die opweegt tegen enorme mazzel. Misschien overkomt het u, deze keer.'

Ik haalde mijn schouders op en schudde mijn hoofd, maar ik was wel blij met wat hij had gezegd. Het had mij moed gegeven. Ik was een volslagen beginneling wat betreft onderzoek, maar met enorme mazzel had ik me altijd aardig weten te redden.

'Ik denk dat ik ga proberen te praten met de vriendinnen van Manuela, de twee die in Rome studeren. Ik ga ook praten met die knaap die u zo sympathiek vindt, haar ex-vriend. Ik weet niet of het zin heeft ook het meisje te spreken dat haar een lift heeft gegeven van het trullidorp naar het station van Ostuni.'

'Anita Salvemini. U moet beslist ook met haar een praatje maken.'

'Waarom?'

'Het zal vrijwel zeker niets opleveren. Maar soms, heel zelden, gebeurt het dat iemand, die opnieuw wordt gehoord in een andere context en op een ander moment, wellicht in een minder stressvolle situatie, zich details herinnert die hij aanvankelijk vergeten was. Het gebeurt dat een flard van een herinnering boven komt drijven en dat het precies het detail is waardoor je de draad kunt vatten. Het gebeurt zelden maar het kan geen kwaad om ook met dat meisje te gaan praten.'

'Kunt u mij nog meer adviezen geven?'

'De handboeken raden aan om in twee fases te werk te gaan, wanneer je een informant ondervraagt. In de eerste fase is het beter hem vrij te laten spreken, zonder onderbrekingen, en hem alleen in de rede te vallen om te laten blijken dat je zijn relaas volgt. Wanneer dit vrije verhaal is uitgeput, moet je overgaan tot het stellen van specifieke vragen om te komen tot opheldering en verdieping. En aan het eind moet je altijd een deur open laten. Je moet tegen de getuige zeggen dat hem later, in de komende uren of in de komende dagen, vast en zeker nog een paar details te binnen zullen schieten. Het zullen hem misschien on- beduidende details lijken en hij zal geneigd zijn ze voor zich te houden. Dat mag niet gebeuren. Tussen die schijn- baar onbeduidende details kan de sleutel schuilen om de zaak op te lossen.'

'En dus?'

'En dus moeten we tegen de getuige zeggen dat hij, als hem nog iets te binnen schiet – *wat dan ook* –, ons moet bellen. Dat dient om geen informatie verloren te laten gaan, maar ook om het verantwoordelijkheidsgevoel van de getuige te versterken. Als deze zich verantwoordelijk voelt, zal hij mentaal alert blijven, en dat is de fundamen- tele voorwaarde voor het achterhalen van verdere details.'

'Met deze belangstelling en deze kennis zou u zich moeten inschrijven bij psychologie, niet bij letteren.'

'Ja, daar heb ik over gedacht. Maar, zoals ik u al zei, het idee om me in te schrijven aan de universiteit komt bij me op, en het moment daarop lijkt het me alweer onzin, op drieënveertigjarige leeftijd, zonder een duidelijk perspec- tief wat ik met het diploma kan gaan doen. En als die ge- dachte zich eenmaal opdringt, volgen er meer, allemaal nogal onprettig.'

Nadat hij nog even was blijven zitten, in gedachten ver- zonken, met een enigszins afwezige blik, zei hij dat hij terug moest naar de kazerne.

'Leeft het meisje volgens u nog?'

Even aarzelde hij voordat hij antwoordde. Toen schudde hij zijn hoofd.

'Nee, dat denk ik niet. Ik heb geen idee wat haar kan zijn overkomen, maar ik denk niet dat ze nog leeft.'

Het was precies wat ook ik dacht. Wat ook ik vanaf het begin had gedacht, maar toch, het hem te horen zeggen maakte een enorm diepe indruk op me. Aan zijn uitdrukking kon je zien dat hij dat ook had gemerkt, dat het hem speet maar dat hij er niets aan kon doen.

'Als u nog iets nodig heeft, bel me gerust. En bel me natuurlijk ook als u iets op het spoor komt.'

Waarom ook niet? Ik los het mysterie op, overhandig jullie grootmoedig de schuldige en trek me dan weer terug in het schemerduister. Zoals wij altijd doen, wij eenzame helden.

'Ik zou graag een keer de lancering van een van uw vliegtuigen bijwonen.'

Hij glimlachte.

'U krijgt een uitnodiging.'

II

's Middags belde ik Tancredi. Pas na drie pogingen slaagde ik erin om verbinding te krijgen en, toen ik de oproeptonen hoorde, merkte ik dat ze leken op die van een buitenlands gesprek.

'Guido. Je leeft dus nog.'

'Ja, reken maar. En hoe gaat het met jou? Ben je soms in het buitenland?'

'Jou ontgaat ook niets, hè? Je bent een valk. Het gaat goed met me, en ik ben in Virginia.'

'Virginia? Bedoel je in de Verenigde Staten?'

'Ja, dat bedoel ik. Ken jij nog meer Virginia's?'

'Maar dan moet jij voor dit gesprek betalen. Sorry, we houden onmiddellijk op. Tussen twee haakjes... hoe laat is het daar?'

'Elf uur, we hebben net een koffiepauze. En maak je geen zorgen, ik kan me nog wel een telefoongesprek van een paar minuten veroorloven. Bovendien belt niemand me uit Italië en dus, bij gebrek aan beter, kan jij er ook wel mee door.'

'Wat doe je in Virginia?'

'Ik zit op de Academy van de FBI. Ik volg een cursus voor buitenlandse politieagenten. Ondervragingstechnieken en *criminal profiling.*'

'Wat?'

'Technieken om technisch-criminologische profielen uit te werken en technieken om getuigen en verdachten beter te kunnen ondervragen.'

'Leer jij die technieken van hen of leren zij ze van jou?'

'Ik van hen, ik van hen. Het is echt een andere wereld. Het zijn dingen die ook interessant zouden kunnen zijn voor een advocaat zoals jij. Waar bel je voor?'

'Ik wilde je iets vragen, maar het is helemaal niet dringend.'

'Zeg het maar.'

'Nee, nee, het is niet iets om te bespreken tijdens een intercontinentaal telefoongesprek. En bovendien – loog ik – is het helemaal niet dringend. Wanneer kom je terug?'

'Over drie weken.'

'Laat iets van je horen als je weer in het land bent, dan maken we een afspraak om bij te praten en dan vertel ik het je wel.'

'Weet je zeker dat je het me niet nu wilt vragen?'

'Absoluut zeker. Bedankt, Carmelo, amuseer je, we zien elkaar als je terug bent.'

'Oké. Ik amuseer me hier te pletter. Ik zou je graag mijn cursusgenoten willen laten zien. De meest sympathieke is een christelijke Turk die, sinds hij erachter is gekomen dat ik uit Bari kom blijft herhalen dat de bewoners van Bari – en zoals je weet kom ik oorspronkelijk níet uit Bari – het gebeente van de heilige Nicolaas uit Mira hebben gestolen en dat wij dat moeten teruggeven. En verder is er geen plek, letterlijk geen enkele, waar je een goede sigaar kan roken, behalve misschien in de omgeving van een vuilnisbelt. Oké, genoeg gekletst. Dag Guido, we bellen als ik terug ben.'

We verbraken de verbinding en, terwijl ik dacht aan Tancredi, duizenden kilometers van mij verwijderd, voelde ik me heel alleen. Om dat gevoel te verdrijven bedacht ik dat ik iets nuttigs moest doen, of in ieder geval iets praktisch, en ik besloot Fornelli te bellen.

De manier waarop mensen de telefoon beantwoorden

– tenminste, als ze niet weten wie er aan de andere kant van de lijn is, en klaarblijkelijk had Fornelli mijn nummer niet opgeslagen – zegt heel veel over hoe ze zijn. De stem van Fornelli, met een zwaar lokaal accent, was vlak en grijs.

'Hallo, Sabino, je spreekt met Guido.'

De stem leefde op, kreeg vorm, en zelfs een beetje kleur.

'Hé, hallo, Guido.'

'Hallo, Sabino.'

'Heb je gelegenheid gehad om het dossier te lezen?'

Ik zei dat ik het gelezen had. Ik zei echter niets over mijn gesprek met Navarra; zoals afgesproken zou dat vertrouwelijk blijven.

'Heb je je een idee kunnen vormen? Denk je dat we iets kunnen doen?'

'In alle eerlijkheid denk ik niet dat er veel kans bestaat dat we nog iets nieuws ontdekken, buiten dat wat naar voren is gekomen uit het onderzoek van de carabinieri. Toch zou ik nog een paar dingen willen controleren om iedere twijfel weg te nemen.'

'Heel goed. Wat wil je precies doen?'

Zijn stem was nu heel anders dan die van de enigszins gedeprimeerde man die enige ogenblikken daarvoor de telefoon had opgenomen. Hij leek bijna opgewonden. Hou je in, dacht ik. Het gaat niets opleveren. Maak je geen illusies en pas vooral op met wat je zegt tegen die arme ouders.

'Ik dacht erover om te gaan praten met de ex-vriend van Manuela, met haar twee vriendinnen die ook in Rome studeren en zelfs misschien met het meisje dat haar naar het station heeft gebracht de dag dat ze is verdwenen.'

Ik zei dat ik zijn hulp nodig zou hebben om met deze personen in contact te komen. Hij zei dat hij daar natuurlijk voor zou zorgen. Hij zou de moeder van Manuela bellen – de vader was, zoals ik had gezien, niet in de omstandigheden om ons te helpen – en haar vragen te helpen hen te bereiken. Hij zou me zo snel mogelijk berichten. Hij wist dat ze er goed aan hadden gedaan om zich tot mij te wenden, zei hij ten slotte op een niet passende, opgewekte toon, alvorens zich weer te storten in het duistere gebied van zijn bewustzijn van waaruit hij de telefoon had opgenomen.

Nu zou ik misschien echt aan het werk kunnen gaan, dacht ik.

Als advocaat, na detective te hebben gespeeld. De volgende dag wachtte mij een van de meest onwezenlijke processen uit mijn carrière. Ik belde Consuelo die ik had opgedragen het dossier te bestuderen, en vroeg haar bij me te komen om samen onze positie te bepalen.

12

Mijn cliënt was een jongen van vijfentwintig die werd beschuldigd van het willen aanrichten van een bloedbad.

Als je het zo zegt maakt het een zekere indruk en roept het tragische beelden op, de scherpe geur van kruit, dodelijk getroffenen, gekrijs, gewonden, bloed, en sirenes van ambulances.

Toen ik de tenlastelegging en de processtukken las zagen de dingen er enigszins anders uit. De aanklacht omschreef inderdaad dat Nicola Costantino werd beschuldigd van het misdrijf vermeld, met de daarbij behorende strafmaat, in artikel 422 lid 2 van de Codice Penale omdat hij, teneinde zichzelf te doden, daden had begaan die de openbare veiligheid in gevaar hadden kunnen brengen, in het bijzonder door de gaskranen van zijn woning te openen met de bedoeling, als de lucht verzadigd was, een explosie teweeg te brengen, in staat om het hele gebouw op te blazen; een verwoestende gebeurtenis die alleen dankzij het ingrijpen van de carabinieri niet heeft plaatsgevonden.

Nicola Costantino, die al tijden in behandeling was vanwege psychische problemen, had geprobeerd zelfmoord te plegen met gas. Hij was alleen thuis, had zich in de keuken opgesloten, een halve fles rum gedronken, een forse dosis kalmeringsmiddel ingenomen en vervolgens alle gaspitten opengezet. Een buurvrouw met een scherpe reuk had bijna onmiddellijk gemerkt dat er iets niet in de haak was en had de carabinieri gebeld. Nadat de militairen – die 'prompt waren verschenen' zoals te lezen was in het verslag – de deur hadden ingetrapt en de ramen opengegooid, hadden ze de jongen op de grond gevonden, bewusteloos maar wonder boven wonder nog niet aan gene zijde. In feite hadden ze hem het leven gered. Maar na overleg met de dienstdoende magistraat hadden ze hem ook gearresteerd. Vanwege het willen aanrichten van een bloedbad.

Wanneer je een handboek van strafrecht raadpleegt zul je ontdekken dat het aanrichten van een bloedbad als misdrijf kan bestaan zonder dat er doden vallen: alleen het gevaar hoeft zich voor te doen, mits er is gehandeld met het specifieke doel om te doden.

Het schoolvoorbeeld is dat van de terrorist die een bom plaatst op een openbare plek, klaar om te ontploffen. Het apparaat explodeert niet, misschien door ingrijpen van de politie, misschien door een technisch defect, maar de terrorist moet zich toch verantwoorden voor het aanrichten van een bloedbad omdat het zijn bedoeling was een onbepaald aantal personen te doden en zijn gedrag van dien aard was dat het dit resultaat teweeg had kunnen brengen.

Het verhaal van mijn cliënt lag, hoe zal ik het zeggen, wel enigszins anders. Nicola Costantino was geen terrorist maar een tengere jongen, verward en met een onverbeterlijke neiging tot mislukken. Hij had besloten een eind aan zijn leven te maken en was daar niet in geslaagd, daarmee aantonend dat zijn onvermogen om iets tot een goed einde te brengen zich zelfs uitstrekte tot het uitvoeren van een daad van zelfbeschadiging.

Het lijdt geen twijfel dat hij de veiligheid van alle bewoners van het gebouw in gevaar had gebracht door zo stom te zijn het gas open te zetten; het lijdt echter ook geen twijfel dat deze idiote actie niet voortkwam uit de intentie iemand te doden, behalve zichzelf.

Dat was de elementaire redenering die ik had proberen

uiteen te zetten tegenover het OM en tegenover het Hof van de Vrijheid, om aan te tonen dat mijn cliënt het aanrichten van een bloedbad niet ten laste kon worden gelegd en dat er dus geen juridische basis was om hem vast te houden in de gevangenis.

Ik was niet overtuigend geweest. In hun motivering om mijn verzoek af te wijzen schreven de rechters van het Hof van de Vrijheid 'dat het, om te kunnen spreken van het aanrichten van een bloedbad, voldoende is dat iemand de bedoeling heeft om *wie dan ook* te doden, dus ook alleen zichzelf'.

Van deze redenering ging een paradoxale, bijna hypnotische kracht uit.

Had Costantino soms niet de openbare veiligheid in gevaar gebracht met zijn poging – die alleen was mislukt door het daadkrachtige ingrijpen van de politie – zichzelf te doden? Hij was dus ontegenzeggelijk verantwoordelijk voor het willen aanrichten van een bloedbad waarvoor alle voorwaarden, zowel objectief als subjectief, aanwezig waren.

En aangezien op grond van de omstandigheden van het misdrijf en de wankele persoonlijkheid van verdachte (het enige punt waarover ik het met de rechters eens kon zijn) redelijkerwijs verondersteld kon worden dat gedragingen van dezelfde aard zich zouden herhalen, was bevestiging van de voorzorgsmaatregel, in de meest rigoureuze vorm van preventieve hechtenis, onvermijdelijk.

Ik stond op het punt om beroep in cassatie in te dienen tegen deze bizarre interpretatie van het strafrecht, toen de ouders van de jongen mij kwamen opzoeken. Ze leken enigszins gegeneerd, maar na enige aarzeling konden ze het opbrengen om mij zonder omwegen te laten weten dat ze niet wilden dat ik in beroep ging.

'Waarom?' vroeg ik, verbijsterd.

Zij keken elkaar in de ogen, als om te besluiten wie zou antwoorden.

'Als het om mijn declaratie gaat,' – zei ik terwijl ik me herinnerde hoeveel ik had gevraagd voor het beroep – 'maakt u zich daarover geen zorgen, u kunt mij betalen wanneer u daartoe in staat bent.'

De vader antwoordde.

'Nee, dank u, het is geen kwestie van geld. De zaak is dat het beter gaat met Nicola sinds hij in de gevangenis zit. Hij wordt goed behandeld, zowel door de agenten als door de andere gedetineerden. Hij stelt zich sociaal op, hij heeft vrienden gemaakt, en als we hem gaan opzoeken lijkt hij bijna blij. Eerlijk gezegd hebben we hem in jaren niet zo goed meegemaakt.'

Ik keek ze aan met de uitdrukking van iemand die iets niet goed heeft gehoord. De vader haalde zijn schouders op.

'Laat hem daar nog maar een paar maanden zitten,' voegde de moeder eraan toe, met een uitdrukking die een mengelmoes was van schuldgevoel, opluchting en zelfs enige vreugde.

'We zijn er zeker van dat u, als het proces wordt gevoerd, vrijspraak voor hem zult krijgen. Dan komt hij uit de gevangenis en kunnen wij hem helpen bij het opbouwen van een nieuw leven. Laten we hem in de tussentijd nog maar een poosje daar laten zitten, omdat het goed voor hem is. Het is net alsof hij in een verzorgingshuis zit,' besloot de vader, met de opgeluchte uitdrukking van iemand die een moeilijke taak tot een goed einde heeft gebracht.

Ik stond op het punt te zeggen dat Nicola meerderjarig was en dat ik, om ethisch-professionele redenen, zijn mening moest vragen over deze originele oplossing.

Ik dacht er echter even over na, nam een beslissing waarvan ik niet zou willen dat de Raad van de Orde van

Advocaten ervan op de hoogte gebracht zou worden, en zei niets. Ik beperkte me tot het spreiden van mijn handen, de palmen omhoog, ten teken van overgave.

Maanden later was het moment van de voorbereidende zitting gekomen.

Die ochtend was er eerst een ander proces, voorafgaand aan het mijne, met tientallen verdachten vanwege het oplichten van de sociale dienst. De zaal – de grootste van de zalen die bestemd waren voor voorbereidende zittingen – was gevuld met verdachten en hun advocaten, en er heerste de ordelijke kalmte van de soek van Marrakesh. Aan alles was te zien dat deze zaak heel wat tijd in beslag zou nemen. Niet wetend hoe ik de tijd moest doorbrengen pakte ik de iPod die ik in mijn tas had en startte de shufflefunctie.

Het tafereel veranderde plotseling, en als bij toverslag, in een schouwspel van een absurde, mythische, krankzinnige schoonheid.

Zonder het te weten volgden advocaten, verdachten, de rechter, de griffier en bewakers het ritme van de rockmuziek en dansten ze syncopisch op mijn persoonlijke toneel.

Advocaten die opstonden en dingen zeiden die ik niet hoorde, verdachten die onder elkaar smoesden, de rechter die zijn uitspraak schriftelijk liet vastleggen: een soort collectief bewegen dat, dankzij de muziek, zin en noodzaak scheen te krijgen.

Het opwindendste moment van deze privémusical was toen een collega van me, wiens meest karakteristieke professionele specialiteit bestond – en bestaat – uit zijn onverbiddelijke minachting voor de aanvoegende wijs, opstond en zich wendde tot de rechter met levendige gebaren, in volmaakte harmonie – zo kwam het tenminste op mij over – met de stem van Freddie Mercury die 'Don't Stop Me Now' zong.

Soms is het niet erg om advocaat te zijn, dacht ik, terwijl ik mijn benen onder de bank uitstrekte en genoot van het schouwspel.

Toen de voorbereidende zitting vanwege het oplichten van de sociale dienst was afgelopen, de zaal was ontruimd en de oordopjes waren teruggeplaatst, was het onze beurt. De enige die waren overgebleven waren de rechter, de griffier, ik, Consuelo – die intussen was gearriveerd na een ronde te hebben gemaakt langs een aantal griffies – de officier van justitie, mijn cliënt en de twee bewakers die hem hadden begeleid en hem scherp in de gaten hielden. Voor het geval hij het in zijn hoofd zou halen het gas open te draaien en ook op de rechtbank een bloedbad aan te richten.

Na afhandeling van de openingsformaliteiten vroeg de rechter of er een verzoek was. Ik stond op en zei dat de heer Costantino aan een verhoor onderworpen wenste te worden. Het verzoek was gerechtvaardigd op grond van het feit dat de verdachte maar één keer was gehoord, op het moment van de bekrachtiging van de preventieve hechtenis, twee dagen na zijn arrestatie, toen hij, om een eufemisme te gebruiken, nog niet volkomen helder was.

De rechter dicteerde een korte verordening, gaf de bewakers opdracht om de verdachte voor te geleiden en nodigde vervolgens de officier van justitie uit om te beginnen.

'Heeft u de tenlastelegging gelezen?' vroeg de officier van justitie. Nicola keek hem verward aan, alsof de vraag hem te idioot leek. Vervolgens zag hij dat ik knikte, en begreep dat hij moest antwoorden.

'Jazeker.'

'Heeft u gedaan wat daarin wordt beschreven?'

'Ik heb het gas opengedraaid omdat ik er een einde aan wilde maken. Maar ik wilde echt geen bloedbad aanrichten. Ook al heb ik me later gerealiseerd, toen ik weer bij zinnen was, dat ik een hele toestand had kunnen veroorzaken.'

'Betekent dat dat u beseft dat u gedrag heeft vertoond van een dergelijke aard dat het de openbare veiligheid in gevaar had kunnen brengen?'

Ik stond op het punt bezwaar te maken, maar ik bedacht me. Het bezwaar had volstrekt geen zin aangezien de vraag geen enkele zin had. Mijn cliënt, die zoals ik al zei niet overdreven scherp van geest was, gaf toch een adequaat antwoord en na nog een paar vragen was de officier klaar.

'Wilt u de ondervraging voortzetten, advocaat Guerrieri?' vroeg de rechter.

'Dank u, edelachtbare, ik heb maar heel weinig vragen omdat, zoals u ongetwijfeld weet, dit proces meer draait om een juridische kwestie dan om een feitelijke.' Ik stopte even en meende een nauwelijks waarneembaar teken van instemming van de kant van de rechter op te vangen. Dat is niet altijd een goede zaak, maar die dag was de dienstdoende rechter zowel goed voorbereid als intelligent, en dus leek zijn hoofdknikje mij een goed voorteken.

'Mijnheer Costantino, het is een niet te ontkennen feit dat u het gas heeft opengedraaid en van plan was zelfmoord te plegen. Hier zullen we niet meer op terugkomen. Ik wil u echter het volgende vragen: was u, op het moment dat u het gas opendraaide, van plan iemand anders te doden?'

'Nee, natuurlijk niet.'

'Heeft u, op het moment dat u het gas opendraaide, bedacht of voorzien dat deze daad behalve uw dood ook die van anderen ten gevolge zou kunnen hebben?'

'Nee, nee, ik wilde alleen maar inslapen en er een einde aan maken. Ik heb al gezegd dat ik niet goed bij zinnen was, ik nam medicijnen...'

'Bedoelt u te zeggen dat u psychofarmaca nam?'

'Ja, medicijnen tegen depressie.'

'U heeft gezegd dat u zich pas achteraf heeft gerealiseerd

welke consequenties uw gedrag met zich mee had kunnen brengen. Heb ik dat goed begrepen?'

'Ja, heel wat dagen later, toen het beter met me begon te gaan. In de gevangenis.'

'Dank u. Ik heb geen vragen meer.'

'Goed, als er verder geen verzoeken zijn neem ik aan dat partijen tot een afronding kunnen komen,' zei de rechter.

De officier van justitie ging staan en presenteerde nogmaals zijn innoverende visie op het aanrichten van een bloedbad. Het misdrijf wordt gekenmerkt door de intentie om te doden, zonder dat het doelwit van deze intentie op enige wijze omschreven hoeft te worden. Op het moment van zijn gedrag had Costantino de intentie om zichzelf te doden en had hij in elk geval impliciet het risico geaccepteerd dat hij ook anderen zou doden. Dat was voldoende om hem te dagvaarden en vervolgens te veroordelen. Voor het aanrichten van een bloedbad.

Toen was ik aan de beurt.

'Staat u mij toe, edelachtbare, dat ik mij niet beperk tot de luttele woorden die gewoonlijk tijdens een voorbereidende zitting worden besteed aan het rituele, en vaak zinloze verzoek tot het ontslaan van rechtsvervolging. Want dit is een van de gevallen waarin het ontslaan van rechtsvervolging op dit moment reeds tot de mogelijkheden behoort, zonder het hele traject te doorlopen dat leidt tot een proces aan het Hof van Assisen. En eerlijk gezegd, aan het idee dat we naar het Hof van Assisen zouden gaan vanwege een gaslek, ook al is het opzettelijk veroorzaakt, kleven paradoxale, wellicht zelfs groteske aspecten.'

De rechter had pen en papier gepakt en schreef. Ik registreerde deze handeling, overwoog dat dit een goed teken kon zijn, hoewel rechters onberekenbare wezens zijn, en ging verder.

'Het lijdt geen twijfel dat dit proces op juridisch niveau

afgehandeld moet worden, op het niveau van de interpretatie van het strafrecht, aangezien de feiten onweerlegbaar zijn in hun banale eenvoud: een ongelukkige, gedeprimeerde jongen probeert zelfmoord te plegen, de carabinieri grijpen in, redden de jongen en voorkomen een mogelijke tragedie. De vraag waarop het proces een antwoord moet geven is dus de volgende: voldoet het gedrag van deze jongen aan alle criteria betreffende het aanrichten van een bloedbad? Een misdrijf waarop, laten we dat niet vergeten, een gevangenisstraf van minstens vijftien jaar staat.'

Ik sprak nog een minuut of tien, waarin ik probeerde een elementair denkbeeld over te brengen: er kan alleen sprake zijn van het aanrichten van een bloedbad – ook als er geen doden vallen – als verdachte heeft gehandeld met de intentie een onbepaald aantal mensen te doden omdat het een misdrijf betreft tegen de openbare veiligheid. Heel simpel gezegd: als iemand zichzelf wil doden, wil hij geen bloedbad aanrichten. En als er dus geen doden vallen, is er eenvoudigweg geen sprake van een misdrijf.

Ik merkte dat ik er moeite mee had om zoiets vanzelfsprekends uit te leggen. Misschien wel te vanzelfsprekend om doeltreffend beargumenteerd te worden. Toen ik klaar was met mijn verhaal was ik niet tevreden over mezelf en ervan overtuigd dat de rechter mijn cliënt zou dagvaarden.

Deze schreef echter snel iets op, ging staan en las het voor: het was niet nodig Nicola Costantino te vervolgen omdat hetgeen hem ten laste werd gelegd geen misdrijf vormde. De verdachte moest onmiddellijk worden vrijgelaten tenzij hij nog uit andere hoofde werd vastgehouden.

Zo eindigde de zitting, nogal abrupt, en de rechter was al in de raadkamer verdwenen toen ik op de jongen af liep om te zeggen dat hij was vrijgesproken en binnen een paar uur – nodig voor de formaliteiten in de gevangenis – weer op vrije voeten zou zijn.

'Gefeliciteerd, ik was er zeker van dat hij hem zou dagvaarden, om niet verantwoordelijk te hoeven zijn voor het nemen van een beslissing en het gedoe van het schrijven van een vonnis te ontlopen,' zei Consuelo terwijl we de zaal uitliepen.

'Ik had er ook niet veel hoop op dat hij zou worden vrijgesproken.'

'En nu?'

'En nu wat?'

'Zullen de ouders tevreden zijn over het feit dat Nicola is vrijgesproken of eerder bezorgd over wat er zou kunnen gebeuren nu hij weer thuiskomt?'

Dat was wat ik me op dat moment ook afvroeg. En ik had natuurlijk geen antwoord.

13

Ik had afscheid van Consuelo genomen en stond op het punt een proeflokaal binnen te gaan om een hapje te eten, toen ik een telefoontje van Fornelli kreeg. Hij zei dat hij had gesproken met de moeder van Manuela die weer had gebeld met de twee vriendinnen en de ex-vriend. Via andere vrienden van haar dochter had ze Salvemini weten te bereiken, het meisje dat Manuela naar het station van Ostuni had gebracht. Ze had ze allemaal uitgelegd dat we bezig waren een poging te ondernemen om erachter te komen wat er met haar dochter was gebeurd en ze had hun gevraagd met mij te praten. Ze hadden allemaal toegestemd behalve Nicoletta Abbrescia.

'Waarom Abbrescia niet?'

Aan de andere kant volgde een korte aarzeling.

'Tegen de moeder van Manuela heeft ze gezegd dat ze in Rome was. Ze zei dat ze het de komende weken heel druk had met colleges en examens en dat ze niet wist wanneer ze weer in Bari zou zijn.'

Na weer enige aarzeling ging Fornelli verder.

'Eerlijk gezegd kreeg mevrouw Ferraro de indruk dat het meisje zich ongemakkelijk voelde. Dat ze het vervelend vond gebeld te worden en dat ze het vooruitzicht met jou, een advocaat, te praten nog vervelender vond.'

'Kun je achter haar telefoonnummer komen?'

'Zeker. De anderen hebben overigens gezegd bereid te zijn naar je kantoor te komen. Zelfs vandaag al, als jou dat schikt.'

Ik vroeg hem even te wachten, wierp een snelle blik in mijn agenda die in mijn tas zat en zag dat ik maar een paar afspraken had in de voormiddag.

'Oké. Ze zijn met z'n drieën, we laten ze steeds een uur na elkaar komen. Laten we zeggen om zes, zeven en acht uur. Zo kan ik met ieder van hen rustig praten. Kun jij ervoor zorgen dat ze worden gebeld om de afspraken te maken?'

'Natuurlijk, dat regel ik. Als ik je binnen een uur niet terugbel kun je ervan uitgaan dat alles bevestigd is.'

De eerste die zich, een paar minuten na zessen, meldde was Anita Salvemini.

Het was een klein, stevig meisje, gekleed in een cargobroek en een bruinleren jack. Ze had een mollig maar zelfverzekerd gezicht, een mannelijke handdruk, en maakte op mij een betrouwbare indruk.

'In de eerste plaats wil ik u bedanken voor uw bereidheid hier te komen. Ik denk dat mevrouw Ferraro u al de reden heeft meegedeeld waarom ik u wil spreken.'

'Ja, ze heeft me gezegd dat u bezig bent met een soort onderzoek naar de verdwijning van Manuela.'

Voordat ik erin slaagde het te onderdrukken werd ik even overweldigd door een gevoel van pure, achterlijke ijdelheid. Als ik bezig was met *een soort onderzoek* zou je kunnen zeggen dat ik een soort detective was.

Of wat meer in de rede ligt – bedacht ik terwijl ik weer greep op mezelf kreeg – een soort debiel.

'Laten we zeggen dat we de onderzoeksverslagen van de carabinieri nog een keer grondig doornemen om te zien of er eventueel een detail aan hun aandacht is ontsnapt dat iets zou kunnen suggereren over de verdwijning van Manuela.'

'Maar u bent toch advocaat?'

'Ja, ik ben advocaat.'

'Ik wist niet dat een advocaat... dat een advocaat dit soort dingen deed. Meer het werk van een privédetective, toch?'

'Ja en nee. Dat hangt van de omstandigheden af. Wat studeert u?'

'Ik ben bijna afgestudeerd in Communicatiewetenschappen.'

'O, u wilt journalist worden?'

'Nee, ik zou graag een boekwinkel beginnen, ook al is dat niet makkelijk. Ik denk dat ik eerst een master ga doen en dat ik dan een paar jaar ga werken bij een boekhandelketen. Misschien wel in het buitenland. Winkels zoals Barnes & Noble, of Borders.'

Iemand die zegt dat ze boekhandelaar wil worden vind ik onmiddellijk sympathiek. Als jongen dacht ik af en toe dat ik graag boekhandelaar zou willen worden. Dat dacht ik vanwege een romantische en totaal onrealistische kijk op dat vak dat er, volgens mij, hoofdzakelijk op neer zou komen dat ik mijn tijd doorbracht met het gratis lezen van alles wat ik wilde. Slechts af en toe zou ik worden onderbroken door de binnenkomst van een klant die echter weer snel zou verdwijnen om mijn leesgenot niet al te zeer te verstoren. Ik dacht dat ik als boekhandelaar, of misschien als bibliothecaris, heel veel vrije tijd zou hebben om mijn romans te schrijven, op lange lentemiddagen, terwijl de lage zonnestralen door de ramen schenen – van een soort City Lights Bookstore – en zich neervlijden op de tafels, de boekenplanken en natuurlijk op de boeken.

'Wat leuk. Als jongen dacht ik ook dat ik graag boekhandelaar wilde worden. Om terug te komen op je vraag: gewoonlijk wordt dit soort onderzoekswerk inderdaad door privédetectives gedaan, maar in dit geval heeft de familie van Manuela de voorkeur gegeven aan een advocaat, dat wil zeggen aan iemand met specifieke kennis van de rechtsgang.'

Ik zei het alsof het normaal werk betrof, voor mij. Zij knikte, en afgaand op haar gezichtsuitdrukking leek het of ze tevreden was met het antwoord dat ik haar had gegeven. Om precies te zijn: tevreden dat ze mij de vraag had gesteld en tevreden dat ik hem had beantwoord, op een respectvolle manier zonder neerbuigend te zijn. Het leek me een goede basis om haar te vragen mij haar verhaal te vertellen.

'Welnu, ik zou u in de eerste plaats willen vragen mij te vertellen wat u zich herinnert van die zondagmiddag.'

'Wat ik in feite ook al aan de carabinieri heb verteld.'

'Nee, sorry. Ik zou u willen vragen niet te denken aan wat u tegen de carabinieri hebt gezegd. Ik zou juist willen dat u probeert te vergeten wat u in de kazerne hebt gezegd, de context waarin u dat heeft gezegd en alles eromheen. Ik zou willen dat u mij, voor zover mogelijk, vertelt wat er is gebeurd alsof het de eerste keer is. Misschien door de reikwijdte van uw herinneringen te verbreden. Ik bedoel: door mij te vertellen wanneer u naar het trullidorp bent gegaan, waarom, wie u daar kende. Wat u ook maar te binnenschiet, om te proberen niet vast te blijven zitten aan wat u de carabinieri hebt verteld.'

Ik stelde deze vragen niet omdat ik bezig was politieagent te spelen. Het waren zaken die ik had bestudeerd als voorbereiding op examens die van belang zijn voor de behandeling ter terechtzitting.

Wanneer we een gebeurtenis hebben verteld – en temeer als we dat hebben gedaan in een formele setting, de rechterlijke macht of de politie, met verslaglegging – en als ons dan wordt gevraagd het nog een keer te doen, hebben we eerder de neiging om die eerste versie te herhalen dan om rechtstreeks op te roepen wat we ons herinneren van onze eigen belevenis. Dit mechanisme wordt sterker met iedere volgende herhaling en ten slotte gaat het zover dat we ons niet de gebeurtenis herinneren maar het *verhaal* van de gebeurtenis. Natuurlijk maakt dit mechanisme het steeds moeilijker om details terug te halen die ons de eerste keer zijn ontschoten. Details die vaak irrelevant zijn, maar soms kunnen bijdragen tot de oplossing. Om deze details te achterhalen moet de ondervraagde persoon eerst losgekoppeld worden van de herinnering van zijn *verhaal*, voordat hij weer bij de herinnering van de werkelijke feiten kan komen. En het is natuurlijk niet gezegd dat het lukt.

Deze hele uitleg heb ik niet aan Anita gegeven, maar zij scheen te begrijpen dat mijn verzoek een zinnige reden had. Ze bleef even stil alsof ze zich concentreerde om dat te doen wat ik haar had gevraagd.

'Ik kende Manuela niet, ik bedoel dat ik haar pas dat weekend heb leren kennen in het trullidorp.'

'Was u al vaker naar dat trullidorp geweest?'

'Ja, verschillende keren. Het is een bijzondere plek, je komt er de meest uiteenlopende mensen tegen. U bent er misschien ook wel eens geweest.'

Ik zei dat ik er nooit was geweest en zij legde me uit dat het een heel uitgebreid complex van trulli betrof dat werd gehuurd door een groep vrienden en dat de hele zomer werd bezocht door een menigte mensen. Met een beetje goede wil konden er wel zo'n dertig mensen slapen. Elke avond waren er feesten en *situaties*. Het was een soort commune voor welgestelde jongelui, min of meer links georiënteerd, min of meer *radical chic*.

'Die zondagmiddag moest ik naar Ostuni om een vriendin af te halen en Manuela vroeg me een lift. Ze moest terug naar Bari en de mensen met wie ze was gekomen wilden ook die avond nog blijven.'

'Herinnert u zich met wie Manuela was gekomen?'

'Ik herinner me de gezichten maar niet de namen.'

De namen van die jongelui stonden in het dossier. Hun verklaringen waren zo onbeduidend dat ik hen zelfs niet had opgenomen in het groepje mensen dat ik wilde spreken.

'Voordat u me vertelt over de autorit op die zondagmiddag, zou ik willen dat u me enig idee gaf van het leven in het trullidorp.'

'Hoe bedoelt u?'

'Wat er zoal gebeurde. Mensen die aankwamen, mensen die vertrokken, is u een of ander ongewoon type opgevallen dat bijvoorbeeld met Manuela kletste. Mensen die dronken, anderen die misschien een joint rookten.'

Ik sprak de laatste zin met enige gêne uit. Ik had het over 'een joint roken' omdat ik bang was dat uitdrukkingen uit de juridische vaktaal zoals het *gebruik van verdovende middelen* onze communicatie minder soepel zou maken. Toch realiseerde ik me dat ik me had uitgedrukt als een volwassen man die onhandig probeert de taal van de jeugd te spreken, en dat gaf me een ongemakkelijk gevoel. In ieder geval dacht ik te zien dat Anita's blik me even ontglipte, dat we het oogcontact verloren, alsof de vraag over joints haar in moeilijkheden had gebracht. Maar het was echt maar heel even, en ik zei tegen mezelf dat het misschien geen enkele betekenis had.

In het trullidorp begon het leven pas laat in de morgen, afgezien van een klein groepje dat zeer vroeg wakker werd, *tai chi chuan* deed en vervolgens naar zee ging wanneer de stranden nog half verlaten waren. Het ontbijt waarbij espresso en cappuccino werden vermengd met de eerste alcoholische aperitieven – vooral Spritz en Negroni, zei ze, alsof die informatie van belang was – was omstreeks één uur. Spaghettimaaltijden, drankjes, muziek, mensen die aankwamen en mensen die vertrokken. Dan 's middags naar zee tot zonsondergang, happy hour op het strand, met muziek en nog meer Negroni en nog meer Spritz, dan weer terug naar de trulli of eten in de omgeving: Cisternino, Martina Franca, Alberobello, Locorotondo, Ceglie of, jawel, Ostuni.

Het waren rituelen die ik goed kende omdat ik ze zelf tot een paar jaar geleden had uitgevoerd. En toch, als ik een meisje, twintig jaar jonger dan ik, er zo over hoorde praten leek het me heel lang geleden. En dat was geen prettige gewaarwording.

'U zei dat u vaak te gast was in dat trullidorp.'

'Ja.'

'Is u iemand in het bijzonder opgevallen, dat weekend? Of was er iets wat afweek van wat er gewoonlijk gebeurde?'

'Nee, dat geloof ik niet. Er waren Engelse jongelui, maar er is niets gebeurd wat afweek van het gebruikelijke.'

'Het kwam natuurlijk wel voor dat af en toe iemand een joint opstak?'

Zoals ik had verwacht (en zoals ook al even daarvoor was gebeurd) bracht de opmerking over joints haar in moeilijkheden.

'Dat weet ik niet... misschien wel, maar...'

'Sorry, Anita. Ik wil iets duidelijk stellen voordat we verdergaan. Iets belangrijks. Ik ben geen politieagent en ik ben geen officier van justitie.'

Ik pauzeerde even om me ervan te vergewissen dat ze me volgde.

'Dat betekent dat het niet mijn werk is om onderzoek te doen naar misdrijven en erachter te komen wie ze heeft gepleegd. Het interesseert me hoegenaamd niet of iemand in dat trullidorp, of ergens anders, van alles heeft gerookt, dronken is geworden, of andere substanties heeft geslikt. Of liever gezegd, het interesseert me alleen maar als deze informatie me kan helpen iets te weten te komen over de verdwijning van Manuela. U hoeft zich nergens zorgen over te maken. Dit gesprek is en blijft volstrekt vertrouwelijk. Overigens is het waarschijnlijk dat er geen enkel verband is tussen het feit dat iemand een beetje wiet heeft gerookt en de verdwijning van Manuela. Maar ik ben op de tast aan het werk, en ieder stukje informatie zou, in theorie, nuttig kunnen zijn. Dat weet ik pas als ik het heb en het kan beoordelen. Ben ik duidelijk?'

Anita antwoordde niet onmiddellijk. Ze krabde aan haar wenkbrauw, streek hem weer glad met haar middelvinger en zuchtte toen.

'Er was daar wel wat spul in omloop.'

'Wat voor spul?' vroeg ik voorzichtig, bang dat mijn vragen haar, op dit punt aangekomen, eerder zouden kunnen blokkeren dan aansporen om verder te gaan.

'Ik heb alleen een paar joints gezien. Maar ik geloof dat er ook andere dingen waren.'

'Cocaïne?'

'U heeft me beloofd dat dit gesprek vertrouwelijk is.'

'Absoluut vertrouwelijk. Daar kunt u volkomen gerust op zijn. Niemand zal ooit weten dat u deze dingen tegen mij hebt gezegd.'

'Ja, cocaïne. En ook acid. Maar nogmaals, ik heb ze niet gezien of aangeraakt.'

Even ging er een rilling van succes door me heen. Alsof het doel van mijn onderzoek was om te na te gaan of er in een of ander trullidorp, waar dan ook, jongelui waren die zich uit verveling volstopten met psychoactieve stoffen van verschillende kwaliteit, en dat mijn opdracht dus voltooid was.

'Weet u of Manuela een of ander middel gebruikte?'

'Nee, absoluut niet.'

'Nee, in de zin dat ze dat niet deed of dat u het niet weet?'

'Ik weet het niet. We hebben elkaar die zaterdagavond leren kennen, ook al waren we elkaar al een paar keer eerder tegengekomen, op de stranden van Torre Canne, maar ook bij de trulli of in Bari. Voor mij had ze een bekend gezicht, maar pas die zaterdagavond hebben we voor het eerst met elkaar gesproken.'

'Hoe kwam het zo dat Manuela u een lift vroeg?'

'De avond daarvoor... of liever de nacht daarvoor, toen het feest voorbij was en degenen die niet in de trulli sliepen allemaal waren vertrokken, zaten we met zijn vijven of zessen wat na te praten of een sigaret te roken. Nog even een beetje kletsen voordat we gingen slapen. Het was ver na drieën. Op een bepaald moment vroeg Manuela of iemand de volgende middag naar Bari ging omdat ze een lift nodig had.'

'En was er niemand die terugging naar Bari?'

'Niet onder degenen die nog wakker waren. Ik zei dat ik de volgende middag naar Ostuni moest. Als ze wilde kon ik haar naar het station brengen en daar zou ze een trein naar Bari kunnen nemen.'

'En Manuela accepteerde dat aanbod onmiddellijk.'

'Ze zei dat ze, als ze geen lift kon vinden in een auto die rechtstreeks naar Bari ging, met mij mee zou gaan.'

'En klaarblijkelijk heeft ze die niet gevonden?'

'We zagen elkaar de volgende ochtend, tegen twaalven. Er was wel iemand die 's avonds terugging naar Bari, nogal laat. Maar zij wilde eerder terug, in de middag, en daarom zei ze dat ze met mij mee zou gaan en dan de trein zou nemen.'

'Zei ze dat ze 's middags terug móest? Had ze iets te doen waarvoor ze vóór de avond terug moest zijn?'

'Dat heeft ze niet gezegd.'

'Maar u kreeg de indruk dat het zo was?'

'Ja, het leek of er een speciale reden was waarom ze vóór de avond terug moest zijn.'

'Maar ze heeft u niet gezegd wat die reden was?'

'Nee. We spraken af dat we elkaar tegen vieren zouden

zien en daarna liep ze weg. Ik weet niet wat ze heeft gedaan tot het moment dat we elkaar weer zagen om te vertrekken.'

Ik knikte en probeerde nog andere vragen te bedenken voordat we overgingen op het verslag van de tocht tussen het trullidorp en Ostuni. Ik kwam op niets.

'Oké. Zullen we het nu hebben over wat er daarna gebeurde, die middag?'

'Ja, ook al valt er niet veel te vertellen. Ze had een weekendtas bij zich en was gekleed in een spijkerbroek en een t-shirt. We zijn in de auto gestapt, hebben een paar woorden gewisseld...'

'Waar hadden jullie het over?'

'Laat ik vooropstellen dat we weinig hebben gezegd omdat zij een groot gedeelte van de tijd druk in de weer was met haar mobiele telefoon...'

'U zegt: druk in de weer was. Maar sprak ze met iemand, ontving ze berichten, wat deed ze precies?'

'Ik heb al tegen de carabinieri gezegd dat ze, geloof ik, niet met iemand heeft gesproken. Misschien schreef ze berichten. Op een bepaald moment maakte haar telefoon een geluid, en ik dacht dat het een bericht kon zijn.'

'Waarom kon het een bericht zijn?'

'Omdat ik het geluid maar één keer hoorde. Ik bedoel dat haar mobiel niet bleef overgaan. Het was dus een berichttoon. Ik vond het een vreemd geluid, maar ik zou niet kunnen zeggen in welk opzicht. Ik herinner me iets... iets ongewoons, dat is het.'

Ik stond op het punt om aan te dringen en realiseerde me toen dat het dwaasheid was. Ik was in het bezit van de gesprekstabellen van de telefoon van Manuela en het was dus zinloos om te proberen op dit punt de flarden herinnering van Anita Salvemini naar boven te halen. De gesprekken en berichten van Manuela, die middag, stonden allemaal op de tabellen van haar mobiele telefoon.

'Oké. U zei dat jullie niet veel hebben gezegd. Maar wát hebben jullie tegen elkaar gezegd?'

'Niets belangrijks. Wat studeer je, wat heb je deze zomer gedaan. Dat soort dingen, maar zeker niets belangrijks.'

'Hoe lang hebben jullie erover gedaan om het station van Ostuni te bereiken?'

'Zo'n twintig minuten. Op zondag is iedereen om die tijd nog op het strand en is er geen verkeer.'

'Heeft Manuela een speciale indruk op u gemaakt?'

Anita antwoordde niet direct. Ze maakte hetzelfde gebaar – wat op mij op dat moment overkwam als een tic –, ze krabde aan haar wenkbrauw en fatsoeneerde hem dan weer met haar middelvinger.

'Een speciale indruk. Ik zou het niet weten. Misschien leek ze me, hoe zal ik het zeggen, een beetje een nerveus type.'

'Bedoelt u dat ze in de auto tekenen van nervositeit vertoonde?'

'Nee, niet helemaal. Zowel de avond daarvoor als de volgende ochtend toen wij de afspraak maakten, en ook in de auto, kwam ze op mij over als... ik weet niet hoe ik het moet zeggen. Ze was een beetje nerveus, ik kan geen ander woord vinden.'

'Leek het alsof ze ergens ongerust over was?'

'Nee, nee, ze leek niet ongerust. Ze maakte gewoon niet de indruk een kalm persoon te zijn.'

'Zou u een specifiek gebaar kunnen aangeven dat dit gevoel bij u heeft doen ontstaan?'

Weer een denkpauze.

'Nee, ik zou geen specifiek gebaar kunnen aangeven. Maar het was een beetje alsof, hoe zal ik het zeggen... alsof ze constant in een te hoge versnelling zat, dat is het.'

Het kostte me enige seconden om deze informatie mentaal te verwerken.

'Hoe hebben jullie afscheid genomen?'

'Hoe bedoelt u?'

'Ik bedoel: hebben jullie gezegd dat je elkaar weer zou zien, hebben jullie de mogelijkheid opengehouden dat je elkaar zou opzoeken? Hebben jullie telefoonnummers uitgewisseld?'

'Nee, we hebben gewoon afscheid genomen. Dankjewel. Dag, et cetera. We hebben geen telefoonnummers uitgewisseld.'

'Wanneer heeft u gehoord over de verdwijning van Manuela?'

'Een paar dagen later toen de carabinieri me vroegen naar de kazerne te komen.'

Ik wist werkelijk niet welke vragen ik haar nog kon stellen. Het feit dat ik het drugsgebruik in het trullidorp naar boven had weten te krijgen had me op het verkeerde been gezet, ook omdat het ging om iets wat niet aan de carabinieri was verteld. In werkelijkheid was er, afgezien van dat detail, dat volstrekt onbeduidend was voor mijn doeleinden, niets nieuws naar voren gekomen. En dat was natuurlijk frustrerend. Ik had het gevoel alsof ik probeerde tegen een spiegelgladde ruit op te klimmen.

Ik deed een laatste poging.

'Is er, terwijl jullie samen in de auto zaten, nog iets gezegd over het feit dat dat spul in het trullidorp rondging, waarover u me straks hebt verteld?'

'Nee, absoluut niet.'

'En u weet niet of Manuela het gebruikte.'

'Dat heb ik al gezegd, ik weet het niet.'

Er viel niets meer te vragen. Het moment was gekomen om afscheid te nemen, en op dat moment herinnerde ik me de suggestie van Navarra. Ik pakte een visitekaartje uit de la, schreef er met pen ook mijn mobiele nummer op en gaf het aan haar.

'Het is mogelijk, nee, zelfs waarschijnlijk dat u iets te binnen schiet. Een detail, een kleinigheid die u is ontschoten. Dat is volstrekt normaal. Als, en wanneer, dat gebeurt, bel me dan alstublieft. Bel me hier op kantoor of op mijn mobiel. Bel me ook als u een detail te binnenschiet dat u irrelevant lijkt. Soms kunnen ogenschijnlijk onbeduidende kleinigheden bijdragen tot een oplossing.'

We stonden op, maar zij bleef onbeweeglijk voor me staan, het bureau tussen ons in. Alsof ze nog iets wilde toevoegen maar de woorden niet kon vinden of zich simpelweg in verlegenheid gebracht voelde.

'Maakt u zich geen zorgen over de dingen die u tegen me hebt gezegd. Ons gesprek is volledig vertrouwelijk. Het is alsof u niets tegen me hebt gezegd.'

Haar gezicht ontspande zich. Er speelde een glimlach om haar mond en ze zei dat ze me zeker zou bellen als haar een of ander detail te binnen zou schieten.

Ik schudde haar de hand, bedankte haar en liep mee naar de deur.

14

Manuela's vriendin Pontrandolfi zou de volgende zijn. Als ze op tijd was, zou ze binnen vijf minuten arriveren. Via haar zou ik moeten proberen erachter te komen wat voor type mens Manuela was, zei ik tegen mezelf. Dat had natuurlijk alleen maar zin als de verdwijning te maken had met het verleden van het meisje. In het andere geval, dat wil zeggen als er een toevallig ongeluk was gebeurd, was de kans om iets te ontdekken, althans voor mij, volstrekt nihil.

Terwijl ik deze overwegingen maakte ging de telefoon. Op het secretariaat werd opgenomen en enige ogenblikken daarna flikkerde het ledlampje van de interne oproep. Het was Pasquale.

'Ik heb advocaat Schirani aan de lijn die u wil spreken.'

Schirani is een gevaarlijke stommeling en ik was er niet blij mee te weten dat hij me zocht.

Iemand heeft gezegd dat je mensen kunt onderverdelen in de categorieën intelligent of stom, en in lui of ondernemend. Je hebt luie stommelingen, normaal onbeduidend en onschadelijk, en je hebt ambitieuze intelligente mensen aan wie belangrijke taken kunnen worden toevertrouwd, ook al worden de grootste ondernemingen, op alle gebieden, bijna altijd tot stand gebracht door luie intelligente mensen. Eén ding moet echter niet worden vergeten: de gevaarlijkste categorie, waarvan je de grootste rampen kunt verwachten en waarvoor je je moet hoeden met de grootste omzichtigheid, is die van de ondernemende stommelingen.

Schirani behoort tot deze laatste categorie, hij is er zelfs de vlaggendrager van, de volmaakte vertegenwoordiger, het ideaaltype. Hij draagt overhemden met brede boorden en stropdassen met een onevenredig grote knoop. Hij begrijpt niets – en als ik zeg niets, dan bedoel ik ook niets – van het recht en is ervan overtuigd dat hij een sophisticated jurist is die het gezelschap van gewone advocaten maar hinderlijk vindt. De weinige keren dat we in hetzelfde verdedigingsteam zaten – verschillende verdachten in hetzelfde proces – waren een nachtmerrie. Hij beledigt officiers van justitie zonder reden, roept ergernis op bij rechters, is arrogant tegenover getuigen.

Voor het geval het nog niet duidelijk is: ik verdraag de man niet, en het laatste waar ik op dat moment zin in had was om zijn stem te horen.

'Pasquale, wil je hem alsjeblieft zeggen dat ik in een bespreking zit en dat ik hem zal terugbellen zodra ik kan.'

'Dat heb ik al gezegd. maar hij blijft aandringen. Hij zegt dat het urgent is en dat hij belt namens Michele Cantalupi.'

'Oké, geef hem maar,' zei ik na een verwensing binnensmonds.

'Guido?'

'Riccardo.'

'Wat heeft dit allemaal te betekenen?'

'Hoezo?'

'Je hebt mijn cliënt ontboden op je kantoor, zonder mij op de hoogte te brengen, zonder een woord te zeggen.'

Ik slaakte weer een diepe zucht, om de opwelling te onderdrukken hem te zeggen dat hij naar de hel kon lopen, en vervolgens de telefoon neer te leggen.

'Ik veronderstel dat je doelt op Michele Cantalupi.'

'Een juiste veronderstelling. Om welke reden heb je hem ontboden op je kantoor?'

Het had me inderdaad al enigszins verbaasd dat Cantalupi er zo makkelijk in had toegestemd om met mij te praten. Klaarblijkelijk had hij zich afgevraagd, na eerst ja tegen mij gezegd te hebben, of hij niet bezig was een stommiteit te begaan en is hij naar zijn advocaat gegaan. En uitgerekend naar die klootzak die ik aan de lijn had.

'Om te beginnen heb ik hem niet ontboden. De moeder van Manuela Ferraro, zijn ex-vriendin die, zoals je ongetwijfeld weet, maanden geleden verdwenen is, heeft hem vriendelijk gevraagd of hij een paar woorden met mij wilde wisselen. En overigens, voor de duidelijkheid, dat Cantalupi jouw cliënt is hoor ik op dit moment voor het eerst van jou.'

'Wat ben je van plan?'

O, niks. Ik was van plan de stootzak die in mijn kamer hangt te vervangen en ik vroeg me of jij belangstelling had voor dat werk. Geen slechte baan, je hangt de hele dag niets te doen, en dan kom ik 's avonds thuis en sla je verrot. Dat zou ik nog eens leuk vinden, jou te doen opzwellen als een doedelzak.

'De familie van het meisje heeft me gevraagd het dossier te bestuderen en na te gaan of de carabinieri geen belangrijk detail over het hoofd hebben gezien. Dat is de reden waarom ik een aantal mensen wil spreken die Manuela goed kennen: om te zien of er een nader aanknopingspunt te vinden is, een idee, om te begrijpen wat er is gebeurd.'

'En om te proberen mijn cliënt te verneuken?'

Derde diepe zucht. Langer dan de vorige.

'Luister goed. Niemand wil jouw cliënt verneuken. Trouwens, hoe zou dat moeten? Ik probeer alleen maar te spreken met de personen die het dichtst bij Manuela staan, in opdracht van haar ouders. Deze verificaties vormen hun laatste hoop. Jouw cliënt heeft niets te vrezen.'

'Mijn cliënt komt niet met jou praten, Ik heb het hem verboden.'

'Luister nu even. Wij hebben hem nodig...'

'Als je maar een poging onderneemt weer in contact te komen met Cantalupi, gaat er twee minuten later van dit kantoor een verzoekschrift naar de Raad van de Orde van Advocaten. Ik hoop dat ik duidelijk ben geweest.'

En hij legde neer, zonder mij de tijd te geven om te reageren. Er zijn weinig dingen irritanter dan een klootzak die de telefoon op de haak gooit nadat hij erin geslaagd is je te bedreigen, zonder dat je de mogelijkheid krijgt hem met gelijke munt te betalen of minstens te beledigen. Even voelde ik de verleiding hem terug te bellen, alleen was het alleen maar om te zeggen dat hij m'n reet kon likken, en me daarna beter te voelen. Ik was nog bezig dit te overwegen toen Pasquale belde om te zeggen dat juffrouw Pontrandolfi was gearriveerd en of ze door mocht lopen.

Ik zei dat ze kon binnenkomen en bedacht dat ze op het juiste moment was gearriveerd om mij te verhinderen een stommiteit te begaan waar ik later ruimschoots spijt van zou hebben gekregen.

15

Ik had me Pontrandolfi kleiner voorgesteld, een beetje mager en met smalle schouders. Misschien omdat ik tot die avond de naam Caterina had verbonden aan een soort broze, tere vrouwelijkheid.

Het meisje dat even na zevenen mijn kamer binnenkwam maakte in een oogwenk en voor altijd korte metten met dit persoonlijke stereotiepe beeld dat waarschijnlijk een muzikale oorsprong had.

Caterina Pontrandolfi was bijna net zo lang als ik, had een aardig grote neus, volle lippen, en deed me denken aan bepaalde foto's van de jonge Marianne Faithfull. Ze leek een waterpolospeelster en kwam op me over als iemand van wie je niet graag een mep zou krijgen. Het lichte – waarschijnlijk te licht voor het seizoen – en zeer vrouwelijke bloesje dat ze droeg onder een spijkerjack viel op een prettige manier uit de toon bij haar zwemmersuiterlijk.

'Gaat u zitten, juffrouw Pontrandolfi.' Terwijl ik dat woord – *juffrouw* – uitsprak, voelde ik me een stuntel.

'Het woord *juffrouw* doet me denken aan twee ongetrouwde vriendinnen van mijn grootmoeder. Thuis noemde iedereen ze de *juffrouwen*, en voor mij is een juffrouw een oude vrijster. Zou u me willen tutoyeren, alstublieft, anders brengt u me in verlegenheid.'

Het leek me niet zo makkelijk om haar in verlegenheid te brengen maar toch stond ik op het punt toe te geven. Ik zou haar dus tutoyeren maar dan zou zij mij ook moeten tutoyeren volgens de gebruikelijke etiquette op dit punt. Toen bedacht ik dat zij – volgens haar persoonsgegevens zoals vermeld in het verslag van de carabinieri – drieëntwintig was. Ik was vijfenveertig, ik was een advocaat in functie en, fysiologisch gezien, had ik haar vader kunnen zijn.

Ik realiseerde me dat ik niet wist hoe ik moest reageren. Zeggen dat ik haar liever met u wilde blijven aanspreken zou onaangenaam en belachelijk zijn; zeggen: oké, laten we elkaar tutoyeren (en misschien gaan we straks wel samen een smurfenijsje eten in de studentenbar) was misplaatst, en dus deed ik iets wat me helemaal niet bevalt, maar wat de enige acceptabele oplossing leek: ik tutoyeerde haar terwijl ik haar liet doorgaan mij met u aan te spreken.

'Oké dan. Bedankt dat... je de uitnodiging om hier te komen hebt aangenomen. Ik neem aan dat de moeder van Manuela je de reden van deze bijeenkomst heeft uitgelegd.'

'Ja, ze heeft me gezegd dat u bezig bent na te gaan of het onderzoek naar de verdwijning van Manuela op de beste manier is uitgevoerd en of het eventueel mogelijk is nog andere zaken te onderzoeken.'

'Ja, precies, zo zit het. Voor zover ik uit de stukken heb kunnen opmaken ben jij een van Manuela's beste vriendinnen.'

'Ja, Manuela en ik zijn dikke vriendinnen.'

'Vertel me over haar. Zeg me wat voor iemand ze is, hoe lang jullie elkaar kennen, wat voor band jullie hebben en alles wat maar bij je opkomt. Ook onbeduidende dingen, want ik moet voor mijzelf een kader scheppen. Ik heb ideeën nodig, en helaas heb ik er op dit moment te weinig.'

'Oké. Manuela en ik hebben elkaar in Rome leren kennen, via Nicoletta. Zij tweeën deelden al een jaar of twee het appartement in Rome. Dat wil zeggen dat Manuela bij Nicoletta is ingetrokken, en de flat waarin ze eerst woonde heeft opgegeven. Ik geloof dat ze problemen had gehad met haar vorige medebewoonsters.'

'Nicoletta is Nicoletta Abbrescia?'

'Ja. Zij en ik kennen elkaar uit onze schooltijd. Zij is iets jonger dan ik.'

'Maar woon jij nog in Rome?'

'Nee. Dit is het eerste jaar dat ik geen colleges volg. Vóór de zomer moest ik mijn huis in Rome uit omdat het contract was afgelopen. Ik zou een andere woning hebben moeten zoeken in de herfst maar vervolgens gebeurde dat met Manuela... nou ja, ik had helemaal geen zin om een huis te gaan zoeken. Dus ik studeer nu in Bari en voor mijn examens ga ik naar Rome.'

Ik had de indruk dat er een lichte versnelling plaatsvond in het ritme van haar antwoord. Alsof de vraag haar enigszins in verlegenheid bracht. Algauw onderbrak zij de fragmentarische stroom van mijn gedachten.

'U bent toch strafpleiter?'

'Ja.'

'Ik studeer af met een scriptie op het gebied van de strafrechtelijke procedure, over het veiligstellen van bewijs tijdens het gerechtelijk vooronderzoek. Ik zou graag magistraat willen worden – officier van justitie – of strafpleiter. Misschien kan ik na mijn doctoraal hier bij u praktijkervaring opdoen.'

'Waarom niet?' antwoordde ik op aarzelende toon, niet wetend wat ik moest zeggen.

'Ik ben leuk om te zien, u slaat een goed figuur als u mij meeneemt naar de rechtbank. Uw collega's zullen u benijden,' voegde ze eraan toe.

'Veel is het niet, maar je hebt wel gelijk.'

'Sorry, neem me niet kwalijk. Af en toe doe ik stom.

Dan laat ik me gaan en vergeet ik de serieuze zaken. En we zijn hier voor een serieuze zaak. Wat was de vraag ook alweer?'

'Hoe is Manuela? Hoewel ik foto's van haar heb gezien lukt het me niet een voorstelling van haar te maken.'

'Manuela is heel knap. Ze is niet groot, ze heeft een bruine huidskleur – maar dat zie je op de foto's –, 's zomers wordt ze heel donker als ze in de zon heeft gezeten. Ze is goedgebouwd. Ook Nicoletta is een mooi meisje, maar die heeft minder persoonlijkheid. Ze is lang en mager, ze is mannequin geweest. Als we ons opdirken en samen aankomen op een feest of in een zaak kijken de mensen om, en niet alleen de jongens. Kortom, we krijgen alle aandacht. Ze noemen ons *Sex and the City*.'

Ze keek me in de ogen om te zien of deze informatie was aangekomen. Ik deed mijn best haar te negeren.

'En wat voor karakter heeft Manuela?'

'Ze is vastberaden. Als ze iets wil dan krijgt ze het ook. In dat opzicht lijken we op elkaar, zij en ik.'

Terwijl ze dit zei keek ze me weer in de ogen, net iets langer dan nodig was.

Ik moest denken aan wat Anita had gezegd, over het feit dat Manuela op haar was overgekomen als een nerveus iemand.

'Maar zou je haar een kalm of nerveus iemand noemen?'

'Kalm. Het is iemand die ook in een stresssituatie haar zelfbeheersing bewaart. Absoluut kalm.'

Als Anita haar nervositeit correct had opgemerkt, dan wilde dat zeggen dat er die middag iets was dat niet goed zat, al vóór haar verdwijning. Het was een detail dat misschien van belang zou kunnen zijn. Of misschien waren het gewoon twee verschillende inschattingen. In ieder geval moest ik iets concreters te weten komen.

'Uiteraard weet je dat dit een vertrouwelijk gesprek is?'

Voor het eerst sinds ze mijn kamer was binnengekomen leek ze een moment van aarzeling te hebben.

'Ja... dat wil zeggen...'

'Ik bedoel dat alles wat je tegen me zegt tussen ons zal blijven. Ik ben alleen geïnteresseerd in een aanknopingspunt, een sprankje licht, om te proberen te begrijpen.'

'Ja... oké.'

'Ik zou willen dat je me openhartig zou zeggen of je enig idee hebt over wat er met Manuela gebeurd kan zijn.'

'Nee, ik heb geen idee. Ook de carabinieri hebben me gevraagd of ik enig idee had. Maar ik kan me werkelijk niets voorstellen bij wat er gebeurd kan zijn. Ik heb me ook suf gepiekerd, zoals iedereen, maar...'

'Zeg eens welke verdenkingen er bij je zijn opgekomen. Ook als ze je onwaarschijnlijk lijken. Je moet natuurlijk iets gedacht hebben. Misschien heb je het daarna verworpen maar je moet iets hebben gedacht.'

Ze keek me aan. Ze was ernstig geworden. Ik bedoel dat er tot dat moment in haar gelaatsuitdrukking een vleugje provocatie had gelegen. Als iemand die op een bepaalde manier een spelletje speelt. Nu was dit vleugje verdwenen. Ze zuchtte, voordat ze antwoordde.

'Ik heb gedacht dat de verdwijning van Manuela te maken zou kunnen hebben met Michele, haar ex.'

Die klootzak was vanzelfsprekend de ideale verdachte, bedacht ik. Wat een pech (en wat een geluk voor hem) dat hij zich die dag in het buitenland bevond.

'Maar die was in het buitenland.'

'Precies.'

'Waarom heb je aan Michele gedacht?'

'Wat doet dat ertoe? Hij was in het buitenland, dus hij heeft er vast en zeker niets mee te maken.'

'Toch zou ik het prettig vinden als je me vertelde waarom je aan hem hebt gedacht.'

Caterina schudde haar hoofd. Alsof ze ervan overtuigd was dat het verkeerd was om het over dit onderwerp te hebben. Ze zuchtte opnieuw. Luidruchtiger deze keer, en ze stootte de lucht uit haar mond. Puffend. Ik merkte dat ik erop lette hoe haar ademhaling haar boezem omhoog deed komen en haar bloesje en haar jack vulde. Oude viezerik.

'Ik heb het nooit op Michele gehad. Daardoor word ik waarschijnlijk beïnvloed. Toch...'

'Toch wat?'

'Toch is hij een grote klootzak.'

'In welk opzicht?'

'In alle opzichten. Hij is een gewelddadige jongen, en volgens mij nog stom ook. Toen ze uit elkaar gingen en Manuela uit haar roes ontwaakte zei ze dat hij een vulgaire vent was. Terecht, volgens mij.'

'Maar als het zo'n soort iemand is, waarom is Manuela dan een relatie met hem begonnen en waarom heeft die zo lang geduurd? Hoe lang eigenlijk?'

'Dat weet ik niet precies. Toen ik Manuela leerde kennen waren ze al bij elkaar. Meer dan een jaar geleden zijn ze uit elkaar gegaan, of liever gezegd, heeft Manuela hem verlaten. Maar hij heeft dat niet geaccepteerd. Hij heeft haar maandenlang achtervolgd. Stel je voor: de grote Michele Cantalupi gedumpt door een meisje.'

'Je hebt me niet gezegd wat Manuela in dit sujet zag. Welke informatie mis ik?'

'Wat u mist is dat die klootzak helaas een geweldig stuk is. Dat is de reden waarom het hem lukt zo veel brokken te maken. Hij is mooier dan Brad Pitt.'

Een paar seconden zei ik niets. Ik nam een peinzende houding aan alsof de informatie over het fraaie uiterlijk van Cantalupi een overweging waard was. Ten slotte knikte ik ernstig, alsof ik een moeilijk denkbeeld had begrepen. Ik keek weer naar haar. Ze zat er rustig bij maar ze vulde de ruimte. Ik zag heel kleine zweetdruppeltjes op haar bovenlip.

'En wat doet deze meneer in het dagelijks leven?'

'Niets. Tenminste, niets nuttigs. Hij neukt alles wat binnen handbereik komt, speelt kaart, studeert níet af in economie en handel en... zo is het wel genoeg.'

Ze was gestopt voordat ze iets anders ging zeggen. Ze hield zich in, dat merkte ik duidelijk. Er was iets wat ze niet tegen mij had gezegd en waar ze niet over wilde praten. Of misschien wilde ze dat wel en niet tegelijk. Ik moest erop terugkomen, maar niet direct.

'Je zei dat hij gewelddadig was. Is dat de reden waarom je vermoedde dat hij te maken zou kunnen hebben met de verdwijning van Manuela? Of had je een duidelijker omschreven idee?'

'Nee, geen enkel speciaal idee. Toen ik hoorde dat er iets met Manuela was gebeurd en dat men niet wist wát er met haar was gebeurd, was hij de eerste en enige persoon aan wie ik moest denken.'

'Toen zij bij hem weg is gegaan, heeft hij haar een tijd achtervolgd, zei je?'

'Ja, met telefoontjes, e-mail, verzoeken om het weer goed te maken. Hij wachtte haar ook op. Hij is twee keer naar Rome gekomen, één keer heeft hij een scène op straat gemaakt, ze stonden dreigend tegenover elkaar, hij sloeg haar, zij sloeg terug, en toen zijn wij tussenbeide gekomen...'

'Wie waren erbij?'

'Ik en twee vrienden.'

'Hoe lang heeft deze achtervolging geduurd?'

'Maanden. Ik herinner me niet precies hoe lang.'

'Ik heb het proces-verbaal gelezen van de verklaringen die hij heeft afgelegd aan de carabinieri. Hij geeft daarin toe dat er een nogal stormachtig einde is gekomen aan de relatie, maar hij zegt ook dat de situatie was opgeklaard en dat uiteindelijk hun verhouding normaal was geworden, vriendschappelijk.'

'Vriendschappelijk zou ik het echt niet noemen. Het is wel waar dat hij ophield haar te bellen en opeens op te duiken. Manuela zei dat hij waarschijnlijk een ander slacht-offer had gevonden.'

'En was dat zo?'

'Dat weet ik niet. Ik denk dat Manuela het ook niet wist, en overigens kon het haar ook niets schelen.'

'Toen ik je straks vroeg wat Michele deed in het leven, stond je op het punt nog iets te zeggen, maar je onderbrak jezelf.'

'Wanneer?'

'Je stond op het punt nog iets te zeggen en toen hield je op. Caterina, wat we hier tegen elkaar zeggen is vertrou-welijk, maar ik moet absoluut alles weten. Het heeft waar-schijnlijk niets te maken met de verdwijning van Manuela, nee, het heeft er bijna zeker niets mee te maken, maar ik moet het wel weten.'

Ze leek in verlegenheid gebracht, alsof ze de greep op de situatie had verloren en bang was problemen te krijgen. Ze vroeg zich af hoe ze zich terug kon trekken. Ik moest denken aan wat ik met Anita had besproken, over de drugs die rondgingen in het trullidorp. Ik vond dat het me vrij-stond om de vraag te stellen, ze zou hoogstens kunnen zeggen dat ik me vergiste.

'Caterina,' zei ik, 'heeft het iets te maken met drugs?'

Ze keek me verbaasd aan.

'U wist het dus al?'

Natuurlijk wist ik het niet. Ik voelde me zoals je je voelt als je wint met blufpoker. Ik haalde mijn schouders op met een onverschillig gebaar. Ik zei niets. Zij was aan zet.

'Als u het al weet, valt er weinig te zeggen. Hij hield erg van cocaïne, hij had het altijd bij zich... kortom...'

'Dealde hij er ook in?'

'Nee! Niet dat ik weet. Dat kan ik u niet zeggen.'

En toen, na een volgende aarzeling.

'Maar hij had altijd behoorlijk wat bij zich.'

'Heeft die drugstoestand te maken met het einde van de relatie tussen hem en Manuela?'

Ze schudde haar hoofd met kracht, en in een fractie van een seconde dacht ik een glimp van wanhoop te zien, in dat gebaar. Ik zei tegen mezelf dat ik mijn neiging tot hinein-interpretieren moest beheersen.

'Je mag hier natuurlijk niet roken?'

'Het verbaast me dat je rookt, je hebt het uiterlijk van een atlete.'

'Ik rook maar weinig, drie of vier per dag. Na het eten, na een glas wijn. Als ik me ontspannen voel. Maar soms heb ik er behoefte aan als ik heel gespannen ben. Zoals nu.'

'Het spijt me dat ik spanning bij je oproep. Rook gerust, het is hier niet verboden.'

'U roept geen spanning bij me op. U bent juist heel aardig. Het is de hele situatie die me... nou ja, u begrijpt me, toch?'

Ze haalde een gekleurde sigarettenkoker tevoorschijn, nam er een uit en stak hem aan met een mannelijk gebaar. Ik pakte een asbak uit een la en gaf hem aan haar.

'Ik wás een atlete, in mijn tijd.'

'In jouw tijd? Hoe bedoel je?'

'Ik zwom en ik ging hard. Ik heb verschillende regionale kampioenschappen gewonnen en ook wedstrijden op nationaal niveau. Maar dat leven gaf veel te veel stress. Twee trainingen per dag, naast mijn studie, betekende een privé-leven van nul komma nul. Daarom ben ik een paar jaar geleden gestopt. En daar heb ik geen spijt van gehad.'

'Ik ben ook met wedstrijdsport gestopt toen ik min of meer zo oud was als jij.'

Natuurlijk was er geen enkele goede reden om dat te zeggen, afgezien van mijn pathetische ijdelheid.

'Welke sport deed u?' zei ze terwijl ze de rook naar opzij blies.

'Boksen.'

'Boksen? U bedoelt echt vechten, in de ring?'

'Ik heb een paar jaar gebokst. Als amateur, natuurlijk. Ik heb een regionaal kampioenschap gewonnen en een zilveren medaille in de nationale universiteitskampioenschappen.'

Ben je niet goed bij je hoofd? zei ik tegen mezelf. Je bent aan het flirten met een meisje alsof je even oud bent als zij. Houd daarmee op, idioot.

'Te gek. Ik houd van echte mannen. Gewoonlijk schrik ik mannen af, en ik ben nu juist dol op mannen die zich niet laten afschrikken. Hoe oud bent u?'

Onthutst door mijn eigen domme ijdelheid had ik een paar seconden nodig om me te realiseren dat zij de aandacht had afgeleid van mijn vraag, waardoor zij kostbare minuten had gewonnen die ze in ieder geval kon gebruiken om de teugels weer in handen te nemen.

'Laten we het niet over mijn leeftijd hebben. We hadden het over Cantalupi en verdovende middelen. Ik vroeg je of dat gebruik van verdovende middelen een rol had gespeeld bij de afloop van de relatie tussen Manuela en Michele.'

'Dat weet ik niet. Ik kan het niet uitsluiten. Ik denk niet dat er één enkele oorzaak was, het was het geheel. Manuela was er zich bewust van geworden wat voor soort vent hij was en wilde geen verkering meer met hem hebben.'

'Gebruikte Manuela... voor zover jij weet... cocaïne samen met Michele? Of is het misschien een enkele keer voorgekomen?'

Ze pufte, en schudde haar hoofd. Ze leek te denken dat ze er geen goed aan had gedaan om te komen, met het idee dat ze de situatie makkelijk in de hand zou kunnen houden.

'Wat doet dat ertoe? Wat heeft de verdwijning van Manuela te maken met wat ze een jaar daarvoor deed met die klootzak?'

Waarschijnlijk had ze gelijk. Waarschijnlijk had het er niets mee te maken en toch kon je dat onmogelijk met zekerheid zeggen zonder het na te trekken. Ook, en vooral, omdat *die klootzak* boter op zijn hoofd had, hij had mijn verzoek elkaar te ontmoeten afgewezen, op de een of andere manier had hij iets te verbergen. Ik moest proberen Caterina aan mijn kant te krijgen.

'Luister, Caterina. We gaan ervan uit dat we allemaal in het duister tasten in deze geschiedenis. We moeten proberen te begrijpen, op de tast, wat er zich in dit duister bevindt en a priori is het onmogelijk te zeggen of iets van belang is of niet. Daarom is het nodig dat je een antwoord geeft op de laatste vraag die ik je heb gesteld.'

Ik liet een paar seconden voorbijgaan. Ze keek me aan, het voorhoofd gefronst, en zei niets.

'Het is ook nodig omdat Michele weigert mij te ontmoeten. Wat niet noodzakelijkerwijs betekent dat hij iets te maken heeft met de verdwijning van Manuela, maar enige navraag lijkt me onontbeerlijk.'

'Heeft Michele geweigerd u te ontmoeten?'

'Ja. De moeder van Manuela had contact met hem opgenomen zoals ze dat ook met jou heeft gedaan. Op dat moment zei hij dat hij zou komen, en ik had ook een afspraak met hem, na jou. Even geleden werd ik echter gebeld door een advocaat die zei dat Michele een cliënt van hem was en dat hij niet met mij zou komen praten en dat hij, als ik weer zou proberen contact met Michele op te nemen, een klacht zou indienen bij de Raad van de Orde van Advocaten. Verbaast je dat?'

'Ja. Maar eigenlijk ook weer niet.'

'Waarschijnlijk heeft hij iets te verbergen. En achter dat iets moet ik zien te komen, al was het alleen maar om uit te sluiten dat er een verband is met de verdwijning van Manuela. Daarom komt alle mogelijke informatie van pas.'

'Blijft dat wat ik u zeg onder ons?'

'Absoluut. Alles wat je zegt zal worden behandeld als beroepsgeheim.' In werkelijkheid kraamde ik onzin uit. Het beroepsgeheim slaat op de communicatie tussen advocaat en cliënt en zij, Caterina, was geen cliënt van me. Wijzen op het beroepsgeheim maakt echter altijd indruk en het zou, dacht ik, mijn belofte van discretie ondersteunen.

'Manuela heeft een paar keer cocaïne genomen.'

Voordat ik verderging met vragen liet ik deze zin, die tussen ons was blijven hangen, eerst bezinken.

'Met Michele?'

'Ja. Hij heeft het haar laten proberen.'

'Gebruikte ze het vaak, onregelmatig? Veel, weinig? Is ze het blijven gebruiken, ook nadat ze met hem had gebroken?'

'Ik weet niet hoe vaak ze het nam. En ik weet ook niet of ze het is blijven gebruiken na het einde van hun relatie.'

Ik liet mijn ogen over haar heen glijden, van beneden naar boven. Mijn blik drukte uit dat het moeilijk was aan dit antwoord geloof te hechten. Dat zij zoiets niet zou weten van een intieme vriendin.

'Oké, misschien heeft ze het nog een paar keer gebruikt, ook daarna. Maar het was een onderwerp dat mij niet beviel en waarover we niet spraken.'

Ze dacht nog even na en vervolgde toen. 'Ik was – ben – tegen dat spul. Dat heb ik haar een paar maal gezegd en dan raakte zij geïrriteerd, alsof ik me met haar zaken bemoeide. Misschien had ze gelijk, iedereen mag doen wat hij wil. Ook ik erger me eraan als iemand me zegt hoe ik me al of niet moet gedragen. Daarom ben ik ermee opgehouden haar mijn mening te zeggen en zij heeft het er met mij niet meer over gehad, omdat ze wist dat de zaak me niet beviel.'

'Weet je of ze de laatste tijd voor haar verdwijning cocaïne gebruikte?'

'Ik weet het niet. Ik zweer het!'

Ze had gesproken op een geïrriteerde toon, maar bijna onmiddellijk vermande ze zich en begon weer te praten.

'Kijk, ik probeer u te helpen. Ik heb geen idee hoe u mij zover heeft gekregen dat ik bepaalde dingen heb gezegd die ik helemaal niet van plan was te vertellen. Maar het feit dat ik eerlijk tegenover u ben geweest moet u ervan overtuigen dat ik niet van plan ben iets achter te houden. U moet me geloven.'

'Ik geloof je. Het kan alleen gebeuren dat iets je ontschiet, en daarom dring ik aan.'

'Ik weet niet of Manuela, in de tijd onmiddellijk voorafgaand aan haar verdwijning, drugs gebruikte. Ik weet het niet. Als ik het wist zou ik het zeggen, ik heb u al een heleboel verteld.'

'Aan wie zouden we het kunnen vragen?'

'Ik weet het niet. De laatste tijd woonde ik in Bari en zij in Rome en zagen we elkaar minder.'

Ik had haar willen vragen of zij ook wel eens cocaïne had gebruikt samen met Manuela, maar ik bracht het niet op.

'Wat weet je van de plek bij Ostuni waar Manuela de nacht van zaterdag op zondag heeft doorgebracht?'

'Niets bijzonders. Ik ben er vorig jaar een keer geweest, voor een etentje. Het is een heel mooie plek, er is altijd een va-et-vient van allemaal aardige mensen. Manuela ging er heel graag naartoe.'

'Ken je het meisje bij wie Manuela logeerde?'

'Oppervlakkig.'

Ik pauzeerde even om de informatie te verwerken die ik had gekregen. Ik maakte namelijk geen aantekeningen. Ik had bedacht dat het gesprek natuurlijker zou zijn en dus nuttiger als ik het niet zou onderbreken om dingen op te schrijven. Daarom probeerde ik in mijn hoofd vast te leggen wat Caterina me had verteld. Zodra ze weg was zou ik snel wat notities maken.

'Herinner je je wanneer je Manuela voor het laatst hebt gezien?'

'Woensdag of donderdag. Ik kan het me niet precies herinneren. Ik heb haar gebeld, we spraken af in het centrum en hebben een aperitief gedronken.'

'Waarover hebben jullie gepraat?'

'Dat weet ik niet meer. Niets gewichtigs.'

'Kwam Michele nog ter sprake?'

'Nee.'

'Is je iets ongewoons opgevallen in haar gedrag? Iets als nervositeit, opgewondenheid, euforie?'

'Nee, Manuela gedroeg zich volstrekt normaal. Misschien heeft ze iets gezegd over het feit dat ze de week daarna naar Rome moest. Maar dat weet ik niet eens zeker. Het was een alledaagse, gewone ontmoeting, zoals er zo veel zijn.'

'Zag Manuela iemand in die periode?'

'Bedoelt u of ze een affaire had?'

'Ja.'

'Nee. In de maanden daarvoor ging ze wel uit met iemand in Rome, maar dat was niet serieus. In september had ze absoluut niemand.'

'Weet je wie die laatste jongen was met wie ze uitging, in Rome?'

'Nee. Ik herinner me dat ze maanden daarvoor een keer zei dat iemand werk van haar maakte en haar had uitge-

nodigd om te gaan eten, maar dat ze die persoon niet bijzonder aantrekkelijk vond. Ze had de uitnodiging alleen
aangenomen omdat ze zich verveelde.'

'Ken je die persoon misschien?'

'Nee, nooit gezien. Ik weet niet eens hoe hij heet.'

'Misschien weet Nicoletta Abbrescia dat.'

'Ja, dat is mogelijk. Alleen al omdat ze in hetzelfde huis
woonden.'

'Nicoletta Abbrescia is nu in Rome, toch?'

'Ik geloof van wel. We hebben al een tijd niets van elkaar
gehoord.'

'Waarom niet?'

'Sinds ik uit Rome weg ben, is onze band minder hecht
geworden. Zij komt bovendien veel minder vaak naar Bari
dan Manuela. Ik denk dat we elkaar, sinds ik terug ben,
misschien drie of vier keer hebben gezien.'

'Hoe vaak hebben jullie elkaar gezien sinds de verdwijning van Manuela?'

'We hebben elkaar daarna nooit meer gezien. We hebben elkaar wel telefonisch gesproken maar nooit gezien.'

'Waarom niet?'

'Ik heb u al gezegd dat onze band minder hecht was geworden. Waarschijnlijk was het Manuela die ons op een
bepaalde manier bij elkaar hield. Het ging vanzelf dat we
elkaar niet meer zagen, zonder Manuela.'

'Maar jullie hebben elkaar gebeld.'

'Jazeker, een paar keer. Zij belde mij onmiddellijk nadat
ze had gehoord dat Manuela was verdwenen.'

'Wanneer was dat?'

'Een paar dagen daarna, geloof ik. Toen Manuela spoor-
loos verdwenen was, hebben haar ouders Nicoletta gebeld
om te vragen of zij haar had gezien.'

'En zij wist van niets.'

'Zij wist van niets.'

'Zijn jullie samen tot een vermoeden gekomen?'

Ze pauzeerde weer, maar kort. Het onderwerp lag nu op tafel.

'We dachten allebei aan Michele, maar ja, toen bleek dat hij zich in het buitenland bevond.'

'Maar wat hebben jullie precies tegen elkaar gezegd?'

'Niets speciaals. Meer zoiets als: zou Michele er iets mee te maken hebben? En wat zou hij gedaan kunnen hebben, hij kan haar toch niet ontvoerd hebben?'

'Hebben jullie gesproken over de mogelijkheid dat hij haar ontvoerd zou kunnen hebben?'

'Niet over de mogelijkheid. We wisten niet wat we moesten denken en wat we gezegd hebben was zoiets als: "Hij zal haar toch niet ontvoerd hebben?" We zeiden zomaar wat.'

'Wie heeft dat geopperd? Jij of Nicoletta?'

Ik merkte dat mijn toon vasthoudend was geworden.

'Niemand heeft iets *geopperd*! Het was meer een soort grap, om maar wat te zeggen: "Hij zal haar toch niet ontvoerd hebben?" We zeiden het om maar iets te zeggen, omdat we ons niet konden voorstellen wat er was gebeurd. Ik heb nooit gedacht dat hij haar echt ontvoerd zou kunnen hebben.'

'Maar zo-even zei je dat je, toen je had gehoord over de verdwijning van Manuela, onmiddellijk had gedacht dat Michele er iets mee te maken zou kunnen hebben.'

Ze stak weer een sigaret op, dit keer zonder te vragen of het mocht.

'Dat is waar. En het is ook waar dat wij het woord ontvoering hebben gebruikt. Maar dat had niets te betekenen. In werkelijkheid kan ik me er geen voorstelling van maken wat er gebeurd kan zijn. En verder heeft het geen zin hierover door te gaan omdat hij niet in Italië was.'

Nu klonk haar toon een beetje geïrriteerd en het leek

me beter om af te sluiten. Om dat niet al te bot te doen en haar niet de indruk te geven dat ik gestopt was omdat zij haar geduld had verloren, bleef ik een paar minuten zwijgend zitten wachten tot zij haar sigaret op had.

'Oké, dankjewel. Het is heel nuttig geweest om met je te praten.'

Ze keek me aan en ontspande zich zichtbaar. Het leek alsof zij mij nu een vraag wilde stellen.

'Maar wat gaat u nu doen?'

Ik keek haar aan met een soortgelijke blik als die van haar even geleden. Ik vroeg me af of en hoe ik moest antwoorden op haar vraag. Ik overwoog dat zij me misschien zou kunnen helpen een blik te werpen in de wereld van Manuela, ervan uitgaande dat het motief van haar verdwijning in die wereld gezocht moest worden.

'Een goede vraag. Dat vraag ik me ook af. Het zou natuurlijk interessant zijn om met Cantalupi te spreken, maar dat lijkt me op dit moment niet eenvoudig. En verder zou ik met Nicoletta willen spreken, zelfs in Rome als dat nodig is. In de hoop dat ze bereid is mij te ontmoeten.'

'Als u wilt kan ik met Nicoletta spreken.'

Ik keek haar aan, verrast door dit voorstel.

'Nou, daar zou je me echt mee helpen.'

'Het spijt me dat ik daarnet nerveus werd. Dat overkomt me in situaties waar ik me onzeker voel. Ik voel me niet graag onzeker. Sorry.'

'Kom nou. Het was een volstrekt natuurlijke reactie, en bovendien heb ik af en toe te zeer aangedrongen. Het lag voor de hand dat je nerveus zou kunnen worden.'

'Ik zou willen dat ik u kon helpen. Ik zou willen bijdragen om te ontdekken wat er is gebeurd.'

'Door te gaan praten met Nicoletta en haar te vragen of ze mij wil ontmoeten zou je me al aardig helpen. Echt waar.'

'Oké, ik ga haar bellen en laat u haar reactie weten. Heeft u een mobiel nummer voor me waarop ik u kan bellen?'

Ik wist dat ze mijn mobiele nummer vroeg om een, laten we zeggen technische reden. Maar toch voelde ik, heel even maar, een gevaarlijke siddering door mij heen gaan.

Geërgerd onderdrukte ik dit gevoel. Ik pakte een visitekaartje, schreef er met pen mijn mobiele nummer bij en gaf het haar. Precies zoals ik met Anita had gedaan.

Maar het was niet hetzelfde.

16

Caterina vertrok en het hele uur daarna was ik overgeleverd aan Maria Teresa, Consuelo en Pasquale die mij, om beurten, allerlei stukken voorlegden die ik moest tekenen of bestuderen. Declaraties die naar de Raad van de Orde van Advocaten gestuurd moesten worden, betekende aktes van gerechtskantoren uit de hele regio, de agenda van de volgende dag, kladversies van verzoekschriften opgesteld door Consuelo en Maria Teresa, die het nog moesten leren en er zeer goed in slaagden om de gespannen onzekerheid van nauwgezette leerlingen op mij over te brengen.

Ten slotte had ik er genoeg van. Met een beroep op de correcte toepassing van de vakbondsregels, zei ik dat het al ruim na sluitingstijd was en dat ik er daarom op aandrong dat ze naar huis gingen, naar hun partners, of waar dan ook heen. Als ze maar onmiddellijk vertrokken.

Toen ik alleen achtergebleven was, probeerde ik na te denken over wat er die middag was gebeurd, van de ontmoeting met Anita en het telefoontje van die klootzak van een Schirani, tot aan het lange gesprek met Caterina.

Een kwartier nadenken leverde niets op, daarom pakte ik een groot nieuw schrijfblok met witte vellen, opende het en begon te noteren wat er naar boven was gekomen in die twee gesprekken, alsof ik een verslag moest maken voor iemand die er niet bij was geweest. Toen ik klaar was, omcirkelde ik bepaalde woorden met rood en zette een dubbele kring rond de naam Cantalupi, iedere keer als deze voorkwam in mijn aantekeningen. Alsof die rode cirkels antwoorden konden produceren, of in ieder geval vorm konden geven aan een paar zinnige vragen.

In werkelijkheid bleef de enige zwakke werkhypothese verbonden met de naam van de ex-vriend van Manuela en met het gebruik van – en eventueel het dealen in – verdovende middelen.

Ik probeerde de naam Cantalupi op te zoeken via Google maar dat leverde niets op. Om toch iets te doen probeerde ik het ook met de naam Manuela. Dat leverde een paar hits op maar geen daarvan had betrekking op mijn Manuela Ferraro.

Ik schreef de volgende zin op mijn notitieblok: *onderzoek doen in de wereld van de illegale drugshandel*, gevolgd door een mooi vraagteken. Ik omcirkelde de zin met rood, ik voelde me een idioot, maar onmiddellijk daarna kreeg ik wel een idee.

Ik heb heel weinig cliënten in de wereld van de georganiseerde misdaad, en het komt dus niet vaak voor dat ik drugsdealers verdedig. De enkelen die op mijn pad komen zijn meestal loslopende honden, zoals de jongeman wiens zaak ik een paar dagen daarvoor, met weinig succes, had verdedigd voor het Hof van Cassatie.

Onder deze cliënten was er een – Damiano Quintavalle – die zich al een hele tijd staande had weten te houden, omdat hij, als hij al werd gepakt, er altijd met een paar jaar was afgekomen. Het was een pientere, zelfs sympathieke jongen, en bovendien kende hij heel veel mensen, in alle milieus van de stad.

Ik kon het beste zijn hulp inroepen om te proberen erachter te komen of, en hoe, de heer Michele Cantalupi in contact stond met de wereld van de drugs of meer in het algemeen met die van de illegale handel. Ik zou hem de volgende dag proberen te vinden en eens een praatje met hem gaan maken. Ik ging op de tast te werk – zei ik tegen mezelf – maar het was altijd beter dan niets doen.

Terwijl ik besloot om de volgende dag Quintavalle te bellen moest ik weer aan Caterina denken. Op een ongepaste manier, als je in overweging neemt dat ik – en dat bleef ik tegen mezelf zeggen met een zekere masochistische nadruk – haar vader had kunnen zijn, of in ieder geval een jonge oom.

Hou op Guerrieri, gedraag je: het is nog een meisje. Tien jaar geleden was zij dertien en jij in alle opzichten een volwassen man. Tweeëntwintig jaar geleden was zij één en jij net afgestudeerd. Vierentwintig jaar geleden brachten jij en je vriendin Rossana bijna een maand in angst door omdat jullie dachten er een vreselijke puinhoop van gemaakt te hebben en dat jullie op het punt stonden om als twintigers vader en moeder te worden. Vervolgens werd het alarm afgeblazen, maar als dat niet was gebeurd zou je nu een zoon – of een dochter – hebben gehad even oud als Caterina.

Op dat punt aangekomen draaide ik volledig dol in een krankzinnig kringetje. Omdat ik niet verder kon teruggaan in de tijd dan vierentwintig jaar besloot ik van perspectief te wisselen, en probeerde ik me te herinneren hoe lang geleden ik iets had gehad met een meisje van die leeftijd.

De episode die ik uit mijn geheugen wist op te halen werkte behoorlijk verwarrend. De laatste drieëntwintigjarige met wie ik een even vluchtig als clandestien contact had gehad, meer dan tien jaar daarvoor, was bepaald geen onervaren meisje. Integendeel, dacht ik, terwijl mijn herinnering contouren aannam die steeds duidelijker en minder voor herhaling vatbaar werden, ze balanceerde met een zekere lichtvaardigheid op de rand van de gevestigde zeden en was volledig in staat gebleken om mij wegwijs te maken in bepaalde avant-gardenieuwigheden op het gebied van het seksuele experiment.

Toen ik me afvroeg tot welke categorie drieëntwintig-jarigen Caterina behoorde, en daarbij een antwoord be-dacht, realiseerde ik me eindelijk dat mijn gedachten een gevaarlijke draai aan het nemen waren.

Ik kon beter gaan eten – zei ik tegen mezelf – en deze materie laten verdampen.

17

Het was koud. De lucht was vol zware, dreigende wolken en het zag ernaar uit dat het van het ene op het andere moment kon gaan regenen. Omdat ik geen zin had om naar de garage te gaan, mijn pasje te overhandigen, de auto op te vragen en te wachten tot ze hem zouden brengen, besloot ik het risico te lopen dat het zou gaan regenen en toch maar de fiets te nemen.

Toen ik het Chelsea Hotel binnenkwam, verspreidden zich in de ruimte de klanken van de piano en de stem van Paolo Conte die 'Sotto le stelle del jazz' inzette.

De zaak was bijna leeg, en er hing een vreemde, bijna aangename sfeer van verwachting.

Ik ging zitten aan een tafeltje ver van de entree. Kort daarna kwam Nadia uit de keuken, ze zag me en kwam me begroeten.

'Hans heeft voor vanavond een schotel van rijst, aardappelen en mosselen gemaakt. Wil je die proberen?'

Hans is de compagnon van Nadia. Hij is kok en banketbakker en hij komt uit Dresden. Hij ziet eruit als een ex-kogelstoter die het trainen heeft opgegeven en zich heeft toegelegd op het bier. Ik weet niet hoe hij in Bari verzeild is geraakt, maar ik denk dat hij er al een aardig tijdje woont omdat hij het dialect acceptabel spreekt en zich de geheimen van de lokale keuken eigen heeft gemaakt. De schotel van rijst, aardappelen en mosselen is een gerecht dat lijkt op de paella uit Valencia, ook al zullen alle inwoners van Bari zeggen dat het veel lekkerder is. Het wordt gemaakt door in een braadpan lagen rijst, mosselen, aardappelen, courgettes, en in stukjes gesneden verse tomaat op elkaar te stapelen, en te overgieten met het spoelwater van de mosselen, en alles op smaak te brengen met een saus van olie, peper, fijngehakte ui en peterselie, ook weer fijngehakt. Het geheel gaat vijftig minuten in de oven en het resultaat is geenszins gegarandeerd als je familie niet al vier generaties in Bari woont.

'Ik wil Hans absoluut niet kwetsen, ook al omdat hij, zo te zien, minstens honderdtwintig kilo weegt, maar ik twijfel een beetje of hij in staat is een goede rijst-aardappel-mosselschotel te maken.'

'Probeer eerst de schotel van Hans en daarna praten we verder.'

Nadia kwam weer langs mijn tafel terwijl ik bijna klaar was met het naar binnen werken van een tweede portie en het ledigen van een tweede glas Negroamaro. Ze wierp me een ironische blik toe.

'En?'

Ik hief mijn handen op met de palmen naar boven, ten teken van overgave.

'Je had gelijk. Een rijst-aardappel-mosselschotel zoals deze kon alleen de oude Marietta maken.'

'En wie is de oude Marietta?'

'Marietta was een mevrouw die bij ons thuis kwam als dienstbode toen ik klein was. Ze woonde in het oude Bari. Soms nam ze zelfgemaakte saus of oortjespasta mee. En ze maakte een legendarische rijst-aardappel-mosselschotel. Vanaf nu is Hans voor mij een ere-Marietta.'

Nadia begon te lachen en het idee van een Hans-Marietta bood inderdaad komische mogelijkheden.

'Mag ik bij je komen zitten? Er is bijna niemand en ik denk niet dat daar veel verandering in zal komen, nu het is gaan regenen.'

'Natuurlijk, ga zitten. Is het gaan regenen? Geweldig, en ik ben op de fiets.'

'Als je niet te veel haast hebt breng ik je wel naar huis met de auto. Ik denk ik dat we onder deze omstandigheden om twaalf uur sluiten. Je kunt je fiets binnenzetten en ophalen wanneer je wilt.'

'Ik heb geen enkele haast. Bedankt, het idee om drijfnat thuis te komen lokt me niet erg aan.'

'Heb je nog honger?'

'Kom nou. Ik heb eerder behoefte aan iets sterks na alles wat ik heb gegeten.'

'Heb je ooit absint geprobeerd?'

'Nee. En, eerlijk gezegd, ook geen cocaïne, peyote en lsd.'

'Peyote en de rest hebben we niet, maar wel absint. Heb je zin om het te proberen? Het is legaal.'

Ik zei dat ik wel zin had om het te proberen en zij vroeg Matilde – de barkeeper – om twee absint. Matilde, geen spraakzaam type, gaf een bijna onmerkbaar knikje met haar hoofd en een paar minuten later stonden er twee glazen met een groene vloeistof voor ons, een schaaltje met suikerklontjes en een karaf water.

'Wat doen we met dit spul?' vroeg ik.

'Ken je pastis?'

'Ja.'

'Het gaat op dezelfde manier. In pure staat heeft deze likeur een alcoholpercentage van 60%. Je verdunt hem met drie of vijf delen water, en eventueel kun je er een klontje suiker bij doen.'

Ik volgde haar instructies, proefde en vond het lekker.

God nog aan toe, ik vond het erg lekker en maakte meteen een tweede klaar.

'Zola heeft gezegd dat, als er absint op tafel komt, het altijd eindigt met dronken mannen en zwangere meisjes. Nu begrijp ik eindelijk wat hij bedoelde.'

Ze knikte, en glimlachte vreugdeloos.

'Het zit er overigens niet in dat ik het zwangere meisje ben.'

Ze zei het op een neutrale toon, maar het was onmiddellijk duidelijk dat ik het verkeerde onderwerp had aangeroerd. Ik keek haar aan zonder iets te zeggen, terwijl ik het glas weer neerzette dat ik net had gepakt om een slokje te nemen.

'Twee jaar geleden is er bij mij kanker geconstateerd en ze hebben alles weggehaald wat nodig is om een zwanger meisje te worden. Niet dat er een menigte gegadigden stond te trappelen om de vader te worden van mijn zoon of dochter, maar dat hoofdstuk is toen wel definitief afgesloten.'

Waarom moest ik zo nodig met dat citaat aankomen? Het zou, welbeschouwd, sowieso ongepast en misschien zelfs een beetje vulgair geweest zijn. Ik voelde me vreselijk in verlegenheid gebracht.

'Het spijt me, sorry, dat was echt een ongelukkige opmerking.'

'Hé, kalm maar. Je hoeft je nergens voor te verontschuldigen. Hoogstens zou ik me moeten verontschuldigen omdat ik geen enkele reden had om dat tegen jou te zeggen en je zomaar te overvallen met mijn problemen.'

Ik wist niet wat ik moest zeggen. Zij keek een tijdje naar haar lege glas. Vervolgens besloot ze dat ze nog zin had om te drinken en maakte een absint voor zichzelf klaar. Ze verdunde hem met drie delen water, of misschien zelfs minder. Ze dronk langzaam, met regelmatige tussenpozen. Toen ze klaar was richtte ze zich weer tot mij.

'Vind je het goed als we nu gaan? Ik heb trek in een sigaret. Misschien kunnen we even rondrijden voordat we naar huis gaan, Hans en Matilde sluiten hier wel af.'

Vijf minuten later stonden we buiten, in de regen.

Nadia had een hatchback waar ik snel in stapte zonder het merk te kunnen onderscheiden. Terwijl ook Nadia instapte dacht ik iets te zien bewegen in het achterste gedeelte van de auto. Ik draaide me om, en in de duisternis zag ik een wit schijnsel te midden van een enorme donkere massa. Ik keek nog eens goed en ik realiseerde me dat het witte schijnsel ogen waren en dat hun eigenaar een zwarte hond was, met de afmetingen van een klein kalf.

'Wat een leuk hondje. Hoe heet hij, Nosferatu?'

Ze lachte.

'Pino, hij heet Pino.'

'Pino? Pino het Monster? Vind jij Pino een geschikte naam voor een dergelijk woest beest?'

Ze lachte weer.

'Ik zou nooit, echt nooit van jou hebben gezegd dat je sympathiek was. Bekwaam, serieus, en ook aardig, dat wel. Maar je leek me echt niet het type om mee te lachen.'

'Wacht maar tot je me ziet dansen.'

Ze lachte voor de derde keer. Ze startte de motor en reed weg. Ik keek voor me uit maar ik wist dat Pino het Monster me in de gaten hield en overwoog me te verscheuren.

'Wat voor ras is dat beestje?'

'Het enige erkende ras dat oorspronkelijk uit Apulië komt.'

'En welk Apulisch ras zou dat dan zijn. De duivel uit de Murgiaheuvels?'

'Het is een *cane corso*.'

'En dus...'

'...wat niet betekent dat het een hond uit Corsica is. "Corso" komt van het Latijnse *cohors*, wat binnenplaats, omheining betekent. De cane corso is de afstammeling van de oude Apulische molos. De voorouders van Pino waren waakhonden op de binnenplaatsen van landbouwbedrijven, in Apulië, de Basilicata en Molise. Of ze vochten met beren en wilde zwijnen.'

'Ik ben er zeker van dat noch de beren noch de wilde zwijnen blij waren met deze buitenkans. Heb je hem genomen omdat je van schoothondjes houdt?'

'Gek. Ik heb hem gekregen van een vriendin die honden traint en heropvoedt.'

'Honden heropvoedt?'

'Ja, Pino was een vechthond. Hij is in beslag genomen door de carabinieri, samen met een heleboel andere honden, tijdens een onderzoek naar illegale weddenschappen.'

'Ik heb een keer een proces gevoerd over clandestiene hondengevechten.'

'Verdedig jij die rotzakken die honden afslachten?'

'Nee, ik verdedigde een vereniging voor de bescherming van dieren die zich civiele partij had gesteld.'

'Ah, gelukkig maar. Ik stond al op het punt Pino los te laten en jou de zaak rechtstreeks met hem te laten bespreken.'

'Weet je wel zeker dat het verstandig is om een vechthond met je mee te nemen?'

'Mijn vriendin Daniela geeft deze honden een heropvoeding. Ze worden aan haar toevertrouwd – zij heeft een hondenasiel – en zij deconditioneert ze, ze verandert ze in gezelschapsdieren.'

'Ze *deconditioneert* ze? Doet jouw vriendin dit als beroep?'

'Ze heeft een pension en een school voor honden: ze traint ze. Basisopvoeding – dingen als "zit", "lig", "sta" – of een training als waakhond. En verder geeft ze een heropvoeding aan criminele honden, zoals zij ze noemt.'

'*Criminele hond* lijkt mij een toepasselijke definitie voor dit sujet.'

'Pino is nu uiterst braaf en zou geen vlieg kwaad doen.'

'Ik ben er zeker van dat zijn belangstelling niet uitgaat naar vliegen,' zei ik terwijl ik een blik wierp op het zwarte monster dat naar me bleef kijken alsof ik een biefstuk was.

We kwamen op de boulevard in de buurt van mijn huis. Nadia stopte op de rotonde vlak bij de Albergo delle Nazioni en draaide het raampje omlaag. Er was geen wind en het leek alsof de regen aan het ophouden was. Ze stak een sigaret op en rookte die op zo'n manier dat ik spijt kreeg dat ik was gestopt. Vervolgens begon ze te praten, zonder me aan te kijken.

'Misschien heb ik je in verlegenheid gebracht door voor te stellen samen weg te gaan. Wellicht heb je helemaal niet zo'n zin om op stap te gaan met een ex-prostituee. Overigens ben je in deze branche nooit ex. Eenmaal een hoer, altijd een hoer.'

'Nog zo'n uitspraak en ik ben weg.'

Ze draaide zich naar mij toe. Ze nam een laatste trek en gooide het peukje naar buiten.

'Heb ik iets stoms gezegd?'

'Dat dacht ik wel.'

Zij registreerde het antwoord. Vervolgens pakte ze weer een sigaret, maar stak hem niet aan.

'Het regent bijna niet meer.'

'Prima. Ik houd niet van de regen.'

'Heb je zin om een eindje te lopen? Dan kan Pino ook zijn poten strekken.'

'Als hij zijn kaken maar niet strekt.'

We stapten uit de auto, Nadia deed de achterklep open en liet het monster eruit. Los en zonder muilkorf.

'Is het wel zo'n goed idee om hem zo los te laten, onaangelijnd? Natuurlijk kunnen ze vandaag de dag wonderen verrichten met protheses, maar je krijgt toch een hoop gedoe als hij een kind of een oud vrouwtje verscheurt.'

Nadia gaf geen antwoord, maar fluisterde iets tegen de hond wat ik niet kon verstaan. Toen we begonnen te wandelen volgde het woeste beest ons, vlak achter het linkerbeen van zijn bazin, alsof hij met een strakgespannen, onzichtbare lijn aan haar vastzat.

Zijn manier van lopen was bijna hypnotisch, en leek meer op die van een grote katachtige dan op die van een hond.

Het hoofd waaraan één oor bijna geheel ontbrak had de afmetingen van een kleine watermeloen, en onder de glanzende, zwarte vacht rimpelden zijn spieren als koorden. Het geheel gaf het idee van een gedisciplineerde, dodelijke kracht.

We liepen een paar honderd meter zonder iets te zeggen terwijl ook de laatste regendruppels ophielden te vallen.

'Waarom heb je hem Pino genoemd? Het is geen gewone naam voor een hond, en helemaal niet voor zo'n hond.'

'Daniela heeft hem zo genoemd. Ze geeft altijd mensennamen aan de honden die ze heropvoedt. Ik geloof dat het haar werk psychologisch vergemakkelijkt.'

'Hoe oud is hij?'

'Drie. Weet je waarom ik het prettig vind om deze hond bij me te hebben?'

'Zeg het maar.'

'Hij herinnert me er steeds weer aan dat je kunt veranderen en iets kunt worden dat totaal afwijkt van wat je eerst was.'

Ik knikte. Zij bleef staan en, alsof hij een geluidloos bevel opvolgde, ging de hond gedisciplineerd naast haar zitten.

'Wil je hem aaien?'

Ik stond op het punt de zoveelste grappige opmerking te maken over het gevaarlijke karakter van de hond maar ik kon me nog net inhouden en zei gewoon ja. Ze richtte zich tot het monster, zei dat ik een vriend was en ik kreeg bijna de indruk dat de hond even goedkeurend knikte met zijn kop.

'Voordat ik hem aai wil ik nog wel zeggen dat ik weiger hem Pino te noemen. Ik begrijp de geest van waaruit jouw vriendin werkt bij het geven van namen, maar ik kan hem echt niet zo noemen.'

'Hoe wil je hem dan noemen?'

'Conan Doyle zou er blij mee zijn geweest. Ik noem hem Baskerville, als jij daar geen bezwaar tegen hebt.'

Ze haalde haar schouders op en trok haar wenkbrauwen op, zoals je doet tegen iemand aan wie een steekje los zit.

Ik liep naar de grote hond toe en aaide hem over zijn kop die zo hard was als een rotsblok en die ik met mijn hand niet helemaal kon bedekken.

'Hallo Baskerville, je bent dus niet zo kwaadaardig als je lijkt?'

Pino-Baskerville keek me aan met ogen die van een afstand afschrikwekkend leken maar van dichtbij een zachte droefheid uitstraalden. Ik krabde hem achter het enig overgebleven oor, en liet mijn hand toen zakken naar de zwarte, glanzende, zachte hals. De hond deed zijn ogen half dicht en hief zijn kop langzaam op, alsof hij een melancholiek gejank wilde uitstoten, terwijl hij mij zijn keel aanbood, onbeschermd en weerloos.

En, zoals die Franse meneer zei, er kwam opeens een herinnering bij me boven.

De kop opheffen, en de keel op die manier aanbieden, was een houding die Marcuse aannam, de Duitse herder van mijn grootvader Guido, meer dan dertig jaar geleden.

Herinneringen lossen niet op en ze verdwijnen niet. Ze zijn er allemaal nog, verborgen onder de dunne korst van ons bewustzijn. Ook die waarvan we dachten dat ze voor altijd verloren waren gegaan. Soms blijven ze daar een leven lang, onder die korst. Soms, daarentegen, gebeurt er iets wat ze weer oproept.

Een koekje gedoopt in lindebloesemthee of een grote hond met melancholieke ogen die zijn keel aanbiedt om geaaid te worden, bijvoorbeeld.

Die houding van totale, ontroerende overgave riep een stortvloed van herinneringen op die in enkele ogenblikken, alsof ze werden geleid door een uitgewerkt plan, hun plaats innamen op de kaart van dat verre verleden waar alles met elkaar samenhangt.

Het was me nooit gelukt om de herinneringen van mijn kinderjaren op te roepen, behalve als onsamenhangende brokstukken, onbegrijpelijke overblijfselen die aan de oppervlakte drijven.

Nu viel echter alles op zijn plaats, een mysterieuze gelijktijdigheid van beelden, klanken, geuren, namen en concrete voorwerpen. Alles bij elkaar.

De draagbare platenspeler, Mottarello-ijsjes, Pippi Langkous, T-shirts van Fruit of the Loom, Crocodile Rock, De Kinderkoerier, Rintintin, Ivanhoe, De zwarte pijl, En de sterren kijken toe met Alberto Lupo, Hitparade, Duizend-en-een-avond met de begintune van de Nomadi, De helden van de tekenfilm met de begintune van Lucio Dalla, The Persuaders met Tony Curtis en Roger Moore, de rood-oranje Graziella-crossfiets met het lange zadel, het Subbuteo-tafelvoetbal, de Oro Saiwa-biscuitjes die je met vier tegelijk in de melk doopte, de geur van suikerspinnen op de Fiera del Levante, ijslolly's waar je een gekleurde tong van kreeg, rolletjes drop, kapitein Miki, Superdonald, Tex Willer, de Fantastic Four, Sandokan, Tarzan, het gooien van stinkbommetjes in winkels en dan heel hard wegrennen, de groene Prinz die ongeluk bracht, Mafalda, Charlie Brown en het meisje dat geen rood haar had en toch echt was en dat mij nooit had opgemerkt, kneedgum, partijtjes voetbal na schooltijd met de supersantosbal, de Mickey Mouse Club, de flipperkast, tafelvoetbal, dat jongetje zoals wij dat geen tijd kreeg om al die dingen te vergeten omdat zijn vader een slaapaanval kreeg toen ze terugkwamen van vakantie in hun Fiat 124, petten met oorwarmers, lego, monopoly, spelen met voetbalpoppetjes, het eerste kanaal, het tweede kanaal en meer niet, de televisie voor kinderen, potjes gluton, focaccia, melk uit de centrale, het zwakke licht in de keuken van mijn grootouders, schoolboeken, plastic schooltassen, etuis met potloden, de geur van kinderen, van tussendoortjes, van plasticine, de stilte op de speelplaats na de pauze, lego en soldaatjes, Rosanna-toffees, super 8-filmpjes, dia's, verjaarsfeestjes met focacciarondjes en vruchtensap, polaroidfoto's, plaatjes van voetballers, de rolschaatsbaan in het pijnbos, het reclameprogramma *Carosello*, pasta uit de oven bij mijn grootouders op zondag.

Het licht dat filterde door de halfgeopende deur van mijn slaapkamertje, de steeds zwakker wordende geluiden in het huis en, altijd als laatste, de lichte tred van mijn moeder terwijl ik in slaap viel.

18

De straat was nat van de regen en verlaten.

Ik weet niet hoe lang het duurde, maar het was zeker niet kort, want zij vroeg me op een bepaald moment, met een enigszins bezorgde stem, of alles goed met me ging.

'Ja, heel goed. Waarom? Heb ik iets vreemds gedaan?'

'Iets vreemds? Het leek wel een scène uit *The Exorcist*. Je bewoog je lippen, je uitdrukking veranderde, kortom het leek of je met iemand aan het praten was, ook al maakte je geen enkel geluid.'

Ze bleef me even aankijken, voordat ze doorging.

'Je bent toch niet gek?'

Ze zei het met een glimlach, maar ik zou zweren dat er een zweem van twijfel bij haar was opgekomen.

'Was het echt of ik met iemand praatte?'

'Mmmmm,' zei ze terwijl ze haar hoofd met kracht naar voren bewoog.

'Toen jouw hond zijn kop ophief om zijn hals te laten aaien, nam hij precies dezelfde houding aan als de Duitse herder van mijn grootvader, heel veel jaren geleden.'

'Als hij zich al laat aaien biedt hij inderdaad nooit zijn keel aan. Hij vindt je aardig, dat doet hij niet vaak.'

'Die houding maakte een heleboel dingen uit mijn kinderjaren bij me los, allemaal tegelijk. Sommige heb ik me pas nu herinnerd, na meer dan dertig jaar. Het verwondert me niet als je zegt dat ik in mezelf praatte.'

We liepen weer verder, in dezelfde opstelling: Nadia in

het midden, Pino-Baskerville links van haar, ik rechts. In de lucht hing de geur van nat geworden asfalt.

'Ik herinner me bijna niets uit mijn kinderjaren,' zei Nadia. 'Ik denk dat ze noch gelukkig noch ongelukkig zijn geweest, maar ik zeg het alleen omdat ik me geen momenten van grote treurnis en ook geen momenten van grote vreugde herinner. Als die er al zijn geweest, ben ik ze vergeten, allebei. Het is moeilijk uit te leggen, maar er zijn dingen waarvan ik wéét dat ze zijn gebeurd en dus zeg ik dat ik ze me herinner. Maar in werkelijkheid herinner ik me helemaal niets. Het is alsof ik de dingen die in die periode van mijn leven zijn gebeurd alleen weet omdat iemand ze me heeft verteld. Het lijkt net of ik herinneringen heb aan de kindertijd van iemand anders.'

'Ik weet wat je bedoelt. Iets dergelijks gebeurt als je je afvraagt of iets echt is gebeurd of dat je het hebt gedroomd.'

'Inderdaad, het is precies hetzelfde. Ik geloof dat mijn moeder een paar keer een feestje heeft georganiseerd voor mijn verjaardag, maar als je me zou vragen wat er op die feestjes gebeurde, wie er waren of alleen maar voor welke verjaardag het was, zou ik geen antwoord kunnen geven. Soms krijg ik hier een bijna onverdraaglijk gevoel van duizeligheid van.'

'Maar is er een periode uit je leven die je je beter herinnert?'

'Ja. Ik weet niet of dat goed of slecht is, maar ik herinner me heel goed wanneer ik ben begonnen de hoer te spelen.'

'Wanneer was dat?' vroeg ik haar, terwijl ik mijn best deed een zo neutraal mogelijke toon aan te slaan. Zij negeerde de vraag.

'Weet je, de verklaring voor mijn zogenaamde keuzes heeft niets dramatisch. Hij is eerder banaal en ook een beetje platvloers te noemen.'

Ik maakte een gebaar met mijn hand, alsof ik iets wilde verjagen. Het was onbedoeld maar zij registreerde het heel goed.

'Oké, vergeet de bijvoeglijke naamwoorden maar. Wat ik wil zeggen is dat er geen mensen of gebeurtenissen zijn aan wie ik de schuld kan geven van mijn lot. Bijvoorbeeld aan mijn familie.'

'Wat doen, of deden, je ouders?'

'Mijn vader was administratief medewerker op een middenschool en mijn moeder was huisvrouw. Ze leven niet meer. Ik kan niet zeggen dat mijn band met mijn familie fantastisch was. Maar hij was niet slechter dan die van heel veel anderen die niet in de prostitutie terecht zijn gekomen. Ik heb een zuster, ze is veel ouder dan ik. Ze woont in Bologna, ik heb haar al heel lang niet meer gezien. Af en toe bellen we elkaar. Beleefd en afstandelijk, als twee vreemden. En dat is ook precies wat we zijn.'

De directe eerlijkheid en de beknoptheid waarmee Nadia in staat was haar visie te formuleren beviel me zeer.

'Nou ja, alles is begonnen toen ik negentien was. Ik had het boekhouddiploma gehaald en ik had me ingeschreven bij Economie en Handel, maar ik realiseerde me onmiddellijk dat ik geen enkele zin had om door te studeren. Of misschien had ik geen enkele zin om díe studie te doen, maar dat maakt eigenlijk niet veel uit.'

Terwijl zij sprak, haalde ik in mijn geheugen de informatie op wat betreft haar geboortedatum, die ik had gelezen in de aktes van het proces waarin ik haar had verdedigd. Om redenen die ik niet ken vergeet ik nooit iemands leeftijd, ook al heb ik hem of haar maar oppervlakkig leren kennen en alleen om professionele redenen.

Ik maakte een snelle berekening: toen zij negentien was, was ik vierentwintig. Wat deed ik op mijn vierentwintigste? Ik was net afgestudeerd. Ik had Sara nog niet leren kennen die daarna mijn vrouw zou worden, en vervolgens ook mijn ex. Mijn ouders leefden nog. Toen Nadia op het punt stond haar avontuur te beginnen in de echte wereld, was ik, ondanks het feit dat ik vijf jaar ouder was dan zij, nog maar een jochie.

'Ik wilde onafhankelijk zijn, ik wilde het huis uit, ik haatte dat middelmatige gezinsleven. Ik kon niet tegen dat bescheiden appartement, drie kamers, keuken en bijkeuken, vol met voorwerpen van slechte smaak, en die geur van mottenballen die uit hun slaapkamer kwam. Ik kon niet tegen hun onbenullige gesprekken en hun miezerige vooruitzichten: het afbetalen van de auto, het vinden van een pensionnetje met twee sterren voor de zomervakantie, het tellen van de jaren die papa nog moest werken tot zijn pensioen. Ik kon niet tegen het plussen en minnen om het gezinsbudget kloppend te maken, tegen de 's avonds opgewarmde pasta, de afgedankte kleren van mijn zuster, het zeiltje op de keukentafel. Maar er was één ding waar ik het meest van gruwde.'

'Wat was dat?'

'Mijn vader dronk een beetje wijn, bij het middageten en bij het avondeten. Weinig, maar altijd. We konden ons natuurlijk geen dure wijnen veroorloven, en dus als er boodschappen werden gedaan, werd er wijn in kartonnen pakken gekocht. Er stond er altijd een op tafel, en ik herinner me de volgende reeks handelingen: mijn moeder opende het pak met een schaar; mijn vader schonk een glas halfvol en lengde de wijn aan met water; aan het einde van de middagmaaltijd sloot mijn moeder het pak af met een knijper en 's avonds zette ze het weer op tafel. God, wat had ik daar een hekel aan. Er zijn momenten waarin ik dat gevoel herbeleef en het verstikt me nog net zoals toen. Op andere momenten daarentegen word ik verscheurd door schuldgevoel.'

'Ik denk dat dat onvermijdelijk is.'

'Ja, dat denk ik ook. Maar goed, ik was een mooi meisje en begon te werken als hostess bij een bureau dat diensten verleende voor congressen, politieke manifestaties en theatervoorstellingen. Op een keer vroeg een van de organisatoren van een congres van artsenbezoekers mij of ik zin had om met hem ergens te gaan eten, na afloop van het werk. Het was een man van een jaar of vijftig, heel gedistingeerd, heel voorkomend. Ik accepteerde de uitnodiging, sprak af op een plek ver van mijn huis omdat ik me schaamde voor waar ik woonde.'

'Waar woonde je?'

'In een gemeentewoning, in de buurt van de Redentore, het instituut van de Salesianen.'

'Ik kom in die buurt om te boksen.'

'Boksen? Je bedoelt vechten met je vuisten?'

'Ja.'

'Je bent echt niet helemaal normaal, weet je?'

'Goed, ga door.'

'Hij kwam me halen met een Thema Ferrari en bracht me naar een beroemd restaurant, een van die zaken waarvan ik altijd had gedroomd. Ik herinner het me als de dag van gisteren. Ik herinner me alles: het tafelkleed, het zilveren bestek, de glazen, de obers die me behandelden alsof ik een dame was, ook al was ik een jong meisje. En ik herinner me alles wat we hebben gegeten en de wijn die we hebben gedronken. Het was een Brunello, en die fles moet een fortuin hebben gekost, en het lijkt of ik het bouquet van die wijn nog ruik, nu terwijl ik tegen je praat.'

'Welk restaurant was het?'

Ze noemde de naam. Ik herinnerde me het heel goed, het was twintig jaar daarvoor een van de modieuze restaurants geweest, in de provincie. Een plek waar ik nooit was geweest. Als jongen was ik er nooit geweest omdat ik het me niet kon veroorloven en als volwassene, toen het wel kon, was ik er nooit heen gegaan omdat het toen gesloten was en in het niets verdwenen, zoals zo veel andere dingen uit die jaren.

'Na het diner zei hij dat we bij hem thuis iets gingen drinken.'

Haar toon was neutraal en toch voelde je de spanning in het verhaal stijgen. De spanning van verhalen waarvan je het einde al kent. Een einde dat je niet bevalt maar dat je op geen enkele manier kunt vermijden of veranderen.

'Ik dacht dat hij alleen woonde en mij naar zijn huis zou brengen. In werkelijkheid was hij getrouwd en had een zoon van mijn leeftijd. Hij bracht me naar een soort vrijgezellenwoning, en alles voltrok zich met grote vanzelfsprekendheid. Bij het weggaan gaf hij me driehonderdduizend lire.'

Ze pauzeerde even en keek me een paar seconden aan voordat ze doorging, op een toon waarin een nauwelijks merkbare nuance van uitdaging zat.

'En weet je wat? Het deed me goed om dat geld aan te nemen. Ik kreeg het gevoel dat ik op het punt stond controle te krijgen over mijn leven.'

'Voelde je je er niet ongemakkelijk bij?'

'Ik weet dat het ongelooflijk klinkt maar het antwoord is nee. Ik was al met jongens naar bed geweest, en eerlijk gezegd deed ik dat ook in die periode. Die situatie met hem was anders en toch, zoals ik al zei, was het heel vanzelfsprekend. We hadden van tevoren niet gesproken over geld, maar, ik weet niet hoe ik het je moet uitleggen, het was vanaf het begin duidelijk dat het om een soort werk ging. Geen leuk werk, maar ook niet weerzinwekkend.'

Ze pauzeerde weer even. Ik stond daar zonder te weten wat ik moest zeggen, of wat ik moest denken.

'Vanaf die avond ging ik vaker uit met die man. Vito,

heette hij. Ik hoorde dat hij een paar jaar geleden gestor-
ven is, en dat vond ik erg. Met hem was het of ik niet echt
de hoer speelde. Ik bedoel: we zagen elkaar, we gingen uit
eten, we hadden seks en daarna gaf hij mij een cadeau. Ik
heb geen ervaring met huwelijken maar ik denk dat het in
vele gevallen precies zo werkt.'

Die woorden bleven even in de lucht hangen. De hemel
begon hier en daar open te breken. Ik zou het prettig hebben gevonden om op een bankje te gaan zitten en door te
praten, maar alles was drijfnat. Dus wandelden we door,
samen met Pino, die echter nauwelijks deelnam aan ons
gesprek.

'Toen kwam er een keerpunt.'

'Hoe?'

'Toen we op een avond zijn appartementje verlieten,
vroeg Vito me of ik hem een plezier zou willen doen.'

'Een plezier doen?'

'Hij vroeg me uit te gaan met een andere man. Het was
een meneer met wie hij een belangrijke zakenrelatie had,
en die de volgende dag in de stad zou aankomen. Hij zei
dat het een zeer gedistingeerde heer was, en ook een mooie
man. Vito wilde hem een goede tijd bezorgen omdat dat
hem zou helpen bij het afsluiten van een grote transactie.
Ik weet niet of ik iets heb gezegd, of dat ik stil bleef. In de
volgende filmbeeldjes glimlacht hij, haalt zijn portefeuille
tevoorschijn, telt tien briefjes van honderdduizend uit en
geeft ze aan me. Daarna herinner ik me een kneepje in de
wang, met de wijsvinger en de middelvinger. Ik was een
braaf meisje, ik wist hoe ik me moest gedragen.'

Ik stond op het punt te zeggen dat ik de rest niet wilde
horen. Toen realiseerde ik me dat ik het tegelijkertijd wel
en niet wilde horen. Een gevoel dat ik soms krijg bij romans of films wanneer ze onderwerpen behandelen die me
in verwarring brengen en die ik liever zou negeren.

'Sindsdien gebeurde het vaker dat hij me vroeg met een of andere vriend van hem mee te gaan, ook al betaalde hij in die gevallen niet. Vervolgens, hoe zal ik het zeggen, begon ik een eigen clientèle op te bouwen. Via mond-tot-mondreclame. Onder mijn klanten bevonden zich ook twee rechters. De ene is dood, de ander is een belangrijk iemand en soms zie ik zijn foto in de krant. Hij komt altijd heel ernstig over, op die foto's.'

Ze liet deze zin in de lucht hangen. De boodschap was duidelijk dat die magistraat niet altijd zo serieus was als hij leek op die foto's. Ze zei niet wie het was en dat waardeerde ik, ook al moest ik me enigszins inhouden om het zelf niet te vragen.

'Ik weet dat dit allemaal troosteloos lijkt, en waarschijnlijk is het dat ook. Maar, hoe zal ik het zeggen, het was moeilijk om dat te beseffen. Mijn ontmoetingen hadden erg veel weg van echte afspraken. Verscheidene klanten namen me mee uit eten, of naar de bioscoop of het theater, en heel veel wilden graag praten. En gaandeweg realiseerde ik me dat in werkelijkheid voor sommigen van hen deze bijkomstigheden minstens zo belangrijk waren als seks.

Iets wat hoeren vaak zeggen is dat heel veel mannen een vrouw willen met wie ze rustig kunnen neuken en rustig kunnen praten. Zonder het gevoel te krijgen beoordeeld te worden, noch voor de ene activiteit noch voor de andere. Op grond van mijn ervaring kan ik zeggen dat dat waar is. En het was juist in die gevallen dat er soms problemen ontstonden.'

'In welk opzicht?'

'Soms gebeurde het dat een klant realiteit en fictie door elkaar haalde, in de praktijk betekende dat dat hij verliefd werd. In die gevallen kapte ik er onmiddellijk mee. Dat leek me juister en ethischer. Oké, ik weet dat het eigenaardig klinkt om een hoer te horen praten over ethisch gedrag, maar ik geloof dat ieder van ons zich probeert vast te klampen aan een systeem van regels om niet te versplinteren, welk beroep hij ook uitoefent. Afgezien van de ethiek, was het absoluut verstandig om met zo'n verhouding te kappen. Je weet nooit wat er in het hoofd van mensen omgaat. Een vriendin van me is achtervolgd en bijna doodgeslagen door een klant die verliefd op haar was geworden en die ze had afgewezen.'

'Je ging natuurlijk het huis uit?'

'Natuurlijk. Om mijn financiële onafhankelijkheid te verantwoorden zei ik dat ik een baan had gevonden als vertegenwoordiger van kleding. Ik heb geen idee of ze dat geloofd hebben en ik weet echt niet of mijn moeder en mijn vader ooit hebben geweten of begrepen wat ik deed. Toen ik werd gearresteerd en het in de openbaarheid kwam, waren ze beiden al dood.'

'Ga door met je verhaal.'

'Het vervolg is niet zo interessant, aangenomen dat wat ik je tot nu toe heb verteld dat wel was. Bovendien zijn mijn herinneringen aan dat wat er daarna is gebeurd veel verwarder en onduidelijker. Ik heb wat films gedaan maar dat heeft niet lang geduurd. Als prostituee verdiende je veel beter. Vervolgens begon ik het werk van andere meisjes te organiseren, en dat bracht nog meer op. Toen ik werd gearresteerd werkte ik al een heel tijdje niet meer als prostituee. Overigens ken je dat gedeelte van mijn verhaal al, aangezien je mijn advocaat was.'

Het leek alsof ze klaar was en ik stond op het punt iets te zeggen toen zij weer begon te praten, alsof ze zich een belangrijk detail had herinnerd.

'Er is echter iets wat ik je niet heb verteld toen ik jouw cliënt was.'

'En dat is?'

'Toen ze me arresteerden had ik bijna een gevoel van

opluchting. Ik denk dat ik dat soort leven niet meer kon verdragen en dat de situatie verslechterd was sinds ik was begonnen op te treden als tussenpersoon. Het was veel makkelijker om mezelf in evenwicht te houden toen ik zelf als hoer werkte. Toen ik overging tot het organiseren van het werk van andere meisjes werd ik me bewust van de treurigheid van dat bedrijf. Waarschijnlijk realiseerde ik het me niet – ik kan het me sowieso niet goed herinneren –, maar ik wilde een manier vinden om eruit te komen, ook al was het helemaal niet makkelijk. Het werk was zeer lucratief en ik had niets anders.'

We hadden een heel eind gewandeld, tussen de boulevard en de buurt rondom Theater Petruzzelli. Het lukte me niet om het verhaal van Nadia in te schatten. Het lukte me niet om de emotionele klankkleur van haar relaas te vatten. Ze had het verhaal verteld op een neutrale toon, en toch wist je dat er iets gistte onder de oppervlakte. Het lukte me eenvoudigweg niet om te doorzien wat. Pino bleef lopen alsof hij vastzat aan het been van zijn bazin en ik bedacht dat ik graag zo'n bescheiden, stille metgezel zou willen hebben voor mijn nachtelijke wandelingen. Ik had nooit overwogen een hond te nemen maar op dat moment sprak het idee me zeer aan.

Die stroom van gedachten werd onderbroken door de stem van Nadia. Haar toon was een beetje anders dan ze had gebruikt om haar verhaal te vertellen.

'Mag ik iets komisch zeggen?'

'Ik hou van komische dingen.'

'Toen ze me arresteerden vroeg ik een vriend – geen klant – welke advocaat ik moest inschakelen. Hij noemde jouw naam. Hij zei dat je heel bekwaam was en zeer betrouwbaar, en die definitie deed me denken aan een oudere heer, een beetje kaal, een beetje dik. Een soort oom. Maar toen verscheen jij in de gevangenis.'

'Ik verscheen, en toen?' Soms lukt het me zeer goed de botterik te spelen.

'Nou, je bent niet bepaald oud, kaal en dik. Ook al was je wel heel serieus en professioneel.'

'Jij was ook heel serieus. Een ideale cliënt, zonder onnodig geklets en zonder absurde eisen.'

'Ik moest wel serieus zijn. Ik wilde niet lijken wat ik was, dat wil zeggen een hoer, zij het dan een luxe. Ik dacht dat iedere uiting van vrouwelijkheid verkeerd uitgelegd zou worden.'

Ze stopte even, alsof ze wilde nadenken over wat ze zojuist had gezegd.

'Of misschien juist goed. Hoe dan ook, het enige wat ik me heb veroorloofd, pas aan het einde, was dat ik je een boek heb gegeven. Herinner je je dat?'

'Wat dacht je? *De revolutie van de hoop*, van Erich Fromm.'

'Ik was bang dat je het al had, ook al zei je van niet, je was er blij mee, je had het al lang willen aanschaffen, en je zou het onmiddellijk gaan lezen.'

Ik glimlachte. Ik herinnerde me niet dat ik die dingen had gezegd maar het was typisch een antwoord voor mij in dergelijke gevallen: als ik een boek krijg dat ik al heb gelezen vind ik het vervelend om degene die het me geeft teleur te stellen, en dan lieg ik.

'Ik had het inderdaad al gelezen.'

Ze glimlachte, maar er was iets in haar ogen waardoor ik een brok in mijn keel kreeg, volledig buiten proporties en zonder enig verband met het verhaal van het boek. Alsof een deur heel even op een kier was gezet en ik een glimp had opgevangen van een vreselijke melancholie.

'En daarna?'

'Na wat?'

'Na het proces.'

'O ja, ik ben zo verstandig geweest om niet opnieuw te

beginnen. Ik had een heleboel geld opzij gelegd, en dat had ik op de juiste manier geïnvesteerd. Niet-riskante fondsen, met een laag maar zeker rendement, drie appartementen op de juiste locatie, goed verhuurd, en een vierde waar ik zelf woon. Ik kon me dus veroorloven te gaan rentenieren, totdat ik een duidelijk idee had over wat ik wilde doen met de tweede helft van mijn leven. Ik heb een paar, best wel lange reizen gemaakt. Vervolgens heb ik ontdekt wat ik je heb verteld maar de artsen hebben kundig ingegrepen en in mijn beleving was alles snel achter de rug. Toen ik weer terug was, van de reizen en van de ziekte, heb ik me ingeschreven aan de universiteit.'

'Voor welke studie?'

'Moderne letterkunde. Ik doe examens, hoor. Over een paar jaar denk ik te kunnen afstuderen.'

'Heb je al een onderwerp voor je scriptie?'

Ze glimlachte weer, maar deze keer was er geen clair-obscur. Hoogstens een glimp van dankbaarheid voor het feit dat ik haar serieus had genomen.

'Nee, nog niet. Maar ik zou het willen doen over de geschiedenis van de film. Film is mijn grote passie.'

Ik zei niets. Al wandelend keek ik stiekem naar haar terwijl zij voor zich uit keek. Dat wil zeggen dat ze naar niets keek. Een paar minuten gingen voorbij.

'Ik heb wel een vriend gehad. De eerste en, voorlopig ook de laatste, van de tweede helft van mijn leven. De eerste voor wie ik niet hoefde te verbergen hoe ik aan de kost was gekomen.'

'En hoe is het verder gegaan?'

'Hij was – is – een klootzak. Het is gegaan zoals het gaat met klootzakken. Al na een maand of tien was de koek op.'

'En daarna?'

'Daarna niets.'

Ik probeerde te berekenen hoeveel tijd er intussen was

verstreken. Dat had zij door en ze bespaarde me de in-
spanning.

'Het is bijna een jaar dat ik, bij wijze van spreken, geen
man zie.'

Ik zweeg gepast.

'Het lijkt alsof ik het leven achterstevoren leef, als je begrijpt wat ik bedoel.'

Ik knikte, maar ik weet niet of ze het zag want ze bleef
voor zich uit kijken.

'En het Chelsea Hotel?'

'Het laatste deel van het verhaal. Ik vind de universiteit
leuk maar het is niet genoeg. Te veel vrije tijd om te denken, wat niet altijd positief is.'

'Dat is het bijna nooit.'

'Precies. Toen bedacht ik dat ik werk moest vinden en
het idee om de Chelsea te openen kwam op toen ik een
keer zat te kletsen met een homoseksuele vriend. De ope-
ningstijden bevallen me, je begint tegen achten 's avonds,
en je bent klaar tegen vieren 's ochtends, en dan slaap je tot
lunchtijd. Dat ik daar iedere avond heenga en mensen ontmoet vermindert het gevoel van eenzaamheid.'

Op het trottoir aan de overkant van de straat passeerde
een jongen met een hond van een onduidelijk ras die woest
begon te blaffen, terwijl hij probeerde zich los te rukken
van de lijn. Pino-Baskerville draaide zijn kop in de richting
van de andere hond, stond stil en keek naar hem. Hij blafte
niet, hij gromde niet, hij maakte geen aanstalten om zich
op hem te storten, wat hij makkelijk had kunnen doen
aangezien hij niet aangelijnd was. Hij keek, en deed verder
niets, maar ik stelde me voor dat er in die seconden vreselijke beelden door zijn kop gingen, het lawaai, de metaal-
achtige smaak van bloed, de pijn vanwege het verscheurde
oor, tanden, poten, leven en dood. Nadia fluisterde een opdracht en het woeste beest drukte zich tegen de grond met

een nauwkeurige beweging waarbij hij de houding aannam van een sfinx, en hij keek ook niet meer naar de overkant.

Ten slotte lukte het de jongen om zijn hond, die intussen ten prooi was aan een hysterische crisis, mee te trekken, de nachtelijke stilte herstelde zich en wij gingen weer door met wandelen en praten. De gaten tussen de wolken en de hemel werden steeds groter en maakten me blij.

'Denk je dat ik je de hele waarheid heb verteld? Of denk je dat ik iets heb veranderd om de treurigheid af te zwakken?'

'Niemand zegt ooit de hele waarheid, zeker niet als hij het over zichzelf heeft. Maar dat je mij die vraag stelt betekent dat je het antwoord eigenlijk al weet en dat je je ervan bewust bent. Dus waarschijnlijk heb je me iets verteld dat heel dicht ligt bij de zogenaamde waarheid.'

Ze keek me aan, een beetje nieuwsgierig en ook een beetje bezorgd vanwege een onthulling die onverwachtse gevolgen kon hebben.

'Zegt echt niemand de waarheid?'

'De hele waarheid, niemand. Degenen die zeggen dat ze altijd oprecht zijn – en daar zijn ze misschien zelf van overtuigd – zijn het gevaarlijkst. Ze weten niet dat ze onvermijdelijk liegen, ze beseffen niet dat ze gevangenen zijn van zichzelf.'

'Gevangenen van zichzelf. Dat is mooi gezegd.'

'Ja, gevangenen van zichzelf, en niet in staat te doorzien wie ze zijn. Probeer maar eens aan een van die Ik-Zeg-Altijd-De-Waarheid-mijnheren te vragen hoe hij werkt, wat zijn kwaliteiten zijn, hoe zijn verhouding is tot zijn naaste, of wat dan ook dat te maken heeft met het beeld dat hij of zij van zichzelf heeft. Je zult getuige zijn van een interessant verschijnsel.'

'Wat dan?'

'Ze zijn niet in staat te antwoorden. Ze doen algemene uitspraken, komen aan met stereotypen, of schrijven aan zichzelf kwaliteiten toe die ze graag zouden willen hebben maar absoluut niet hebben. Kwaliteiten die beantwoorden aan het valse beeld dat ze van zichzelf hebben. Weet je wie Alan Watts is?'

'Nee.'

'Hij was een Engelse filosoof. Hij bestudeerde oriëntaalse culturen en heeft een schitterend boek over zen geschreven. Watts zei dat een oprecht persoon iemand is die weet dat hij een grote bedrieger is en daar volstrekt nonchalant mee omgaat. Als je van deze definitie uitgaat, dan ben ik halverwege. Ik weet dat ik een bedrieger ben maar het lukt me nog niet om daar nonchalant mee om te gaan.'

'Jij bent goed gek. Echt waar.'

'Sta mij toe dit als een compliment op te vatten.'

'Dat is het ook.'

'Ik denk dat het tijd is om te gaan slapen,' zei ik terwijl ik op mijn horloge keek.

'Ja, jij hebt een serieuze mensenbaan en je kunt 's morgens niet lang in bed blijven liggen zoals ik.'

'Ik loop met je mee naar de auto.'

'Nee, dat hoeft niet. Tenzij je een lift naar huis nodig hebt. Ik weet niet waar je woont, maar als het ver is, lopen we naar de auto en breng ik je naar huis.'

'Ik woon op een steenworp afstand.'

'Dan heeft het geen zin om weer terug te lopen naar de auto.'

'Bedankt voor het gesprek, en voor alles.'

'Jij ook bedankt.'

'Baskerville is in wezen een goeie lobbes.'

'Reken maar.'

Na een kortstondige aarzeling strekte ze zich naar mij uit en gaf mij een kus op de wang. Het Monster rangschikte dit gebaar gelukkig niet onder 'gevaarlijk' en verscheurde mij dus niet.

'Dag, welterusten.'

'Dag.'

'Is het niet absurd?'

'Wat?'

'Dat ik bloos.'

'Daar heb ik niets van gemerkt.' Als ik me ertoe zet, ben ik in staat om echt idiote dingen te zeggen.

'Oké, nu ga ik echt.'

'Weet je zeker dat je het niet vervelend vindt om alleen terug te lopen?'

De zin ontglipte me een fractie van een seconde voordat ik de blik van Pino opving.

Hij had de geduldige uitdrukking die je bestemt voor degenen die niet slecht maar, objectief gezien, wel een beetje bot zijn.

19

De dag daarna vroeg ik Maria Teresa om bij mij op de kamer te komen. Voor alles wat cliënten en dossiers betrof die waren gearchiveerd voordat Pasquale zijn intree deed in het kantoor wendde ik me nog steeds tot haar. Ze wist snel en trefzeker te zoeken en herinnerde zich alle dossiers.

'Herinner jij je Quintavalle? Hij was een van dat groepje...'

'En of ik me hem herinner. Ik vind het nooit prettig als we drugsdealers als cliënten accepteren, maar hij was in ieder geval een voorkomende jongen, en heel sympathiek.'

'Hij is sympathiek, dat is waar. Ik heb al een aantal jaren niets meer van hem gehoord.'

'Of ze hebben hem nooit kunnen pakken, of hij is opgehouden als drugsdealer te werken. Wat mij een groot genoegen zou doen.'

'Of hij heeft gewoon een andere advocaat genomen.'

'Onmogelijk. Je hebt hem die keer letterlijk gered. Dat het je toen is gelukt te schikken, met wat hem ten laste werd gelegd...'

'Weet je nog wie de officier van justitie was?'

'Natuurlijk.'

'Het was dus niet zozeer mijn verdienste. Om van een dossier af te komen zou die man zijn ouders aan slavenhandelaars verkopen. Hoe dan ook, hebben we ergens het nummer van Quintavalle? Ik moet hem spreken.'

'Het moet in het dossier staan. Als hij nog steeds hetzelfde nummer heeft.' Maria Teresa weet goed hoe dat bij drugsdealers werkt. Ze veranderen vaak van simkaart en van mobiele telefoon, om niet afgeluisterd te worden, en hun telefoonnummers hebben iets vluchtigs. Dat geldt echter voor de telefoons die ze gebruiken voor hun werk. Hun privénummers hebben soms een langere adem.

Ik vroeg haar om te zoeken in het archief en vijf minuten later lag er een briefje met het nummer op mijn bureau.

Quintavalle nam op toen de telefoon voor de tweede keer overging.

'Goedemorgen, je spreekt met Guido Guerrieri, ik zou graag...'

'Goedemorgen, advocaat Guerrieri! Wat leuk! Wat een eer. Waar heb ik die aan te danken? Ik heb toch de laatste keer niet vergeten met u af te rekenen?'

'Goedemorgen Damiano, hoe gaat het met je?'

'Helemaal te gek. En met u?'

Ik haat de uitdrukking *helemaal te gek,* maar uitgesproken door Quintavalle hinderde het me niet.

'Met mij gaat het ook helemaal te gek. Ik moet je iets vragen, maar ik wil je graag persoonlijk spreken. Zou je zo vriendelijk willen zijn om naar mijn kantoor te komen?'

'Natuurlijk wil ik dat, stel je voor. Wanneer wilt u dat ik kom?'

'Ik zou het prettig vinden als je vandaag nog zou kunnen komen.'

'Is zeven uur oké?'

'Iets later zou beter uitkomen, dan ben ik klaar met mijn afspraken en kunnen we rustig praten.'

'Oké, om acht uur dus.'

'Bedankt. En... Damiano?'

'Ja.'

'Weet je dat mijn kantoor verhuisd is? We zitten niet meer op de oude plek.'

'Ja, dat weet ik. We zien elkaar om acht uur bij u.'

Wanneer ik praat met mensen zoals Damiano Quintavalle – een beroepscrimineel die leeft van de opbrengst van illegale praktijken – twijfel ik, nog meer dan gebruikelijk, aan mijn vermogen om de wereld te doorgronden en het zogenaamde goede te scheiden van het zogenaamde slechte.

In de eerste plaats is Quintavalle een intelligente jongen, hij komt uit een normaal gezin, heeft op de universiteit gezeten, ook al is hij nooit afgestudeerd, hij leest kranten en soms een boek. Verder is hij sympathiek, zoals Maria Teresa al zei. Geestig zonder vulgair te zijn. Hij is welopgevoed en vriendelijk.

Maar hij werkt als cocaïnedealer.

Hij is een van degenen die zelfstandig werken of in heel kleine groepjes en die de drugs aan huis bezorgen, net zoals mijn cliënt die ik de week daarvoor, zonder succes, in cassatie had verdedigd. Hij krijgt bestellingen, bijvoorbeeld voor een speciaal feestje, hij komt op het feest als gast, levert af wat hem is gevraagd, incasseert het geld (met een aanmerkelijke toeslag voor die bijkomende dienstverlening) en vertrekt. Of hij doet leveranties door heel Italië bij vermogende klanten die hun handen niet vuil willen maken aan het gebruikelijke contact met dealers.

Er is al vele malen een onderzoek naar hem ingesteld, maar hij gaat buitengewoon behoedzaam te werk, is uiterst voorzichtig met telefoons, en ze hebben hem maar één keer gepakt met drugs bij zich. De hoeveelheid was bescheiden en hij is ervan afgekomen met een paar weken gevangenis en een zeer gunstige schikking. Quintavalle heeft een vrouw die een parfumerie drijft en een zoon die naar de middenschool gaat. De jongen is heel goed op school, zijn enige gebrek is dat hij advocaat wil worden en gelooft dat zijn vader een zakenman is die vaak voor zijn werk op reis moet. Hetgeen, op een bepaalde manier, nog waar is ook.

Quintavalle arriveerde precies om acht uur op mijn kantoor. Spontaan stond ik op – en ik moet toegeven dat ik dat niet bij al mijn cliënten doe – om hem te groeten en de hand te schudden.

'Goedenavond, advocaat, hoe maakt u het?'

'Goed, en jij?'

'Redelijk goed, ook al is het geen makkelijke tijd.'

'Waarom?'

'Eh, dat weet ik niet. Misschien ben ik alleen ouder aan het worden, maar ik voel een dreiging, een op handend zijnd gevaar.' Precies zo zei hij het: een ophanden zijnd gevaar. Dat is geen uitdrukking die je gewoonlijk hoort gebruiken door een beroepsdealer.

'Alsof er van de ene dag op de andere een ramp zou kunnen gebeuren. Dat ze me arresteren met verpletterend bewijsmateriaal voor alles wat ik de afgelopen jaren heb gedaan. Of dat – wat meer waarschijnlijk is – een van die schurken die het tegenwoordig in de stad voor het zeggen hebben me komt vertellen dat ik niet meer voor mezelf kan werken en dat ik bij hem in dienst moet komen.'

'Welke schurken?'

'U bent niet betrokken bij processen tegen de georganiseerde misdaad, dus u weet het niet, maar het ziet er beroerd uit. Er zijn nieuwe groepen die de macht over de hele stad opeisen, ze hebben zich met elkaar verbonden om alle wijken in hun greep te krijgen, vooral wat betreft het ophalen van beschermingsgeld, het lenen tegen woeker en natuurlijk de drugshandel. Maar als iemand me echt komt vertellen dat ik bij hem in dienst moet komen, nou ja, dan wordt het tijd dat ik ermee ophoud en eerlijk werk zoek.'

'Dat zou sowieso geen slecht idee zijn. Misschien gebeurt er helemaal niets maar is het alleen je onbewuste dat tegen je zegt dat je er beter mee kunt ophouden.'

'Ja, ook mijn vrouw zegt min of meer hetzelfde. Het probleem is dat je met een normale baan te weinig verdient, en dat ben ik helemaal niet gewend.'

'Jullie hebben de winkel nog, je loopt niet het gevaar van honger om te komen. En overigens begint je zoon groot te worden.'

'Ja, misschien is dat wel de echte reden. Ik ben niet bang voor de gevangenis, maar ik word gek bij het idee dat mijn zoon erachter zou komen hoe ik de kost verdien. Maar u heeft me, denk ik, niet gevraagd hier te komen om te praten over mijn toekomst. Wat kan ik voor u doen?'

'Om je de waarheid te zeggen zou ik niet eens precies kunnen zeggen welke informatie ik nodig heb. Ik weet dan ook niet waar ik moet beginnen.'

'Bij het begin misschien?'

Dat was een goede raad. Ik deed wat hij had gesuggereerd en vertelde hem het hele verhaal. Ik zei dat ik probeerde te achterhalen wat er met Manuela was gebeurd – een naam die hij nooit had horen noemen – en dat het enige perspectief in deze zaak verbonden was met de figuur van Michele Cantalupi die een vaste en nogal stevige gebruiker van cocaïne was. Dat was de reden waarom ik hem had gebeld en waarom ik hem om hulp vroeg. Kende hij Cantalupi, had hij hem ooit gehad als klant of had hij, meer in het algemeen, ooit over hem horen praten in de drugsscene?

'Michele Cantalupi, zei u?'

'Ja. Ik weet niet of het je kan helpen, maar het schijnt een mooie jongen te zijn.'

'Michele. Het klinkt me bekend in de oren, maar het is natuurlijk geen aparte naam. Heeft u geen foto van hem?'

'Nee, die heb ik niet. Ik kan proberen er een te pakken te krijgen. Maar even afgezien van de foto, als dat type iemand was die dealt in welgestelde kringen, zou jij hem dan kennen?'

'Dat is niet gezegd. Ik ken natuurlijk een heleboel mensen, maar de stad is groot en het aantal mensen dat cocaïne gebruikt – en dus ook het aantal dat erin dealt – is veel groter dan je denkt. Er zijn gevallen waarin ik vijftig gram naar een feest breng en dan hoor ik later dat alles op is gegaan. In één enkele avond, om u een idee te geven.'

'Vind je het vervelend als ik je een paar vragen stel over hoe het systeem werkt?'

'Nee, helemaal niet. U bent mijn advocaat en verder is het voor een belangrijke zaak. Vraag gewoon wat u wilt weten, zonder gêne.'

'Hoe kan het gebeuren dat een jongen die een regelmatige bezoeker is van dergelijke feesten van eenvoudig gebruiker iemand wordt die...'

Ik besefte dat het me moeilijk viel het woord *drugsdealer* te gebruiker. Alsof ik bang was Quintavalle te beledigen, die nou juist het beroep uitoefende dat werd gedefinieerd door dat enigszins onaangename woord. Hij was zich bewust van mijn ongemak.

'...een drugsdealer wordt. Maakt u zich geen zorgen, advocaat, ik voel me niet beledigd. Het systeem werkt volgens een tamelijk vast patroon. Laten we ons voorstellen dat er groep mensen is die een bepaalde hoeveelheid wil aanschaffen, om het onder elkaar te verdelen, of om het met zijn allen te gebruiken. Ze halen geld op en dan neemt iemand het op zich om naar de leverancier te gaan. Overigens heeft het Hof van Cassatie gezegd dat het aanschaffen voor groepsgebruik geen misdaad is en... maar dat hoef ik u niet te vertellen. Kortom, die jongen doet inkopen voor zijn gezelschap en op een bepaald moment krijgt hij door dat er wat aan te verdienen valt. Dan begint hij het spul in te kopen voor eigen rekening en verkoopt het door aan zijn vrienden, met winst. Vervolgens wordt het aan elkaar doorverteld: die jongen is iemand die snel voor spul kan zorgen, je kunt je tot hem wenden als je iets nodig hebt. Geleidelijk aan bouwt hij een klantenkring op, hij kent verschillende leveranciers, wellicht buiten de stad, wat altijd beter is, en zo word je een drugsdealer.'

'Is het zo met jou gegaan?'

'Feitelijk wel. Maar vervolgens zijn mij andere dingen overkomen, maar ik denk niet dat u dat interesseert.'

Ik knikte instemmend. Om me een houding te geven, omdat ik na dat onderhoud weer helemaal terug was bij af. Een paar seconden had ik het intense, onverdraaglijke gevoel dat ik een verwerpelijke beunhaas was die zich op geen enkele manier kon rechtvaardigen. Dat gevoel ging voorbij en liet alleen een onderliggende misselijkheid achter, licht maar onverbiddelijk.

'Oké, Damiano, bedankt. Ik zal proberen een foto te vinden van die jongen en dan bel ik je weer.'

'In de tussentijd probeer ik me te concentreren op het probleem en misschien doe ik hier en daar wat navraag.'

'Zonder op te vallen, alsjeblieft.'

Quintavalle glimlachte, terwijl hij opstond en mij groette.

Zijn glimlach betekende dat hij de goede raad waardeerde, maar dat deze volstrekt overbodig was. Niet opvallen was een hoofdbestanddeel van zijn manier van leven en van zijn beroep, al jarenlang.

20

Vervolgens zat ik met het probleem hoe ik Fornelli om een foto van Cantalupi kon vragen, wat me een bespottelijk lastige opgave leek.

Op het moment dat ik dit verzoek tot hem richtte zou hij, terecht, willen weten waar die foto voor diende. Ik had geen zin om deze vraag te beantwoorden en hem uit te leggen wat ik aan het doen was. Tenminste, niet direct. Misschien vond ik het gênant om tegen hem te zeggen dat ik was begonnen te speuren in het milieu van drugsdealers, waar ik klaarblijkelijk goede relaties had. Misschien wilde ik niet dat mijn aspiraties als detective verwezenlijkt zouden worden door feitelijk iemand te belasteren – Cantalupi – die misschien nergens mee te maken had, noch met de verdwijning van Manuela, noch met de drugshandel. Misschien kreeg ik een ongemakkelijk gevoel bij het idee dat hij naar de ouders van Manuela zou gaan en zou zeggen, om het verzoek om een foto te verantwoorden, dat er goede berichten waren en dat speurneus Guerrieri op het juiste spoor zat, en daarmee valse hoop zou wekken. Of misschien wilde ik gewoon niet dat Quintavalle bij het zien van die foto zou zeggen dat hij die persoon niet kende, en daarmee in één klap een einde zou maken aan mijn briljante invalshoek.

Dus liet ik het hele weekend voorbijgaan, zonder te telefoneren.

De maandag daarop kwam ik terug op kantoor na een

zitting die was uitgelopen. Het was intussen te laat voor de lunch maar ook te vroeg voor mijn eerste afspraak. Daarom nam ik een cappuccino bij Feltrinelli en kocht een boek. *De geheimen van Bari* was de titel, en op de achterflap werd het verhaal beloofd van een aantal van de indrukwekkendste legendes van het grootstedelijke Bari, met een verwijzing naar de schrikbarende historische gebeurtenissen die eraan ten grondslag lagen.

Terwijl ik de winkel uit kwam, met het idee het er nog een halfuurtje van te nemen, zag ik de heer Ferraro aankomen, de vader van Manuela.

Hij wandelde met besliste pas, keek voor zich uit en liep recht op mij af, en even dacht ik dat hij met opzet was gekomen om me iets te zeggen. Ik zette mijn gezicht in de plooi om hem te begroeten en mijn armspieren bereidden zich voor om mijn hand uit te steken.

Ferraro's blik ging letterlijk dwars door me heen, en even daarna liep hij mij voorbij, zonder me te zien, en zijn gelaatsuitdrukking, schijnbaar alert maar in werkelijkheid verstrooid en afwezig, deed me huiveren.

Ik draaide me om, keek hem een paar seconden na en begon hem toen te volgen, eigenlijk zonder het te willen.

Aanvankelijk ging ik voorzichtig te werk, maar in korte tijd realiseerde ik me dat hij nergens op lette. Hij keek niet om zich heen en draaide zich al helemaal niet om. Hij liep met stevige pas, en de blik die mij had doorboord was alleen naar voren gericht, naar de leegte. Of naar een plek erger dan de leegte.

We kwamen bij de Via Sparano en hij sloeg af naar het station. Ik probeerde me zelfs niet af te vragen wat hij aan het doen was, en waarom. Een koortsachtig instinct had zich van mij meester gemaakt en dwong mij achter hem aan te gaan, zonder na te denken.

Toen ik ervan overtuigd was dat hij me zelfs niet zou

hebben opgemerkt als ik voor hem was gesprongen en hem de weg had versperd – hij zou me alleen ontweken hebben en zijn doorgelopen – werd ik vermeteler en kwam zo dichtbij, dat ik vrijwel naast hem liep, op een afstand van niet meer dan enkele meters.

Wie het tafereel uit de verte zou hebben gadegeslagen had inderdaad kunnen denken dat we bij elkaar hoorden.

Terwijl we wandelden, overkwam me iets uitzonderlijks. Het leek alsof ik het hele tafereel – waarvan ik zelf onderdeel uitmaakte – waarnam vanuit een ander gezichtspunt dan het mijne. Een soort gedissocieerd beeld, alsof ik op een balkon stond, op de eerste of de tweede verdieping, ergens achter ons.

Wat ik zag beviel me niet. Er zijn van die foto's die met de computer zijn gemanipuleerd waarin alles zwart-wit is maar in het midden bevindt zich iets gekleurds: een voorwerp, een detail of een persoon. Het tafereel dat ik voor me zag was hier het omgekeerde van. Alles was gewoon in kleur, maar in het midden bevond zich een zwart-witte verschijning, bijna fluorescerend, en uiterst treurig. Die verschijning was de vader van Manuela.

Het duurde maar even, maar het deed mijn bloed stollen als in een nachtmerrie.

Wij kwamen bij het park van de Piazza Umberto, we passeerden de universiteit, en bereikten de Piazza Moro. Daar bleef hij even stilstaan bij de fontein, de wind in de rug, en het leek alsof hij opzettelijk geraakt wilde worden door de waternevel. Vervolgens liet hij ook de fontein achter zich, ging het station binnen, liep gedecideerd naar de onderdoorgang, vermeed een bedelaar en nam de trap naar spoor 5.

Op het perron stonden mensen te wachten. Ik keek op de borden die de aankomende treinen vermeldden en kreeg bevestigd wat ik al had vermoed.

Ferraro ging op een bankje zitten en stak een sigaret op. Ik voelde de neiging om naar hem toe te gaan en hem er een te vragen om samen te roken. Hij had een pakje Camel en ik zou hem echt met veel genoegen hebben opgerookt om, samen met het papier en de tabak, ook die taaie, verstikkende treurigheid te verbranden die mij had aangestoken als een ziekte.

Vervolgens bedacht ik dat ik daar niet had mogen zijn: iemand bespieden is in het algemeen al niet fraai. Het bespieden van iemands duistere kloven, zoals het leed dat hem gek maakt, is onbehoorlijk en gevaarlijk. Verdriet kan besmettelijk zijn, dat wist ik. Toch ging ik niet weg. Ik bleef daar staan in mijn grijze pak met mijn advocatentas. Ik wachtte tot de trein vanuit Lecce, Brindisi, Ostuni, Monopoli het station binnenreed. Ik wachtte tot de heer Ferraro het hele perron afliep, één voor één de reizigers bekijkend die uit de wagons stapten. Ik wachtte tot de deuren weer dichtgingen en de trein weer vertrok, en ik moest de neiging onderdrukken om hem weer te volgen, toen hij zich opnieuw begaf in de schimmige opening van de trappen en de onderdoorgang, om vervolgens te verdwijnen.

Toen ik weer op het stationsplein was uitgekomen zette ik mijn mobiel aan. Ik had hem uitgedaan tijdens de zitting en vervolgens vergeten weer aan te doen. Onbewuste zelfverdediging, veronderstel ik. Er waren veel oproepen en verscheidene boodschappen. Een daarvan luidde als volgt:

Uw tel steeds onbereikbaar heb gesproken met nicoletta bel me dan vertel ik het u kusjes caterina.

21

Ik belde haar onmiddellijk terug terwijl ik probeerde het effect dat die 'kusjes' aan het einde van de boodschap op me hadden gemaakt, te negeren.

'Je spreekt met Guido Guerrieri, ik zag je boodschap...'

'Ik heb een heleboel keer gebeld maar jouw telefoon stond steeds uit.'

Jóuw telefoon? Ze sprak me toch met 'u' aan?

'Ja, ik had hem afgezet omdat ik een zitting had. Had je me iets te vertellen?'

'Ja, ik heb met Nicoletta gesproken.'

'Oké, heb je haar gevraagd of ze met me wil praten?'

'Ik heb haar een aantal malen moeten bellen. Eerst zei ze dat ze niet wilde.'

'Waarom niet?'

'Dat weet ik niet. Ze was verward en zei dat ze er niet bij betrokken wilden raken.'

'Waarbij betrokken raken? Ik wil haar alleen maar een paar vragen stellen.'

'Dat heb ik ook tegen haar gezegd. Ik heb behoorlijk aangedrongen en uiteindelijk heb ik haar kunnen overtuigen.'

'Heel goed, bedankt. En hoe gaan we dat organiseren?'

'Ze zei dat ze alleen bereid is met je te praten als ik er ook bij ben.'

Ik zei een paar seconden niets.

'Ik heb gezegd dat ze zich nergens druk over hoefde te

maken, dat je haar alleen een paar vragen over Manuela wilde stellen, en omdat ze zich bleef verzetten heb ik gezegd dat ik er ook bij kon zijn als ze dat wilde. Ik ging ervan uit dat dat haar gerust zou kunnen stellen.'

'En hoe zouden we dat moeten doen?'

'We zouden haar samen in Rome moeten opzoeken.'

Dat antwoord had beslist een schizofreen effect op me. Irritatie vanwege de invasie van mijn territorium; lichte opwinding vanwege de bijna expliciete toon van verleiding in de woorden van Caterina. Ik wist niet wat ik moest zeggen, en zoals ik meestal doe in dit soort gevallen probeerde ik tijd te winnen.

'Oké. Kun je vanavond langs mijn kantoor komen om er even rustig over te praten?'

'Hoe laat?'

'Liever wat later als het jou niets uitmaakt.'

'Zal ik om halfnegen komen?'

'Halfnegen is prima. Bedankt en tot straks.'

'Tot strakjes dan.'

Het gesprek was afgelopen maar ik bleef zitten met de telefoon in mijn hand. Er gingen een heleboel gedachten door mijn hoofd, en sommige ervan waren noch professioneel noch betamelijk. Ik kreeg het gevoel dat de overgang van gênant naar belachelijk een kleine stap was. Ik stopte de telefoon in mijn zak, met een bijna woedend gebaar, en haastte me naar mijn kantoor.

De middag zat vol afspraken en ging snel voorbij. De dag daarop had Consuelo haar eerste proces alleen, bij een provinciale rechtbank, en ze had me gevraagd samen met haar alles nog eens door te nemen. Het was een proces wegens diefstal met geweld. Drie middelbare scholieren, twee minderjarigen en een meerderjarige hadden koekjes, chocola en frisdrank gestolen in een supermarkt. De bewaker had het gezien en was erin geslaagd een van hen tegen te houden. De andere twee waren teruggekomen om hun vriend te helpen en dat was uitgelopen op een behoorlijk gewelddadig handgemeen. Het was hun gelukt te ontsnappen maar ze waren door veel mensen gezien, en binnen een paar uur hadden de carabinieri hen geïdentificeerd. De twee die ten tijde van het delict nog niet de achttienjarige leeftijd hadden bereikt, waren vervolgd door de rechtbank voor minderjarigen. De cliënt van Consuelo en mij was de meerderjarige. Hij was bij ons gekomen nadat hij was gedagvaard, toen een schikking – de wijste keuze in een dergelijk geval – niet meer mogelijk was. De verdedigingstactiek die we overeen waren gekomen was om aan een van de minderjarigen, die er intussen vanaf waren gekomen met een rechterlijk pardon en dus niets meer riskeerden, alle verantwoordelijkheid voor de agressie jegens de bewaker toe te schrijven. Het was, tussen twee haakjes, niet uitgesloten dat dat ook de waarheid was, gezien het feit dat een van de twee een rugbyspeler was en minstens negentig kilo woog.

De dag daarop had ik een zaak voor het beroepshof in Lecce en dus hadden we besloten dat de koekjesroof het eerste proces zou zijn dat Consuelo alleen zou doen.

Terwijl zij me een samenvatting gaf van de inhoud van haar aantekeningen voor de volgende dag, verbrokkelde mijn concentratie, zoals me vaak gebeurt, en werd ik afgeleid door een herinnering.

We waren een groepje jongens uit de vierde klas van het gymnasium, het was op een middag in de winter. We liepen door de stad zonder te weten wat we moesten doen, en we verveelden ons op een manier die je alleen maar ervaart als je alle tijd van de wereld hebt.

Op een bepaald moment zei iemand – ik geloof dat hij Beppe heette – dat zijn ouders de stad uit waren en dat we naar zijn huis konden gaan om naar muziek te luisteren en misschien wat geintjes aan de telefoon uit te halen. Iemand anders zei dat we dan wel wat te eten en te drinken op de kop moesten tikken.

'Laten we gaan stelen in een supermarkt,' zei een derde.

Er kwamen geen bezwaren tegen het voorstel, het werd zelfs enthousiast ontvangen. Eindelijk kwam er een opwindende draai aan die vervelende middag. Ik had nog nooit van mijn leven gestolen, ook al wist ik heel goed dat sommige van mijn vrienden zich regelmatig overgaven aan dit soort ondernemingen. Dit was de eerste keer dat ik erbij betrokken was, het idee beviel me helemaal niet, maar ik had niet de moed om dat te zeggen. Ik wilde niet dat de overtuiging van mijn vrienden, die mij de verzetsnaam *Hij Die In Zijn Broek Schijt* hadden gegeven, nogmaals werd bevestigd.

Dus sloot ik me bij hen aan, ook al voelde ik, naarmate we de supermarkt die we hadden uitgekozen naderden, de onrust in mij toenemen, die deels bestond uit een gevoel van angst dat er iets verkeerd zou gaan en deels uit een sluipend gevoel van preventieve schaamte.

Alles werd nog erger toen we de supermarkt binnengingen. Mijn vrienden verspreidden zich tussen de schappen en begonnen hun broeken, jacks, en zelfs hun kniekousen vol te proppen. Ze liepen verhit heen en weer, als dolgedraaide mieren, terwijl ze spullen pakten die ze volstrekt achteloos onder hun kleren verborgen, zonder zelfs om zich heen te kijken om te controleren of iemand hen zag.

Ik daarentegen bleef een tijd lang roerloos staan voor het schap met versnaperingen en chocola. Ik nam een zakje moutsuikerrepen en woog het op de hand, terwijl ik tersluiks blikken wierp naar links en naar rechts. Er was niemand te zien en ik zei tegen mezelf dat dit het moment was om het zakje in mijn onderbroek te stoppen en te maken dat ik wegkwam. Maar het lukte me niet. Ik bleef maar denken dat, precies op het moment dat ik het zou doen, iemand van de ene of de andere kant tevoorschijn zou komen, me zou zien, alarm zou slaan, dat dan de mannen van de bewakingsdienst zouden arriveren; kortom, dat ik in de boeien geslagen zou worden en zou belanden in de jeugdgevangenis waar ik zou wegkwijnen in vernedering en schaamte.

Ik weet niet hoe lang we in die supermarkt bleven. Op een bepaald moment kwam Beppe naar mij toe terwijl ik geconcentreerd en met autistische aandacht een pakje vruchtentaartjes aan het bekijken was, en zei met opgewonden stem dat we moesten opstappen voordat de situatie gevaarlijk werd. Hij legde uit dat een van de groep, een zekere Lino, aan het overdrijven was, zoals hij al eerder had gedaan. Hij had te veel spullen gepakt, en liep het gevaar op te vallen en alles te verkloten. Letterlijk. Op dat moment kreeg ik een idee. Sluw en laf.

'Hé, Beppe, laten we het zo doen: ik koop iets, en terwijl ik betaal leid ik de caissière af, en intussen lopen jullie moeiteloos naar buiten.'

Hij keek me even aan met een verbouwereerde blik. Hij begreep het niet. Was ik een klootzak of, wat hem waarschijnlijk geloofwaardiger leek, een schijtebroek die probeerde de slimmerik uit te hangen? Hij vond vermoedelijk geen antwoord op die vraag, maar daar was het ook het moment niet voor.

'Oké, ik ga de anderen roepen en waarschuw ze. Zorg dat je over een minuut bij de kassa bent en terwijl jij betaalt lopen wij naar buiten. We zien elkaar weer bij mij thuis.'

Ik voelde me enorm opgelucht. Ik had de perfecte oplossing gevonden: ik sloeg niet het figuur van een stuntelige boerenlul (een omschrijving die mijn vrienden meerdere malen, en niet zonder reden, voor mij hadden gebruikt), ik liep vrijwel geen enkel risico, en ik pleegde – dat dacht ik op dat moment – geen enkel misdrijf. Aan dit laatste punt moet ik toevoegen dat ik geen duidelijk idee had over het begrip handlanger en de basisprincipes van medeplichtigheid.

Een halfuur later waren we in het huis van Beppe en de tafel van de woonkamer lag letterlijk bezaaid met koekjes, blikjes cola, vruchtensappen, chocolaatjes, snoepjes, hapjes, kaasjes en zelfs twee salami's. Te midden van al die gestolen waar viel het pakje chocokoekjes op dat ik met mijn eigen geld had gekocht.

Ik kan me voorstellen dat het geheel nogal lachwekkend was, maar op dat moment vond ik het moeilijk om waardering op te brengen voor de grappige kant van de onderneming. Toen het moment van opluchting voorbij was werd ik geconfronteerd met de onaangename waarheid: ik had meegewerkt aan diefstal en was dus een dief zoals de anderen, alleen een veel laffere.

De andere jongens aten, dronken en becommentarieerden de onderneming. Ik was doodsbang dat iemand over mijn bijdrage zou beginnen en mijn motivatie zou doorzien. Gelukkig gebeurde dat niet, maar al snel kon ik het niet langer verdragen om daar te blijven. Ik bedacht een excuus dat niemand interesseerde en dat niemand hoorde, en ging ervandoor, het pakje chocokoekjes op de tafel achterlatend.

'Guido, luister je wel naar me?'

'Sorry Consuelo, ik was even afgeleid. Er kwam iets bij me boven dat ik vergeten was en...'

'Alles goed met je?'

'Ja, ja, alles goed.'

'Je leek afwezig.'

'Dat gebeurt me soms. De laatste tijd wat vaker, trouwens.'

Ze zei niets. Het leek of ze woorden of de moed probeerde te verzamelen om een vraag te stellen. Ze vond ze niet.

'Niets verontrustends, hoor. Je kan het Maria Teresa vragen. Af en toe lijk ik niet helemaal goed bij mijn hoofd, maar ik ben ongevaarlijk.'

Min of meer.

22

Ik vertoonde verder geen tekenen van verstandsverbijstering, we bespraken de rest van het dossier, Consuelo ging terug naar haar kamer en kort daarop, eerder dan we hadden afgesproken, arriveerde Caterina. Pasquale stak zijn hoofd om de deur en vroeg me of ik het meisje kon ontvangen of dat hij haar plaats moesten laten nemen tot het tijdstip van de afspraak. Ik vroeg hem natuurlijk om haar binnen te laten, ook al gaf haar gebrek aan punctualiteit in omgekeerde richting mij een licht, onbegrijpelijk gevoel van irritatie.

'Ik ben een beetje te vroeg, ik wacht wel als je nog dingen te doen hebt. Overigens heb ik me gerealiseerd dat ik je... dat ik u... dat ik aan de telefoon op "jij" ben overgegaan,' zei ze terwijl ze makkelijk ging zitten in de stoel voor mijn bureau.

'Nee, maak je niet druk, ik was al klaar met de andere zaken. En spreek me gerust met "jij" aan, geen probleem.'

Geen probleem? Wat zeg je nu, Guerrieri? Ben je gek geworden? Na *geen probleem* blijven er nog drie stappen over naar complete taalvervaging: *alstu, dat is mijn ding niet, ik heb zoiets van.* Daar aangekomen ben je rijp om naar de hel te gaan, naar de cirkel van de taalverkrachters.

'Ik had dingen te doen en was eerder klaar dan ik had verwacht. Dus ben ik maar hierheen gekomen, ik zou hoogstens even hebben moeten wachten.'

Ik knikte en deed mijn best om naar haar gezicht te kijken en niet in het witte, royaal losgeknoopte mannenover-hemd dat ze droeg onder een zwartleren jack. Ik ben ge-neigd te denken dat mijn gelaatsuitdrukking niet bepaald de intelligentste was van het repertoire dat ik tot mijn be-schikking heb.

'Je zei dus aan de telefoon dat Nicoletta er niet bij be-trokken wilde raken. Heeft ze dat precies zo gezegd?'

'Ja, zo heeft ze dat gezegd. Ze was nogal opgewonden.'

'Maar waarom? Waarbij vreest ze betrokken te raken?'

'Dat weet ik niet. Ik vond het geen goed idee om haar dat over de telefoon te vragen. Ik vond dat ik, als ik jou van nut wilde zijn, haar in de eerste plaats moest overtuigen om jou te ontmoeten. Vervolgens zou je haar zelf alles rechtstreeks kunnen vragen.'

'Maar heeft zij jou gevraagd om erbij te zijn?'

Voordat ze antwoord gaf schoof Caterina het haar weg van haar voorhoofd en bewoog haar hoofd enigszins naar achteren.

'Het is niet zo dat zij het mij heeft gevraagd, of dat ik het haar heb voorgesteld. Ik bedoel, we hebben gepraat, ik merkte dat ze er grote moeite mee had en toen is dat idee opgekomen, dat wil zeggen dat ik ook aanwezig zou zijn bij jullie gesprek.'

In de taal en de gebaren van Caterina was iets waarop ik geen greep kreeg, dat ik niet kon plaatsen en dat me een enigszins ongemakkelijk gevoel gaf. Alsof er een voorwerp niet thuishoorde in dit tafereel, zonder dat het me luk-te het te identificeren. Alsof ik geen controle had over de situatie.

'En wat hebben jullie dan afgesproken?'

'Ik heb gezegd dat wij naar Rome zouden komen, dat we elkaar daar zouden ontmoeten en dat jij haar een paar vragen zou stellen. Kortom, dat het allemaal niet zoveel voorstelde.'

'Wilde ze weten wat voor soort vragen ik haar zou stellen?'

'Ik heb haar verteld wat je mij hebt gevraagd, omdat ik denk dat het min of meer dezelfde vragen zullen zijn.'

Klaarblijkelijk moesten we doen wat zij al had besloten en georganiseerd. Bijna zonder dat ik het besefte kwam de gedachte bij me op dat ik zelf de aanschaf van de tickets en de verdere organisatie van de reis in handen moest houden. Ik kon dat toch niet aan Pasquale opdragen, en al helemaal niet aan Maria Teresa. Alleen het idee al dat ik gênante verklaringen zou moeten afleggen leek me onverdraaglijk. Ik zou me wenden tot een ander reisbureau dan het gebruikelijke, om te vermijden dat ze vervelende vragen zouden stellen. Ik besefte dat ik me had gestort in een interessante maalstroom van paranoïde bedenksels. Caterina onderbrak me.

'Maar heb je intussen nog met iemand anders gesproken? Heb je iets ontdekt?'

'Ontdekt is niet echt het juiste woord. Ik ben bezig de mogelijkheid dat er drugs in het spel zijn te onderzoeken, ook al heb ik geen idee waar dat toe kan leiden.'

'Wat voor soort onderzoek?'

'Nou ja, ik ben advocaat. Ik ken een aantal mensen en probeer hier en daar wat te weten te komen.'

'Bedoel je in het milieu van drugsdealers?' zei Caterina terwijl ze haar handen op mijn bureau liet rusten en zich naar mij toe boog. Ik stond op het punt Quintavalle te noemen, en bedacht toen dat het geen goed idee was om te veel in details te treden.

'Zoals ik je al zei: hier en daar, op goed geluk, om te zien of er een interessant aanknopingspunt naar boven komt.'

Caterina liet haar handen nog even op het bureau rusten en keek me aan. Ik meende een glimp in haar blik op te vangen, ik dacht dat ze op het punt stond om door te zetten en me nog iets te vragen, en op dat moment begreep ik dat ze had besloten mij te gebruiken. Om erachter te komen wat er met haar vriendin was gebeurd, zei ik bij mezelf. Dat idee bezorgde me een ondefinieerbare gewaarwording die ik probeerde te doorzien, zonder succes. Er verstreken verscheidene seconden voordat zij de stilte doorbrak.

'Oké, hoe gaan we het doen? Ik heb de komende dagen geen verplichtingen, wat mij betreft kunnen we morgen al gaan.'

'Morgen heb ik een belangrijke zitting waar ik absoluut bij moet zijn. Overmorgen is inderdaad een mogelijkheid.'

'Hoe gaan we erheen?'

'We zouden het beste het vliegtuig kunnen nemen. Dat is minder vermoeiend als we alles op één dag moeten doen. We vertrekken 's morgens, we spreken met Nicoletta en komen 's avonds weer terug, met de laatste vlucht. Maak je geen zorgen, ik neem natuurlijk de vliegtickets en de overige reiskosten voor mijn rekening.'

'We hoeven natuurlijk niet met alle geweld alles in één dag af te handelen. Ik ga nu Nicoletta bellen om te vragen wanneer we elkaar kunnen ontmoeten. Afhankelijk van haar beschikbaarheid besluiten we hoe laat we vertrekken en of het eventueel nodig is om in Rome te overnachten.'

Haar toon was heel natuurlijk en praktisch: de toon van iemand die gewoon een zakenreis organiseert. En toch benam het mij de adem toen ze zinspeelde op de mogelijkheid om samen de nacht in Rome door te brengen.

Caterina probeerde Nicoletta te bellen, maar het nummer was onbereikbaar, en ze stuurde een bericht.

'Als je het goedvindt bel ik je zodra ik een antwoord heb van Nicoletta, en dan kunnen we beslissen.'

'Maar heb jij een... iemand?' Ik realiseerde me dat het me niet lukte het juiste woord te vinden, en dat gaf me een gevoel oud en onbeholpen te zijn.

'Bedoel je een verloofde, een vriend?'

'Ja.'

'Waarom vraag je dat?'

'Dat weet ik niet, dat kwam bij me boven terwijl ik bedacht dat we een reisje aan het organiseren zijn, en, nou ja...'

Ik merkte dat ik vastliep. Ook zij merkte het en deed niets om me uit deze benarde situatie te halen. Integendeel. Ze produceerde een glimlach die op het eerste gezicht geestig en luchtig kon lijken, maar dat helemaal niet was. Ze ging bijna onmerkbaar wat zachter praten.

'Ben je van plan mij te verleiden in Rome? Moet ik me ongerust maken?'

Ik wankelde even, zoals gebeurt wanneer je je bokshandschoenen net hebt laten zakken en dan een flinke hoekstoot midden op je gezicht krijgt. Ik voelde ook een lichte blos op mijn wangen en bedacht dat ik uiteindelijk dezelfde stuntelige boerenlul was gebleven van dertig jaar daarvoor, in de supermarkt.

'Waarom ook niet? We zouden een ideaal stel zijn, jij en ik. Ik dacht er trouwens al over om je ten huwelijk te vragen.'

Een zeer zwakke claus maar op een of andere manier moest ik het evenwicht herstellen.

'Ik vroeg het omdat je vriend, als je die hebt, het vervelend zou kunnen vinden dat jij op stap gaat met een andere man, die ook nog eens veel ouder is dan jij.'

'Ik heb geen vriend.'

'O, waarom niet?'

Ze liet zich weer tegen de rugleuning zakken en haalde haar schouders op, voordat ze antwoordde.

'Liefdesgeschiedenissen hebben een begin en een eind. Aan mijn laatste is alweer een tijdje geleden een einde gekomen en op dit ogenblik ben ik niet op zoek naar vervanging. Tenminste, niet naar iets stabiels. Laten we zeggen dat ik op stand-by sta. Dat betekent natuurlijk niet dat ik me in huis opsluit.'

Vervolgens, alsof ze zich herinnerde dat ze iets moest doen, maakte ze zich los van de armleuningen en stond op.

'Zodra ik van Nicoletta hoor en een afspraak heb voor overmorgen, bel ik je. Dan kun je onze reis regelen.'

'Goed,' zei ik terwijl ik ook opstond en om het bureau heen liep om haar naar de deur te brengen.

Ik maakte aanstalten om haar een hand te geven en zij, met een perfecte timing, strekte zich naar mij uit en gaf me een kus op de wang. Heel vluchtig, onschuldig. Zo onschuldig dat een rilling over mijn rug liep.

Toen ze weg was probeerde ik weer aan het werk te gaan.

Dat lukte me niet, en zonder dat ik er erg in had zat ik midden in een reeks vrije, zij het voorspelbare associaties. Ik vroeg me af welk hotel ik moest kiezen, als het nodig zou blijken de nacht in Rome door te brengen. Natuurlijk zou ik twee kamers reserveren, dat behoeft geen betoog. Als ik me vervolgens onberispelijk zou gedragen, en niet als een oude viezerik, zei ik tegen mezelf, zou het ook amusant kunnen zijn om een avond door te brengen met een mooi meisje. Het is toch geen misdaad als er naast het werk ook enige verstrooiing is. Overigens hebben we het hier niet over een minderjarige. Ik zou een mooi restaurant kunnen uitkiezen, met een goede wijnkelder et cetera. Dat houdt toch niet in dat ik haar moet bespringen. Ik ben helemaal niet van plan haar te bespringen, integendeel. Zo'n type man ben ik niet, zei ik hardop terwijl ik een tinteling voelde in mijn benen die korter werden en in mijn neus die snel langer werd.

23

Toen ik de volgende ochtend mijn telefoon weer aanzette was er een boodschap van Caterina. Ze zei dat ze Nicoletta had gesproken en met haar een afspraak had gemaakt voor de volgende middag. Ik kon dus geen retourvlucht boeken op één dag en moest ook een overnachting verzorgen. Het was precies wat ik verwachtte, maar ik deed – tegenover mezelf, dat wil zeggen een nogal makkelijk beet te nemen publiek – alsof ik gematigd verrast was door het bericht en door de consequenties die het met zich meebracht.

Vervolgens verdoofde ik iedere mogelijke terugkeer van mijn innerlijk besef terwijl ik me klaarmaakte om te vertrekken. Om acht uur zou ik opgehaald worden door de heer De Santis, mijn cliënt in het proces van die ochtend, in Lecce.

De aannemer De Santis was wat je noemt een selfmade man. Hij was op zijn veertiende begonnen als knechtje in de bouw en, stap voor stap, zonder banale details als het betalen van belasting, het in acht nemen van veiligheidsregels op het werk, of het naleven van planologische voorschriften zijn beklimming van de maatschappelijke ladder in de weg te laten staan, was hij heel rijk geworden. Hij was klein, had enigszins uitpuilende ogen, een belachelijke, opvallend zwart geverfde snor, haar dat er alles van weg had het resultaat te zijn van transplantatie en hij rook naar aftershave uit de jaren vijftig.

Hij was beschuldigd, ten onrechte volgens hem, van illegale verkoop van bouwkavels, in een beschermd gebied, waarbij hij een aantal gemeentelijke functionarissen had omgekocht. Zijn interpretatie van dat gerechtelijke initiatief was dat er een complot achter zat, gesmeed door een bende communistische rechters.

Míjn interpretatie was dat hij net zo schuldig was als Al Capone en dat hij, als het me al mocht lukken vrijspraak voor hem te krijgen (wat tamelijk onwaarschijnlijk was) vroeg of laat rekenschap zou moeten afleggen aan een of andere Hogere Macht.

Hij had erop aangedrongen dat we samen naar Lecce zouden gaan met zijn auto, zo'n Lexus die net zoveel kost als een appartement en bijna net zo groot is, maar ik kreeg er al snel spijt van dat ik de lift had geaccepteerd. De Santis had de sobere, voorzichtige, bedaarde rijstijl van een taxichauffeur in Bombay, terwijl de soundtrack uitsluitend bestond uit geliefde Italiaanse succesnummers uit de jaren zeventig. Materiaal dat door de Amerikanen wordt gebruikt in Guantánamo om bekentenissen los te krijgen van keiharde Al Qaida-strijders.

We reden de vierbaansweg op en De Santis bereikte de snelheid van honderdzeventig per uur waarbij hij constant op de linkerbaan bleef rijden. Als een auto voor hem niet snel genoeg terugging naar de rechterbaan, gebruikte De Santis een claxon die leek op de sirene van een sleepboot en een systeem van groot licht dat deed denken aan ambulances in Amerikaanse tv-films.

Luister, oude gek, rij eens wat langzamer, ik wil graag vermijden jong te sterven.

'Mijnheer De Santis, waarom rijdt u niet wat zachter? We hebben alle tijd.'

'Ik hou van snelheid, advocaat, u bent toch niet bang? Deze snollenbak haalt met gemak tweehonderddertig per uur.'

Ik geloof je op je woord. Langzamer, oude gek.

'Er zijn twee dingen waar ik van hou: deze – zei hij terwijl hij met één hand op het stuur sloeg – en de vrouwtjes. Hoe oud bent u, advocaat?'

'Vijfenveertig.'

'Wat heerlijk. Ik ben eenenzeventig. Op uw leeftijd was ik een en al vuur.'

'Sorry, hoe bedoelt u?'

'Voor de vrouwtjes, natuurlijk. Ik ontzag niemand. Het dienstmeisje niet, de secretaresse niet. Ook de vriendin van mijn vrouw ontzag ik niet. Zelfs een non moest er een keer aan geloven. Ik was... hoe zal ik het zeggen... ik was meedogenloos.'

Je bent meedogenloos gebleven, zei ik tegen mezelf terwijl ik dacht aan de behandeling waarop hij mij trakteerde en aan het feit dat ik nog ten minste vier uur met hem moest doorbrengen.

'Niet dat ik nu niets meer doe, want ik ga er heus nog wel eens hard tegenaan, maar vroeger...'

Dat was niet precies wat hij zei. Hij was nauwkeuriger en wees naar het instrument waarmee hij er hard tegenaan ging. Ik knikte met een blik vol begrip en de uitdrukking van een idioot, terwijl ik het beeld van mezelf als eenenzeventigjarige, met een geverfde snor, die vertelde hoe hard hij er nog tegenaan kon gaan, probeerde te onderdrukken.

'Bent u getrouwd, advocaat?'

'Nee. Dat wil zeggen, ik was getrouwd maar nu niet meer.'

'Dan bent u dus vrij. Een *jongeheer* zoals u...'

Ik vreesde even dat hij mij ging vragen of ik ook, bij wijze van spreken, het dienstmeisje niet ontzag. Wat in mijn geval mevrouw Nennella was, een robuuste zestigjarige van een meter vijftig, die beschikte over een uitstulpende borstpartij waarvoor cup D nog te klein was.

Ik moet toegeven dat de gedachte alleen al me enigszins in verwarring bracht. Ik droeg mijzelf op mijn toevlucht te zoeken in een zen-schuilplaats van mijn geest en me af te sluiten voor prikkels uit de buitenwereld. Op die manier zou het allemaal voorbij zijn voordat ik het echt tot me door kon laten dringen.

Mijn zwijgen viel De Santis op en hij dacht dat het te maken had met zorgen over mijn gezondheid. Zorgen die natuurlijk behoorden tot het terrein van de androloog.

'Heeft u misschien een probleem?'

'Wat voor probleem?' antwoordde ik, terwijl ik bedacht dat het moment was gekomen om selectiever te werk te gaan bij het accepteren van cliënten.

Hij draaide zich naar mij toe, zonder zich te bekommeren over het irrelevante detail van de weg die nu op ons afkwam met een snelheid van honderdtachtig kilometer per uur. Hij keek naar beneden, min of meer ter hoogte van mijn stoel, en knipoogde toen. De tonen van de groep Teppisti dei Sogni drongen de auto binnen als verdampte stroop.

'Alles in orde, toch?'

Rij de eerste de beste parkeerhaven in en laat me eruit, oude gek. En daarna rijd je je maar te pletter tegen een boom of een paal, maar zorg wel dat je er geen onschuldige derden bij betrekt.

Dat zei ik niet.

'Geen enkel probleem, dank u.'

De Santis vond mijn antwoord niet bevredigend en vond dat hij moest aandringen, waarbij hij niet van thematiek veranderde.

'En uw prostaat? Laat u uw prostaat controleren?'

'Om u de waarheid te zeggen, nee.'

'Als u zich laat onderzoeken, zal vast blijken dat hij vergroot is. Volgens mij laat u het niet controleren omdat u bang bent voor het onderzoek... dat die man... de uroloog een vinger steekt in...'

'Ik weet hoe een urologisch onderzoek in zijn werk gaat.'

Er volgden een paar minuten stilte. Het leek alsof de verwijzing naar het urologisch onderzoek mijn cliënt in gedachten had doen verzinken. Ik hoopte tevergeefs dat de stilte zou duren tot onze eindbestemming. Daar had ik me in vergist.

'Heeft u ooit viagra gebruikt, advocaat?'

'Absoluut nooit.'

'Ik heb het altijd bij me, ook al zegt mijn dokter dat ik niet moet overdrijven, dat het slecht is voor je hart. Maar het lijkt mij de mooiste dood, en als ik dan toch een infarct moet krijgen, dan maar liever terwijl ik een lekkere wip maak.'

Op deze manier ging hij door tot aan Lecce, tot aan de rechtszaal en tot aan het begin van het proces. We hoorden de getuigen, we hoorden de adviseur van het Openbaar Ministerie en vervolgens werd de zitting verdaagd voor het verhoor van de getuigen van de verdediging. Als ik er al ooit aan had getwijfeld was ik er op dat moment heel zeker van dat mijn cliënt veroordeeld zou worden. Voor mijn geestelijke gezondheid – we hadden nog de hele terugreis voor de boeg – hield ik het voor raadzaam deze overtuiging nog niet te delen met de Man Die Niemand Ontzag.

Toen we 's middags eindelijk in Bari teruggekeerd waren, liet ik me afzetten bij een ander reisbureau dan waar ik normaal zaken mee deed, ver weg van kantoor. Ik kocht twee retourtickets Rome, en reserveerde twee kamers in een hotel vlak bij de Piazza del Popolo. Ik benadrukte tegenover het meisje aan de balie, die het volstrekt niets kon schelen, dat ik op zakenreis ging met een medewerkster, en

ten slotte realiseerde ik me dat ik me gedroeg als een cri-
mineel die probeert uit handen van justitie te blijven.

Toen ik het reisbureau uitliep kreeg ik een telefoontje
van Quintavalle.

'Goedemiddag, advocaat.'

'Goedemiddag, Damiano, heb je nieuws?'

'Ik heb wat informatie die voor u van belang zou kunnen zijn.'

'Zeg het eens.'

Hij bleef echter zwijgen en na een paar seconden besefte ik de stommiteit van wat ik zojuist had gezegd. En ik
moest denken aan alle keren dat ik degenen voor geschift
had gehouden, die de telefoon gebruikten terwijl ze dat
beter niet hadden kunnen doen, en vervolgens in de boei-
en waren geslagen.

'Zullen we een afspraak maken om elkaar persoonlijk te
spreken?'

'Zal ik op uw kantoor komen?'

'Ik ben op straat, in de buurt van de Corso Sonnino. Als
het jou uitkomt, en je bent niet te ver weg, laten we dan
hier ergens afspreken, in een bar bijvoorbeeld.'

'Ik ben op de scooter. Zullen we zeggen over tien minuten in café Riviera?'

'Oké.'

24

Binnen een paar minuten was ik bij café Riviera dat om die tijd halfleeg was. Ik ging aan een tafel zitten op de verhoogde verdieping vanwaar je de zee kon zien zover het oog reikt. Precies op dezelfde plek waar ik in mijn studententijd met mijn vrienden hele middagen doorbracht met oeverloze, onzinnige, geweldige discussies.

Een van die middagen kwam in het bijzonder bij me boven. We hadden net de werkgroep politieke economie achter de rug en na een halfuur te hebben rondgezworven kwamen we uit bij café Riviera. Ik ben er zeker van dat we, zoals gebruikelijk, begonnen met over meisjes te praten; ik weet niet meer hoe maar van meisjes gingen we over op een spel met romanfiguren: met wie vereenzelvigden we ons het meest, en wie zouden we willen zijn. Andrea zei Athos, Emilio zei Marlowe, ik zei kapitein Fracassa, en ten slotte zei Nicola dat ook hij aanspraak maakte op de rol van Athos. Er volgde een levendige discussie over wie van de twee meer recht had om de graaf de la Fère te spelen. Andrea beweerde dat Nicola – vanwege zijn overdadig gebruik van parfum – zich hoogstens kon identificeren met Aramis, maar – om er geen doekjes om te winden – nog meer met Milady. Deze precisering maakte de discussie feller en Nicola verklaarde dat alle informatie over zijn mannelijkheid in detail verschaft kon worden door zowel de moeder als de zuster van Andrea.

Ik deed mijn ogen halfdicht en het leek alsof ik onze

stemmen hoorde, ongedeerd en natuurgetrouw weergege-
ven door de archieven van mijn geheugen. De diepe stem
van Emilio, de nasale stem van Nicola, de gejaagde, soms
enigszins schrille stem van Andrea, de mijne die ik nooit
heb kunnen omschrijven, ze waren er allemaal, ze zweef-
den in de lucht van die verlaten zaal om mij eraan te herinneren dat geesten bestaan en onder ons zijn.

Deze herinnering zou mij melancholiek hebben moeten stemmen maar in plaats daarvan kwam er een lichte,
onverklaarbare opwinding over mij, alsof opeens het verleden geen verleden was maar deel uitmaakte van een soort
uitgebreid heden, gelijktijdig en aangenaam. Terwijl ik in
dat café zat te wachten op een cocaïnedealer, leek het even
alsof ik het synchrone mysterie van tijd en geheugen aan-
voelde.

Vervolgens arriveerde de cocaïnedealer en de bizarre
betovering verdween zoals hij was verschenen.

We bestelden twee cappuccino's, en wachtten tot de ober
ze bracht en weer verdween naar de benedenverdieping en
ons alleen liet. Pas toen begonnen we te praten.

'En, Damiano?'

'Ik heb wat rondgevraagd, en misschien heb ik iets gevonden.'

'Zeg het eens.'

'Er is een jongen, een homo, die drugs verkoopt in dis-
cotheken. In werkelijkheid houdt hij het midden tussen
een dealer en een gebruiker: hij verkoopt namelijk vooral
om zijn persoonlijke behoefte te financieren. Hij vertelde
me dat hij een zekere Michele kent die vaak cocaïne had.
Hij zei dat hij soms kleine hoeveelheden van hem heeft
gekocht en andere keren juist aan hem heeft verkocht. Dat
komt voor onder kleine dealers: ze wisselen elkaar af, als de
ene het heeft, geeft hij het aan de ander, en vice versa.'

'Waarom dacht je dat het om de Michele gaat die ons interesseert?'

'U heeft gezegd dat uw Michele een mooie jongen zou zijn, toch?'

'Dat is mij tenminste verteld.'

'Mijn homoseksuele vriend zei dat deze Michele om te gillen zo mooi is. Letterlijke tekst.'

'Hij zal zijn achternaam wel niet kennen.'

'Nee, maar je hoeft hem alleen maar een foto te laten zien...'

Precies. Hij hoefde maar een foto te zien, en dus moest ik ophouden met dat getreuzel en een manier bedenken om er een te pakken te krijgen. Dat wil zeggen dat ik Fornelli moest bellen. Of misschien heeft Caterina er wel een paar, bedacht ik. Dat herinnerde me eraan dat ik haar toch moest bellen om ons vertrek te regelen voor de volgende dag.

'Advocaat?'

'Ja?'

'Ik kan ik er toch van op aan dat die jongen geen narigheid overkomt vanwege de dingen die ik u vertel?'

'Bedoel je je homoseksuele vriend?'

'Oké, hij is niet echt een vriend van me, maar ja, ik bedoel hem.'

'Maak je geen zorgen, Damiano. Het enige wat me interesseert is te achterhalen wat er met Manuela is gebeurd. Jij en ik hebben niet eens met elkaar gesproken, wat mij betreft.'

Quintavalle leek opgelucht.

'Neemt u me niet kwalijk dat ik dat tegen u zei, advocaat, maar...'

Ik onderbrak hem met een handgebaar. Vanzelfsprekend begreep ik zijn bezorgdheid heel goed, voor iemand die zijn beroep uitoefende kon het alleen al gevaarlijk zijn om hier en daar vragen te stellen. Ik bedankte hem, en zei dat ik zou proberen een foto van Michele te pakken te krijgen en dat ik hem weer zou bellen. Vervolgens vertrokken we beiden om terug te keren naar ons, min of meer eerlijke, werk.

Ik belde Caterina terwijl ik naar kantoor liep, ik zei dat ik de vlucht van elf uur had gereserveerd voor de volgende dag en dat ik haar met de auto zou komen ophalen tegen halftien. Ik vroeg haar of het adres dat in de verslagen van de carabinieri stond juist was en zij bevestigde dat, maar om het makkelijker te maken konden we elkaar ontmoeten voor theater Petruzzelli. Ik had duidelijk een gevoel van opluchting bij de gedachte dat ik niet langs haar huis hoefde, met het risico dat haar moeder of haar vader – waarschijnlijk min of meer leeftijdgenoten van me – me zouden zien, en zich zouden realiseren dat hun dochter omging met een viezerik van middelbare leeftijd en zouden besluiten in te grijpen met Engelse sleutels, baseballbats of soortgelijk gereedschap.

Ik dacht aan de foto van Michele toen we op het punt stonden de verbinding te verbreken.

'O ja, Caterina?'

'Ja?'

'Jij hebt zeker niet toevallig een foto van Michele Cantalupi?'

Ze antwoordde niet gelijk, en als je bij stilte van intonatie zou kunnen spreken, dan zou er achter de hare een groot vraagteken hebben gestaan.

'Waar heb je die voor nodig?' zei ze ten slotte.

'Ik moet hem aan iemand laten zien. Maar hier kunnen we beter niet via de telefoon over praten, morgen leg ik je het wel uit. Denk je dat je er een kunt vinden?'

'Ik zal kijken, maar ik geloof niet dat ik er een heb.'

'Goed, tot morgen dan.'

'Tot morgen.'

25

Ik kwam op kantoor en werd door alle dingen die gedaan moesten worden opgeslokt, als in een sciencefictionfilm. Een geleiachtig, glibberig schepsel zoog mij naar binnen en hield me tot laat in de avond gevangen, totdat het er eindelijk genoeg van kreeg en me liet gaan, in de fysieke en morele toestand van een half verteerde maaltijd. Aangezien de reis naar Rome de dag daarna een taak was die niet op mijn programma stond moest ik ook nog vervanging regelen voor zittingen en afspraken uitstellen.

Toen ik thuiskwam, uitgeput, gaf ik Mister Sacco slechts een paar stompen, om mijn vriendschap voor hem te laten blijken, maar ik was niet in staat tot een behoorlijke training. Ik verspilde onnodig veel water door heel lang onder de hete douche te staan, de deur van de badkamer wijd open en Bruce Springsteen op volle sterkte, en tegen elven was ik weer buiten, op mijn fiets. Ik droeg mijn oude zwartleren jack, een gebleekte spijkerbroek en gymschoenen, met het resultaat dat ik leek wat ik was: een heer van duidelijk boven de veertig die zich als een jongen kleedt en zo hoopt de tijd te slim af te zijn.

Ik zei tegen mezelf dat ik dat heel goed wist maar dat het me niets kon schelen. Ook al was ik me bewust van het mechanisme, toch kwam ik erdoor in een goede stemming.

Toen ik de Chelsea binnenkwam herkende ik verscheidene vaste klanten, zij herkenden mij ook en een paar begroetten me met een knik. Ik was dat vreemde type dat, hoewel hij niet homo was, vaak in zijn eentje kwam om te eten, te drinken en naar muziek te luisteren. Deze bar gaf me een gevoel van vertrouwdheid dat me goed beviel, alsof die plek van mij was geworden, op een bepaalde manier. Een gevoel van bescherming.

Ik wierp een blik in het rond maar Nadia was er niet. Ik was een beetje teleurgesteld en stond op het punt om te informeren bij de barkeeper, maar zijn uitdrukking, even hartelijk als een kopstoot op je neus, weerhield me.

Dus ging ik zitten, at een bord oortjespasta met cardoncellipaddenstoelen, en dronk een glas Primitivo, waarbij het me lukte om me uitsluitend te concentreren op het eten en de drank.

Nadia arriveerde toen ik op het punt stond weg te gaan.

'Hallo Guido,' zei ze vrolijk. 'Ik kon niet onder het verjaardagsfeestje van een vriendin uit. Een lieve meid, maar met de saaiste vrienden ter wereld. De catering was vreselijk, timbaaltjes van ovenpasta in vormpjes van zilverfolie. Een collega van je, met buik en roos, heeft me ook nog het hof gemaakt. Ga je al weg?'

'Ja, wat wil je, het is al halfeen.' Ik merkte dat mijn stem enigszins wrokkig klonk, alsof het feit dat zij er niet was toen ik aankwam een opzettelijke daad van onwellevendheid jegens mij was. Gelukkig merkte zij het niet.

'O ja, ik vergeet altijd dat anderen 's morgens werken en vroeg moeten opstaan.'

'Toevallig kan ik morgen wat later opstaan. Ik moet voor mijn werk naar Rome en mijn vlucht is om elf uur.'

'Kom op, blijf dan nog even. Ik moet bijkomen van dat feest. Ik laat je iets proeven dat je lekker zult vinden.'

'Een ander soort absint?'

'Beter. Geef me een paar minuten om te controleren of ze hier mijn hulp nodig hebben, maar ik denk van niet, en dan kom ik bij je zitten.'

Na vijf minuten was ze weer bij mijn tafel met twee glazen en een fles met een ouderwets, aantrekkelijk etiket.

'Je hebt toch gegeten, hè? Dit is geen spul dat je op een nuchtere maag kan drinken.'

'Wat is het?'

'Een Ierse whisky, hij heet Knot. Probeer maar eens en zeg me wat je vindt.'

Het leek geen whisky. Hij had het parfum van rum en deed me denken, zonder overdreven zoet te zijn, aan Southern Comfort.

'Hij is lekker,' zei ik na het glas geledigd te hebben. Zij vulde het opnieuw en schonk ook zichzelf royaal in.

'Soms denk ik dat ik dit sterke spul een beetje te lekker vind.'

'Die gedachte heb ik soms ook ten aanzien van mezelf.'

'Goed, dat probleem behandelen we op een andere avond. Oké?'

'Oké.'

'Morgen ga je dus naar Rome. Een van deze weken ga ik er ook een keer naartoe. Om een paar vriendinnen op te zoeken en wat geld uit te geven.'

Ik vroeg me af hoe ik mijn onderzoek te berde zou kunnen brengen en de vragen die ik haar wilde stellen, maar ik kon de juiste woorden niet vinden. Ik deed alsof ik me op de whisky concentreerde en op zijn lichtgouden kleur, maar ik kwam klaarblijkelijk net zo authentiek over als een monopolybankbiljet.

'Is er iets wat je me wilt vragen?' zei ze, wat mij al een deel van de moeite bespaarde. Ik vroeg me heel even af of ik haar een leugen zou vertellen, over wat dan ook; ik besloot dat dat een heel slecht idee was.

'Ja, inderdaad.'

'Zeg het maar.'

Ik gaf haar een zo bondig mogelijke samenvatting van

het hele verhaal waarbij ik alle, naar mijn oordeel, niet-essentiële details wegliet. Onder deze niet-essentiële details, die dus in aanmerking kwamen te worden weggelaten, rangschikte ik ook de omstandigheden van mijn reis naar Rome. Dat wil zeggen, het feit dat ik niet alleen zou gaan.

Op het moment dat ik haar de vraag stelde waarvoor ik was gekomen kon ik het niet nalaten omzichtig om me heen te kijken.

'Ik vroeg me dus af of er onder de klanten van de Chelsea iemand is die te maken heeft met deze wereld, die van cocaïne en drugshandel, bedoel ik. Laat het duidelijk zijn dat ik geen enkel precies idee heb. Toen mijn cliënt me zei dat hij informatie had ingewonnen bij een homoseksuele vriend kwam het idee bij me op dat ik het jou zou kunnen vragen en kijken of er misschien iets nuttigs uit zou komen.'

'Ik weet echt niet hoe ik je kan helpen. Als iemand van mijn klanten al te maken heeft met cocaïne – wat zeker niet onwaarschijnlijk is – dan weet ik dat niet. Vanzelfsprekend heeft nooit iemand het hierbinnen gebruikt – dan had hij het aan de stok gekregen met Pino en Hans – en we hebben ook nooit verdachte activiteiten waargenomen die erop zouden kunnen duiden dat iemand het buiten de zaak verkocht. Van het onderwerp drugs ben ik niet meer op de hoogte.'

'Waarom zeg je: niet meer?'

'Nou ja, in mijn vorige leven dook het poeder wel eens op. Verschillende klanten gebruikten het en ik kende iemand die het verkocht, ook al heb ik het nooit gebruikt, laat staan gekocht. Maar ik spreek nu over heel wat jaren geleden. Het is een wereld waar ik oppervlakkig mee te maken heb gehad en die nu heel ver van me af staat. Het spijt me dat ik je niet kan helpen.'

'Laat maar zitten. Het was een dom idee van een amateurdetective.'

We kletsten door terwijl de zaak leegliep. Vervolgens vertrok ook het personeel, één voor één, en ten slotte bleven wij alleen achter, terwijl de meeste lichten uit waren en de muziek zachtjes doorging. Zij ging Pino-Baskerville uit de auto halen en liet hem binnen om bij ons te zijn. Het leek alsof hij zich mij herinnerde, want hij kwam naar me toe, liet zich aaien en strekte zich toen uit onder onze tafel.

'Soms vind ik het prettig om hier, na sluitingstijd, alleen achter te blijven met Pino. De plek ondergaat een gedaanteverwisseling, wordt anders. En ik mag roken, want als de zaak gesloten is, is het geen openbare gelegenheid meer. Dan ben ik in mijn eigen huis en doe ik wat ik wil. Pino heeft geen last van de rook en protesteert niet.'

'Mag ik een enorm banaal idee lanceren?'

'Lanceer maar.'

'Weet je dat het mij onvoorstelbaar lijkt dat je tot een paar jaar geleden mocht roken in bars en restaurants? Ik vind het al moeilijk om het me te herinneren, ik moet me inspannen en blijven herhalen dat er sigaretten werden gerookt en dat op bepaalde plekken de lucht verstikkend was. Het is alsof het verbod inbreuk maakt op mijn herinneringen en ze manipuleert.'

'Ik weet niet zeker of ik dat laatste idee goed heb begrepen.'

'Ik zal je een voorbeeld geven. Vanmiddag zat ik in een bar op iemand te wachten. Terwijl ik daar alleen zat herinnerde ik me dat ik ooit, heel veel jaren geleden, in diezelfde bar was geweest met mijn vrienden. Het was in mijn studententijd en minstens drie van ons rookten destijds. We moeten op die middag zo veel jaar geleden zeker flink wat sigaretten hebben gerookt. Toch kwamen er in het tafereel dat bij me opkwam geen sigaretten voor, alsof het verbod een retroactieve geldigheid had gekregen voor herinneringen.'

'Retroactieve geldigheid voor herinneringen. Je zegt soms vreemde dingen. Maar wel mooi. Waarom herinnerde je je juist die middag?'

'We spraken over romans en hun personages. Ieder van ons zei met welke romanfiguur hij zich het meest identificeerde.'

'En met welk personage identificeerde jij je?'

'Met kapitein Fracassa.'

'Zou je vandaag nog steeds hetzelfde zeggen?'

'Nee, dat denk ik niet. Kapitein Fracassa blijft een van mijn favoriete personages, maar als ik vandaag hetzelfde spel deed zou ik een ander noemen.'

'Wie dan?'

'Charlie Brown, zonder enige twijfel.'

Ze barstte uit in een onverwachts lachsalvo, als een kleine explosie.

'Kom op, zeg wie je favoriete personage is.'

'Charlie Brown, echt waar.'

Ze hield op met lachen en keek me aan om te controleren of ik een grap maakte of dat ik het in ernst zei. Ze kwam tot de conclusie dat ik geen grap maakte.

'Het ging toch over literatuur.'

'Weet je wat Umberto Eco heeft gezegd over Schulz?'

'Nee, wat?'

'Ik weet niet of ik het me exact herinner maar het idee is als volgt: als poëzie het vermogen betekent om tederheid, mededogen en slechtheid tot een niveau van extreme transparantie te verheffen, alsof het doorstraald wordt, dan is Schulz een dichter. En ik voeg eraan toe: Schulz was een genie.'

'Waarom Charlie Brown?'

'Zoals je weet is Charlie Brown het prototype van de verliezer. Zijn baseballteam verliest altijd, de andere kinderen behandelen hem slecht, en hij is tot over zijn oren verliefd op een meisje – het meisje met het rode haar – tegen wie hij nooit een woord heeft durven zeggen en dat Charlies bestaan volstrekt negeert...'

'En wat heeft een sukkel als Charlie Brown te maken met iemand zoals jij? Ik kan me niet voorstellen...'

'Laat me het even afmaken. Heb je ooit dat stripverhaal gelezen waarin hij naar de camping gaat met zijn hoofd in een papieren zak waarin gaatjes zitten, voor zijn ogen?'

'Nee.'

'Wanneer Charlie zich vermomt met deze zak voorzien van kijkgaatjes, wordt hij opeens, op onverklaarbare wijze, sympathiek en populair; de andere kinderen op de camping komen hem om raad en hulp vragen. Kortom, hij wordt een ander. Weinig boeken hebben me zo'n intens gevoel van vereenzelviging gegeven als dat album van *Peanuts*. Charlie Brown die pas iemand wordt als zijn gezicht bedekt is met een papieren zak, dat ben ik.'

Ze bleef stil naar me kijken. De hond onder de tafel draaide zich wellustig op zijn rug en maakte basgeluiden die leken op het spinnen van een gigantische kat. Keith Carradine zong zachtjes 'I'm Easy'.

'Ik houd van lezen, maar het is voor mij altijd makkelijker geweest om me te vereenzelvigen met personages in een film. Ik hou meer van de bioscoop dan van wat dan ook. Ik hou van alles eromheen, en het meest houd ik van het moment waarop de lichten in de zaal doven en de film gaat beginnen.'

Ze had gelijk. Het moment dat de lichten doven en alles op het punt staat te beginnen is volmaakt. We zeiden een tijdje niets. Ik liet mijn blik dwalen over de filmposters die aan de muren hingen.

'Waar koop je die?' vroeg ik na enige minuten.

'Laat ik vooropstellen dat het bijna allemaal originelen zijn. Slechts een paar van de oudste zijn reproducties. Ik ben verscheidene jaren geleden begonnen ze te verzamelen, en destijds moest je naar uitdragers, oude filmdistributeurs en filmboekwinkels. Nu kun je alles op internet vinden. Maar ik vind het nog steeds leuk om rond te speuren op die stoffige plekken.'

Er was van alles: van *La dolce vita* tot *Manhattan*, van *Nuovo cinema Paradiso* tot *Dead Poets Society*, waar Robin Williams in triomf wordt weggedragen door de leerlingen, op een gele achtergrond die nu van bewerkt goud leek.

'Het is misschien sentimenteel, maar aan het eind van die film, toen de jongens op hun banken sprongen, heb ik ontzettend mijn best moeten doen om niet in huilen uit te barsten,' zei ik, terwijl ik naar de poster wees.

'Ik ben veel sentimenteler dan jij, ik heb niet eens mijn best gedaan. Ik heb gehuild als een klein meisje. En toen ik die film voor de tweede keer zag, heb ik weer gehuild, op precies dezelfde manier.'

'Er komt een zin voor in die film die ik me altijd zal herinneren...'

'*Captain my captain...*'

'*...our fearful trip is done*. Maar die bedoelde ik niet.'

'Welke dan?'

'Iets wat Keating-Williams tegen de jongens zegt: *No matter what anybody tells you, words and ideas can change the world*.'

'Het zou mooi zijn als dat waar was.'

'Misschien is het waar.'

Ze trok het serieuze gezicht van iemand die kennisneemt van iets en daar blij mee is.

'Ik houd van ontroerende films.'

'Ik ook.'

'Ik ken er meer dan jij.'

'Zullen we een wedstrijd doen?'

'Oké. Jij begint.'

'*Il postino*, met Massimo Troisi en Philippe Noiret.'

'*La vita è bella*, van Benigni. Mijn favoriete scène is die waarin hij *The Great Dictator* van Chaplin citeert.'

'Nu we het toch over Chaplin hebben: *City Lights*.'

'*Beau Geste*.'

'Met Gary Cooper?'

'Ja.'

'Je hebt gelijk, dat is het ware melodrama.'

'Jouw beurt.'

'*Chariots of Fire*. Mijn favoriete scène is die waarin de trainer Moussabini, die niet de moed heeft gehad om naar het stadion te gaan, vanuit zijn hotelkamer ziet dat de Engelse vlag wordt gehesen, hij begrijpt dat Abrahams heeft gewonnen, begint te huilen en verplettert van vreugde zijn strohoed met zijn vuist.'

'*Million Dollar Baby*. Clint Eastwood is een genie, en ook helemaal mijn type.'

'*Braveheart*, met Mel Gibson. De slotscène. Hij staat op het schavot en roept "freedom", terwijl de beul al klaarstaat met de bijl. Vlak voor de executie ziet hij zijn vrouw aan komen lopen in de menigte. Ze kijkt naar hem van een afstand en glimlacht en ook hij glimlacht, vlak voor het einde.'

'*Ghost*.'

'*Gladiator*.'

'*The Green Mile*.'

'*Schindler's List*.'

'Het zware werk, hè? *The Way We Were*, alles, en vooral de slotscène, en de soundtrack.'

'*Nuovo cinema Paradiso*. Die sequentie van de gecensureerde kussen.'

'Dat is waar, een schitterende scène. Volgens mij heeft hij de Oscar juist voor die vondst gekregen, het is precies dat waar Amerikanen helemaal voor gaan. Wat vind je van de slotscène van *Thelma and Louise?*'

'Natuurlijk! Een grootse scène. In die film komt ook een claus voor waarvan ik altijd heb gehoopt dat ik hem op een dag zou kunnen gebruiken.'

'Welke claus?'

'Harvey Keitel is bezig Brad Pitt te ondervragen en om hem zover te krijgen dat hij gaat praten zegt hij: *Jongen, jouw ongeluk wordt mijn levensopdracht.* Dat is nog eens een bedreiging.'

'Maar nu is het jouw beurt.'

'*Jesus Christ Superstar.* Maria Magdalena die zingt bij de tent van Jezus, terwijl hij slaapt.'

'"I Don't Know How to Love Him".' Terwijl zij de titel uitsprak van het lied van Maria Magdalena, de prostituee die verliefd is op Jezus, werd ik me bewust van mijn blunder.

Ze besteedde er geen aandacht aan. Of liever, ze besteedde er zo veel aandacht aan dat mijn blunder er niet meer toe deed.

'Je begrijpt zeker wel dat dat een scène is waarmee ik me zeer heb geïdentificeerd.'

Op dat moment viel er, onvermijdelijk, een pauze.

'Oké, ik identificeerde mij met Maria Magdalena. En jij?' zei Nadia ten slotte.

'Het is mij overkomen dat ik me tegelijkertijd identificeerde met de twee hoofdrolspelers van *Philadelphia*, Denzel Washington en Tom Hanks.'

'Mijn god, die slotsequentie waarin de super 8-filmpjes van Tom Hanks als jongetje zijn gemonteerd! Ik herinner het me alsof ik ze voor me zie. De wip, de kinderen die op het strand spelen, de moeder in die jarenzestigkleren en een zakdoek op haar hoofd, de hond, hij verkleed als cowboy... de muziek van Neil Young. Het is ondraaglijk hartverscheurend.'

'De slotscène is het ontroerendst, maar mijn favoriete scène is die van het proces, wanneer Denzel Washington Tom Hanks ondervraagt.'

'Waarom is dat jouw favoriete scène?'

'Ik kan hem naspelen als je wilt, misschien begrijp je het dan.'

'Hoe bedoel je: naspelen. Je kent hem toch niet uit je hoofd?'

'Min of meer.'

'Dat geloof ik niet.'

'Je herinnert je het verhaal natuurlijk?'

Ze keek me aan als een speler in de grand slam aan wie iemand heeft gevraagd of hij zich herinnert hoe je een backhand slaat. Ik hief mijn handen op ten teken van overgave.

'Oké, sorry. Goed, we zijn op het cruciale moment van het proces en Denzel Washington ondervraagt Tom Hanks, die in de film Andrew heet. Zijn ziekte is reeds in een vergevorderd stadium en hij heeft niet lang meer te leven.

"Bent u een goede advocaat?"

"Ik ben een uitstekende advocaat."

"Wat maakt u tot een uitstekende advocaat?"

"Ik houd van het recht."

"Wat vindt u mooi aan het recht?"

"Heel veel dingen... (dan raakt hij verward, hij is ziek en moe) *wat ik mooi vind aan het recht?"*

"Ja."

"Het feit dat je eens op de zoveel keer, niet altijd, maar soms, deel wordt van de gerechtigheid. Gerechtigheid toegepast op het leven."

"Dank je, Andrew."'

Na enige ogenblikken van afwachtende stilte begon Nadia in haar handen te klappen.

Ik deed die gimmick al een hele tijd niet meer. Jaren daarvoor vond ik het heel makkelijk om uit mijn hoofd teksten van films, liederen, boeken en gedichten letterlijk te citeren. Vervolgens was ik het, om velerlei redenen, steeds moeilijker gaan vinden.

Er is niets wat het verontrustende idee van de voorbijgaande tijd met meer kracht weet op te roepen dan getuige te zijn van de afbrokkeling van een vaardigheid die je als vanzelfsprekend beschouwde. Zoals dat min of meer in de sportschool gebeurt. Je bent met iemand aan het boksen en je ziet – bij wijze van spreken – dat iemand begint met een rechtse directe. Je weet precies wat je in zo'n geval moet doen, buigen, ontwijken, terugkomen en een tegenaanval inzetten, alles in één, vloeiende beweging. Je hersens geven de opdracht aan je borst en je armen, maar de opdracht komt een fractie van een seconde te laat, die vuistslag treft je en je tegenaanval is langzaam – zo lijkt het – en overdreven. Dat is geen geruststellende ervaring.

Het feit dat ik me die avond de tekst van de film zo makkelijk, zo scherp, had kunnen herinneren, gaf me een goed gevoel. Alsof ik weer contact had gekregen met iets essentieels.

'Hoe doe je dat?'

'Dat weet ik niet. Ik heb dingen die ik mooi vond – en dit vind ik heel mooi – altijd makkelijk kunnen onthouden en reproduceren, maar ik geloofde al een tijd niet meer dat ik er nog toe in staat was. Ik ben zelf ook stomverbaasd dat het me gelukt is. We zouden natuurlijk nog wel moeten verifiëren of dit de letterlijke tekst is.'

Ze keek me aan en het leek alsof ze de juiste woorden zocht. Of de juiste vraag.

'Vind je het zo mooi omdat je je ermee identificeert?'

'Ik denk van wel. Het is iets waar ik niet mee te koop loop. Ik ben bij toeval advocaat geworden, ik heb dit werk altijd gezien als een tijdelijke oplossing waarvoor ik me bijna schaamde. En ik heb er altijd moeite mee gehad om toe te geven – tegenover mezelf, laat staan tegenover anderen – hoe leuk ik het eigenlijk vind.'

Ze glimlachte breed. Op zo'n manier dat je weet dat de ander echt naar je luistert. Ze zei niets, maar dat was ook niet nodig. Ze vroeg me door te gaan.

'De waarheid is dat ik mijn werk altijd heb bekeken met een soort arrogantie. Ik heb me ingeschreven aan de universiteit omdat ik niet wist wat ik moest doen. Ik heb altijd een ideologische, stereotiepe kijk gehad op het vak van advocaat en ik heb mezelf altijd het recht ontzegd om er trots op te zijn. Ik heb nooit echt de moed gehad om dat infantiele idee – de wankele ethische basis van het beroep van advocaat, een wereld van oplichters en charlatans – te herzien.'

'Is het dan niet zo? Ik heb – afgezien van jou – weinig echte ervaring met advocaten.'

'Natuurlijk is het vaak zo. De beroepsgroep zit vol met schoften, oplichters, halve analfabeten en zelfs een paar heuse misdadigers. Die ontbreken echter ook onder magistraten niet, of in welke beroepsgroep ook. Het gaat er echter niet om of er schurken of beunhazen bij zitten, of dat het beroep van advocaat zich leent om de slechtste kanten van mensen en hun intelligentie te accentueren.'

'Waar gaat het dan wel om?'

'Het gaat erom dat dit een vak is waarin je een vrij man kunt zijn. En het is een vak waarbij je dingen kunt meemaken... er zijn weinig dingen in het leven als vrijspraak krijgen voor een verdachte die een heel zware gevangenisstraf of zelfs levenslang riskeerde, wanneer je weet dat die verdachte onschuldig is.'

'Ik was niet onschuldig,' zei Nadia, glimlachend.

Dat is waar. Technisch gesproken was ze niet onschuldig. Ze had zich schuldig gemaakt aan uitbuiting van prostitutie, dat wil zeggen dat ze mooie meisjes in contact had gebracht met rijke heren, en voor haar bemiddeling provisie had ontvangen. Niemand was gedwongen, niemand was gechanteerd, niemand was gekwetst. Het idee dat je hiervoor de gevangenis in kunt draaien, dat je voor dergelijke zaken van je vrijheid beroofd kunt worden, komt me steeds onverdraaglijker voor naarmate de tijd verstrijkt.

'Het zou onrechtvaardig geweest zijn als jij was veroordeeld. Je hebt niemand kwaad gedaan.'

Ik stond op het punt één zin te veel te zeggen. Iets als: eigenlijk heb je goedgedaan. Wat niet een echt smaakvolle opmerking is tegen een ex-prostituee, ex-organisatrice van het werk van andere prostituees. De zin ging door mijn hersens, schoot razendsnel over de neurale banen en arriveerde bij de drempel van mijn lippen waar ik hem, op het laatste moment, wist tegen te houden.

'Je bent een goede advocaat.'

De intonatie van haar woorden was nauwelijks waarneembaar. Hij leek het midden te houden tussen een vraag en een constatering.

'Is dat een vraag?'

'Ja en nee. Dat wil zeggen, ik weet dat je goed bent, ik herinner me, toen de rechter de zaal weer in kwam en het vonnis voorlas, dat ik nooit zou hebben geloofd dat ik, gezien de afgetapte telefoongesprekken, vrijgesproken zou kunnen worden.'

'Ze waren onbruikbaar, er was een formele fout gemaakt die...'

'Ja, dat weet ik, ik herinner me woord voor woord wat je hebt gezegd in je pleitrede. Maar het leken me dingen die je zomaar zei, om te laten zien dat je je honorarium verdiende. Ik was er zeker van dat de rechter me zou veroordelen, en kon het niet geloven toen hij me vrijsprak. Als een cadeau dat je niet verwacht.'

'Ja, dat liep goed af.'

'En weet je wat?'

'Ja?'

'Ik had je willen omhelzen, op dat moment. Bijna had ik het gedaan, en toen bedacht ik dat ik wel gek leek en dat ik jou in grote verlegenheid zou brengen, en natuurlijk deed ik niets.'

En vervolgens, na een korte pauze: 'Het was inderdaad een constatering, maar ook een vraag.'

'Hoe bedoel je?'

'Beschouw je jezelf als een goede advocaat?'

Ik antwoordde niet onmiddellijk, maar haalde eerst diep adem.

'Soms. Soms lijkt het of mijn woorden, mijn ideeën en mijn optreden allemaal goed aankomen. Als ik het merendeel van mijn collega's bekijk, vind ik mezelf redelijk goed, maar als ik een abstracte maatstaf hanteer, dan niet. Dan voel ik me een luiaard, een sloddervos, inefficiënt, en vaak heb ik geen zin om te werken, ik verlaat me te veel op mijn improvisatievermogen, veel meer dan wijs en verstandig is.

Ik stel me een goede advocaat voor als iemand die zelfdiscipline weet op te brengen, iemand die, als hij iets moet schrijven – een beroepschrift, ik zeg maar iets, of een memorie – aan zijn bureau gaat zitten en gewoon niet opstaat tot het af is. Ik daarentegen ga zitten en schrijf een paar zinnen. Dan denk ik dat ik het helemaal verkeerd heb opgezet en word nerveus. Dan ga ik iets anders doen, natuurlijk iets wat minder belangrijk is en minder dringend. Of ik ga zelfs naar buiten, naar een boekwinkel en koop een boek. Dan kom ik terug en zet me weer aan het schrijven, maar met tegenzin, en ik laat de tijd verstrijken tot het laatste moment en dan pas kom ik in actie, ga ik schrijven en produceren. Maar iedere keer krijg ik het gevoel dat ik maar wat opgekalkt heb, dat ik mijn cliënt voor de gek houd. Dat ik, in het algemeen, de rest van de wereld voor de gek houd.'

Nadia krabde aan haar slaap terwijl ze naar me keek zoals je naar een echt vreemd iemand kijkt. Vervolgens haalde ze haar schouders op.

'Je bent gek. Ik weet geen betere manier om het te zeggen.'

Het was geen vraag. Het was een constatering en op een bepaalde manier werd het onderwerp hiermee afgesloten. Ik was gek, en er was geen betere manier om het te zeggen.

'En waar ben jij goed in?'

Ik weet niet wat me bezielde om maar door te gaan met het maken van blunders. Hoe kun je nu aan een meisje dat van beroep prostituee en actrice in pornofilms is geweest vragen waar ze goed in is?

'Ik zou graag echt goed zijn in iets. Laten we zeggen dat ik ernaar op zoek ben. Ik kan tekenen en ook schilderen, maar ik kan niet zeggen dat ik er écht goed in ben. Ik kan zingen, ik kan goed wijs houden, ook al heeft mijn stem weinig kracht. Maar als ik een wijsje hoor kan ik het onmiddellijk herhalen, of reproduceren op een toetsenbord. Mijn gehoor is een van mijn talenten die ik heb verspild.'

Even leek ze overmeesterd te worden door zelfmedelijden, maar ze beheerste zich onmiddellijk.

'En verder kan ik goed naar mensen luisteren. Dat zegt iedereen tegen me.'

'Ja, je hebt me verteld over klanten die vooral kwamen om te praten. Ze wilden hun verhaal kwijt zonder het gevoel te hebben beoordeeld te worden.'

'Precies. Als je iemand betaalt voor zijn tijd, moet je je

niet druk hoeven te maken over je eigen presteren. Niet als je praat, en niet als je neukt. Ik had een klant, een prachtige man, van om en nabij de vijftig; rijk, succesvol en invloedrijk. Alle vrouwen die hij wilde had hij kunnen krijgen, gratis, maar hij kwam bij mij, tegen betaling.'

'Omdat hij bij jou geen spanning voelde.'

'Hij voelde geen spanning, dat is het. Aangezien hij mij betaalde hoefde hij zich geen zorgen te maken over het leveren van een prestatie die aan de verwachtingen voldeed. Noch wat betreft de conversatie, noch wat betreft de seks. Hij was niet bang zich bloot te geven.'

Ze stopte even en glimlachte, voordat ze verderging.

'Laten we zeggen dat hij de papieren zak van zijn hoofd haalde.'

Die woorden bleven in de lucht hangen en losten langzaam op in licht stof.

Onze glazen waren leeg en het was heel laat geworden.

'Nemen we er nog een en gaan we dan slapen?'

Ik knikte met een ernstig gezicht en ogen die lichtelijk beneveld waren. Zij vulde de twee glazen maar gaf mij het mijne niet. Ze liet ze beide voor zich staan, alsof er eerst een formaliteit afgehandeld moest worden.

'Zal ik je eens wat zeggen?'

'Ja?'

'Als ik met jou praat merk ik dat ik naar woorden zoek.'

'Wat bedoel je daarmee?'

'Het is alsof ik een goed figuur wil slaan. Ik zoek naar de juiste woorden, en probeer intelligente dingen te zeggen.'

Ik reageerde niet. Alle antwoorden die bij me opkwamen waren namelijk weinig intelligent. Die kon ik dus beter voor me houden.

'Ik bedoelde dat ik me daar zojuist van bewust werd omdat ik zocht naar een toost die origineel of geestig, of misschien wel allebei was, maar ik kwam op niets.'

Ik nam mijn glas en stootte ermee tegen het hare, dat nog op de tafel stond.

'Laten we het zonder woorden doen,' zei ik.

Na een moment van aarzeling nam ze haar glas, hief het terwijl ze me aankeek met een onzekere glimlach en ten slotte dronken we beiden.

Uit de duistere buitenwereld kwamen doffe, bijna abstracte geluiden van een tijd die was opgeschort.

26

De volgende morgen sliep ik wat langer dan normaal, en bij het wakker worden merkte ik dat ik nog niet alle whisky van de vorige avond had verwerkt. Om de drank uit te drijven besloot ik een supergezond ontbijt te maken, met yoghurt, graanproducten en mijn gebruikelijke slappe koffie. Ik bedwong de strakke band om mijn hoofd met een aspirine, nam een douche, schoor me, poetste mijn tanden met overdreven verbetenheid, gooide wat spullen in een grote tas, groette Mister Sacco terwijl ik deed alsof ik zijn verbaasde blik niet zag, en ging mijn auto ophalen.

Ik kwam een paar minuten te laat op de afgesproken plek en Caterina was er al. We waren op dezelfde manier gekleed. Spijkerbroek, blauw jack en wit hemd. Ook onze tassen leken op elkaar. Het leek alsof we in uniform waren en ik vroeg me af of dat ons op de luchthaven meer zou doen opvallen, of juist niet.

'Wat een gave auto,' zei ze na de veiligheidsriemen te hebben omgedaan, terwijl we op weg gingen naar het noorden, richting luchthaven.

'Ik gebruik hem haast nooit, hij staat altijd in de garage. Ik gebruik de fiets of ik loop.'

'Wat zonde. Als we terug zijn uit Rome moet je een keer een ritje met me gaan maken en mij laten rijden.'

'Hoe laat hebben we met Nicoletta afgesproken?'

'Ik moet haar bellen als we in Rome zijn. Trouwens, hebben we voor vannacht een dak boven ons hoofd?'

'Ik heb twee kamers gereserveerd in een hotel vlak bij de Piazza del Popolo.'

'Dan zullen we een taxi moeten nemen om bij Nicoletta te komen. Ze woont in de buurt van de Via Ostiense.'

En vervolgens, na een korte pauze: 'Waarom heb je eigenlijk twee kamers gereserveerd? Je had je kosten kunnen besparen door één kamer te nemen. Of was je misschien bang om alleen met mij op één kamer te zitten?'

We hadden net ingevoegd op de ss 16 bis en er was heel veel verkeer, maar ik kon niet nalaten mijn hoofd te draaien om naar haar te kijken. Zij barstte in lachen uit.

'Kom op, trek niet zo'n gezicht, ik maakte maar een grapje.'

Ik zocht naar een adequate reactie maar kwam op niets. Dus concentreerde ik me op het rijden. Er reed een gigantische vrachtwagen voor me en ik was nog maar net begonnen aan een inhaalmanoeuvre toen deze opeens naar links uitweek om een andere vrachtwagen in te halen waarbij hij mij sneed. Ik remde, woest claxonnerend, Caterina schreeuwde, ik keek in de achteruitkijkspiegel hopend dat er niet iemand gedachteloos, met hoge snelheid aankwam, ik wist het gevaarte te ontwijken met een marge van een paar centimeter, ik voelde een angstwekkende, virtuele schok in mijn rug, in mijn gezicht, overal.

Toen de bruut terugkeerde naar de rechterbaan en ik hem inhaalde, draaide Caterina het raampje open en stak langdurig haar middelvinger op, totdat de afstand hem vermoedelijk onzichtbaar maakte. In de regel ben ik tegen dit soort vertoon van protest, vooral als er in het andere voertuig iemand zit die meer dan honderd kilo weegt. In dit geval was de manoeuvre echter zo onmiskenbaar levensgevaarlijk dat ik geen zin had om Caterina te bekritiseren, en eerder op het punt stond haar bij te vallen.

'Wat een klootzak. Ik haat die klerelijers op vracht-wagens, het zijn moordenaars,' zei zij.

Ik knikte terwijl ik de adrenaline en de noradrenaline de kans gaf weer opgenomen te worden in mijn lichaam. Zo-als mij vaker gebeurt in dit soort gevallen, kwam er een even hinderlijke als idiote gedachte in mijn hoofd op. Als we een ongeluk hadden gehad en als de politie erbij was gekomen, zouden ze ontdekt hebben dat ik op weg was naar Rome met een meisje van drieëntwintig, zonder iemand hiervan op de hoogte te hebben gesteld, dus met onmiskenbare bedoelingen. Als ik bij het ongeluk was om-gekomen had ik nooit meer de reden van de reis kunnen toelichten, en mijn einde en mijn persoon zouden voor de wereld onlosmakelijk zijn verbonden met een treurig seks-reisje in gezelschap van een meisje meer dan twintig jaar jonger dan ik.

Die krankzinnige overwegingen maakte een herinnering bij me los van vele jaren daarvoor. Een van de vrienden met wie ik omging in de jaren tachtig en negentig besloot te gaan trouwen. Hij was de eerste van onze groep en het leek ons een goed idee om een vrijgezellenavond voor hem te organiseren. Omdat het de eerste keer was wisten we niet in wat voor afgrond van troosteloosheid en treu-righeid wij bezig waren ons te storten. Iemand zei dat we hoeren of in ieder geval strippers moesten inhuren, wilde de vrijgezellenavond enige kans van slagen hebben. We waren het daar allemaal over eens, maar toen puntje bij paaltje kwam, werd het duidelijk dat niemand van ons de connecties, de vaardigheid of zelfs maar het lef had om contact op te nemen met hoeren of strippers. Na verdere beraadslagingen werd besloten om genoegen te nemen met de vertoning van een goede pornofilm, waar makke-lijker aan te komen was en met minder gêne. Ieder van de organisatoren zorgde voor ten minste één videocassette en vervolgens kreeg ik de opdracht, ik weet niet meer om welke reden, om dat vrachtje waardevol pornomateriaal te vervoeren.

Wat ik me wel herinner is dat, terwijl ik die avond in mijn eentje naar het restaurant op het land reed waar het feest gehouden zou worden, opeens de gedachte bij me opkwam dat ik een ongeluk zou kunnen krijgen, op slag dood zou kunnen zijn en gevonden zou kunnen worden te midden van titels als *The Importance of Screwing Earnest, Mary Poppers, The Three Days of the Condom, The Big Fill, Wanks for the Memory*.

Ik realiseer me dat ik volslagen getikt over moet komen maar ik had de aandrang, die ik maar met moeite kon onderdrukken, om alles weg te gooien om dat risico niet te lopen. Ik stelde me voor hoe mijn vader en moeder in één klap vernamen dat hun zoon dood was en dat hij tijdens zijn leven een beroepspervert was geweest. Ik stelde me voor hoe mijn vriendin – die mijn vrouw zou worden en later ook mijn ex-vrouw – in één tragisch moment besefte dat ik, voor een dwangmatige pornogebruiker, nogal tedere gevoelens had gekoesterd. Ik had iedereen excuus willen vragen, maar helaas was ik dood en zou gedwongen zijn om vanuit het vagevuur, dat zeker mijn bestemming zou zijn, dit lijden gade te slaan zonder het te kunnen verlichten.

Ik zweer dat al deze lulkoek bij me opkwam, en ook al gooide ik het pornomateriaal niet weg, de rest van de rit legde ik af met de sportieve rijstijl van een tachtigjarige non.

We kwamen op de luchthaven aan, checkten in, gingen door de veiligheidscontrole en bevonden ons toen in het ruime boardinggebied. Er was geen enkele plek waar je je kon verschuilen en ik begon om me heen te kijken op zoek naar bekenden, bij voorkeur uit de juridische wereld, die mijn aanwezigheid in gezelschap van een jong meisje zouden kunnen vaststellen en het vervolgens gebruiken als materiaal voor een schitterende roddel.

Ik hoopte het risico te verkleinen door een wandeling te gaan maken langs de winkels, in mijn eentje. Caterina bleef, vlak bij onze vertrekgate, naar muziek luisteren via haar iPod, haar blik vagelijk verloren in de diepte van het niets.

Ik nam een koffie waar ik eigenlijk geen behoefte aan had, bestudeerde met overdreven aandacht alle artikelen van een winkel in lederwaren, en kocht een paar dagbladen. Toen hoorde ik eindelijk de boardingoproep van onze vlucht en begaf me naar de gate zonder me al te zeer te haasten.

Caterina zat nog steeds waar ik haar had achtergelaten, en ook haar uitdrukking had geen merkbare verandering ondergaan. Toen ze me zag, glimlachte ze echter, ze deed de oordopjes uit en vroeg me naast haar te komen zitten.

'Het instappen gaat zo beginnen,' zei ik terwijl ik bleef staan en mijn tas oppakte.

'Waarom zouden we in de rij gaan staan wachten? Laat ze allemaal maar instappen en dan komen wij als laatsten.'

Nee, dank je. Mijn natuurlijke onrust belet mij zulke evident rationele dingen te doen. Ik sta liever in de rij, al duurt het een kwartier, klaar om iedereen die wil voordringen te betrappen en te berispen. Stel dat er geen stoelen meer vrij zouden zijn en het vliegtuig zonder mij zou vertrekken.

Dat zei ik niet. Ik ging zitten en begon te bladeren in een van de dagbladen. Na een paar minuten, terwijl de rij geen centimeter was opgeschoten, tikte Caterina mij op de schouder om mijn aandacht te trekken.

'Hou je van hiphop?'

Terwijl ze dat zei deed ze een van de oordopjes uit en reikte het me aan waarbij haar hoofd heel dicht bij het mijne kwam. Toen barstte de muziek los en ik had een paar seconden nodig om het nummer te herkennen.

'Dat is Mike Patton, "We Are Not Alone", als ik me niet vergis.'

Ze keek me aan met een blik van oprechte verbazing. Dat ik die muziek kende en zelfs de titel van dat nummer viel klaarblijkelijk buiten het patroon. Ze stond op het punt iets te zeggen toen een stem mij, van heel dichtbij, riep.

'Advocaat Guerrieri!'

Ik hief mijn hoofd op en zag vlak voor mij, of liever, vlak voor óns, het uniform van een politieagent met daarboven het gezicht van iemand die ik kende maar van wie ik me de naam niet herinnerde.

Ik ontdeed me onhandig van het oordopje en stond op om de hand te drukken die hij naar me uitgestoken hield.

'Gaat u naar Rome, advocaat?' zei hij terwijl hij naar Caterina keek die was blijven zitten.

'Ja, ik geloof dat het instappen al begonnen is,' zei ik op de meest ongedwongen toon waartoe ik in staat was, terwijl ik me afvroeg of ik Caterina aan hem moest voorstellen, en zo ja, hóe ik haar moest voorstellen. Het lukte me niet een acceptabele oplossing te vinden. Wat moest ik zeggen: mag ik u mijn dochter voorstellen? Mag ik u mijn medewerkster voorstellen? Mag ik u mijn laatste verovering voorstellen?

'Ik werk tegenwoordig hier, bij de grenspolitie, ik ben weggegaan bij het rechercheteam. Ik was moe, dat is een baan die je niet je hele leven kan doen,' zei de politieagent, terwijl zijn blik naar Caterina bleef gaan die echter naar de muziek bleef luisteren en hem, mij en alles wat er om haar heen gebeurde negeerde.

'Daar heb je goed aan gedaan,' antwoordde ik terwijl ik me probeerde te herinneren hoe die politieagent heette, zonder succes.

'Gaat u voor uw werk op reis, advocaat?'

Zou jij je misschien met je eigen klerezooi willen bemoeien. We hebben elkaar begroet, geen probleem, we hebben een paar beleefdheidsfrases uitgewisseld en jij hebt mij, ongevraagd, op de hoogte gebracht van de laatste ontwikkelingen in jouw carrière, geen probleem, en je staat naar Caterina te kijken alsof je haar hier op de luchthaven zou willen nemen, geen probleem, maar zou je nu alsjeblieft willen oprotten!

Dat zei ik niet. Ik antwoordde dat ik inderdaad voor mijn werk op reis ging en of hij me nu wilde excuseren omdat het misschien tijd werd om in de rij te gaan staan, anders liep ik het risico geen plek te vinden voor mijn bagage aangezien het een volle vlucht leek, een genoegen u weer gezien te hebben, veel succes en veel geluk. Toen draaide ik me om en ging in de rij staan. Rustig glimlachend voegde Caterina zich bij me.

27

Het vliegtuig begon aan de take-off en Caterina was eindelijk gedwongen om haar iPod af te zetten.

'Hoe ken jij Mike Patton eigenlijk?'

'Hoezo, is dat soms vertrouwelijke informatie?'

'Kom, je weet heus wel wat ik bedoel.'

'Bedoel je dat ik te oud ben om dat soort muziek te kennen?'

'Dat ook weer niet, maar eh... wat zal ik zeggen, het is niet bepaald de muziek waar jouw leeftijdgenoten naar luisteren. Het is nogal coole hiphop. Mijn vader en moeder luisteren naar The Pooh en Baglioni.'

'Hou oud is je vader?'

'Tweeënvijftig. Mijn moeder is negenenveertig.'

'Heb je broers of zusters?'

'Ik heb een jongere broer van zeventien.'

Deze informatie zorgde voor een reeks verwarde, hinderlijke gedachten die ik snel onderdrukte.

'Wat heb je tegen je ouders gezegd?'

'Hoe bedoel je?'

'Over dit reisje.'

'Ik heb gezegd dat ik naar Rome ging omdat er vanavond een feest was. Het gebeurt af en toe dat ik voor dat soort dingen naar Rome ga. Het leek me nogal ingewikkeld om alles precies uit te leggen, en ik wilde vermijden dat ze te veel vragen zouden stellen. Heb ik daar goed aan gedaan?'

Ik negeerde deze vraag.

'Vertel me wat meer over Nicoletta. Wat voor type is ze?'

'Het is een heel angstig, onzeker meisje. Ze ziet er heel leuk uit, maar dat is niet genoeg om haar zekerheid te geven. Ze kan nooit een beslissing nemen, of het nu over belangrijke zaken gaat of over onbeduidende onzin.'

'Is ze anders dan jij?'

Ze stond op het punt iets te zeggen maar ze veranderde van gedachten en zei iets anders, dat weet ik zeker.

'Waarom heb je me gisteren om een foto van Michele gevraagd?'

'Heb je er een gevonden?'

'Ik heb een paar groepsfoto's gevonden, maar die zijn allemaal van veraf genomen. Je kunt de gezichten niet goed onderscheiden. Waar heb je een foto van Michele voor nodig?'

Ik aarzelde even, maar vervolgens besefte ik dat ik er niet onderuitkwam het haar te zeggen.

'Ik heb gesproken met een cliënt van me die cocaïne verkoopt aan de zogenaamde chic van Bari. Ik heb hem gevraagd of hij in dat milieu iemand kende die Michele heette. Hij kent hem niet maar hij heeft wat rondgevraagd en heeft een kleine dealer gevonden die hem misschien kent, maar voor de zekerheid moet ik hem een foto laten zien.'

'Wie zijn die twee drugsdealers?'

'Wat doet dat ertoe? Bovendien zie ik niet wat die twee namen jou zouden kunnen zeggen. Waar het om gaat zijn de inlichtingen die ze ons kunnen geven. Er natuurlijk van uitgaande dat deze iets te maken hebben met de verdwijning van Manuela.'

Ik besefte dat ik haar nogal kortaf en op een lichtelijk geïrriteerde toon had geantwoord; min of meer zoals een politieagent doet wanneer iemand – een officier van justitie, een advocaat of een rechter – probeert de naam van een aanbrenger los te krijgen. Dat hoor je niet te doen. Caterina keek me aan met een enigszins verbaasde, enigszins beledigde blik.

'Waarom word je kwaad?'

'Ik word niet kwaad, het gaat erom dat er geen enkele reden is waarom jij de naam zou moeten weten van beroepscriminelen. Bovendien ben ik advocaat en kan ik altijd gebruikmaken van mijn beroepsgeheim, jij hebt die mogelijkheid niet.'

'Wat bedoel je daarmee?'

'Daar bedoel ik mee dat als wij om een of andere reden, die we ons nu absoluut niet kunnen voorstellen, ondervraagd zouden worden over waar we mee bezig zijn, door de politie, de carabinieri of door een officier van justitie, ik zou kunnen weigeren te antwoorden op grond van mijn beroepsgeheim. Jij daarentegen zou gehouden zijn om te antwoorden, de waarheid te zeggen en te vertellen wat je weet over eventuele misdrijven en de plegers ervan. Zeg nu eerlijk, hoe minder jij weet, hoe beter het is.'

Ik pauzeerde even en zei ten slotte: 'En neem me niet kwalijk als ik kortaf was.'

Zij leek op het punt iets te zeggen, maar zag ervan af en haalde haar schouders op.

Kort daarop begon het vliegtuig aan de landing in Rome.

We kregen een taxi na nogal lang in de rij te hebben gestaan waar Caterina weer was begonnen te praten nadat ze geruime tijd had gezwegen. Om te laten blijken dat ze beledigd was, neem ik aan. Als het haar bedoeling was dat ik me schuldig zou voelen vanwege wat ik in het vliegtuig had gezegd, dan was ze daar uitstekend in geslaagd.

Er lagen geen boeken in die taxi. Daarvoor in de plaats waren er stickers met dubbele bijlen en profielen van de duce. De taxichauffeur was een opgeschoten bink met een puntbaardje, een kaalgeschoren kop, een getatoeëerde adelaar in zijn hals en een hanglip. Ik voelde een hevig verlangen om hem een paar vuiststoten tegen zijn hoofd en zijn gezicht te verkopen om die stupide, arrogante uitdrukking van zijn gezicht te halen.

Ik vertelde Caterina over de taxichauffeur die me de vorige keer had gereden en vertelde haar zijn verhaal dat ik schitterende vond. Zij leek echter niet bijzonder onder de indruk.

'Ik houd niet zo van lezen. Het komt bijna nooit voor dat ik een boek vind dat me pakt.'

'Heb je de laatste tijd niet iets gelezen dat je heeft getroffen?'

'Nee, de laatste tijd niet.'

Ik stond op het punt aan te dringen en haar te vragen wat het laatste boek was dat ze had gelezen, ook langer geleden. Toen bedacht ik dat het antwoord me waarschijnlijk niet zou bevallen en besloot het onderwerp literatuur te laten vallen.

'Wat doe je in je vrije tijd?'

'Ik luister graag naar muziek. Ik luister op alle mogelijke manieren, heel veel op internet. Verder ga ik ook naar concerten wanneer ik maar kan en ik ga graag naar de bioscoop. Verder nog een beetje naar de sportschool en mijn vrienden en... o, ik vergat het belangrijkste: ik ben dol op koken. Ik ben een goede kok, ik zal het je laten ervaren. Het mooiste is als er daarna iemand anders alles voor je opruimt. Maar ik heb jou nog niets gevraagd. Ben je getrouwd, verloofd, heb je een vriendin?'

'Ik zou homo kunnen zijn en een vriend of een vaste partner kunnen hebben.'

'Onmogelijk.'

'Waarom denk je dat dat onmogelijk is?'

'Door de manier waarop je naar me kijkt.'

Dat kwam aan als een harde, snelle klap, zo een die je niet ziet aankomen. Het kostte me moeite om te slikken terwijl ik probeerde een geestig antwoord te bedenken. Ik kwam natuurlijk op niets en deed alsof ik het niet had gehoord.

'Nee, ik ben niet getrouwd. Ik was getrouwd maar dat ben ik al een hele tijd niet meer. En ik heb ook al een tijdje geen vriendin meer.'

'Wat een verspilling. En je hebt geen kinderen, toch?'

'Nee.'

'Dan stel ik het volgende voor: wanneer we terug zijn in Bari nodig je mij een keer uit voor een etentje bij jou thuis. Jij doet boodschappen – ik zeg wat je moet kopen, maar jij mag de wijn uitkiezen –, ik kook maar ik ruim niet op. Akkoord?'

Ik zei prima, akkoord. Zij leek tevreden, deed de oordopjes weer in en begon weer naar de muziek te luisteren.

28

Het hotel was veel mooier dan dat waar ik al jaren verbleef wanneer ik verplichtingen in Rome had die ik niet in één dag kon afhandelen.

We besloten ons om te kleden en iets in de buurt te gaan eten. Daarna zou Caterina Nicoletta bellen om af te spreken hoe laat we elkaar zouden ontmoeten.

De kamer was comfortabel en zag uit op een binnenplaats waar de lente was gearriveerd, vroegtijdig, fris en fonkelend. Terwijl ik me uitkleedde om een douche te nemen realiseerde ik me dat het jaren geleden was dat ik voor het laatst met een vrouw in een hotel was geweest. En de vrouw van die laatste keer was Margherita.

Een deel van mij protesteerde. Je kon twee zo verschillende situaties niet onder één noemer brengen: Margherita en ik waren een stel, we waren op vakantie en vanzelfsprekend hadden we geen twee aparte kamers; met Caterina was ik voor mijn werk naar Rome gekomen, we waren geen stel, zij was een jong meisje en vanzelfsprekend sliepen we in twee aparte kamers.

Het was een onberispelijke, rationele redenering die door mij dus werd genegeerd. Iets wat me heel goed afgaat, het negeren van rationele redeneringen als het om privézaken gaat.

De laatste keer in een hotel met Margherita was drie jaar daarvoor geweest. We waren op vakantie naar Berlijn gegaan, met twee van haar vrienden. Ik vond Berlijn helemaal het einde en destijds dacht ik dat ik, als er geen winter had bestaan, graag in die stad zou wonen. Ik had zelfs zin ge-kregen om Duits te leren en ik was enthousiast van een va-kantie teruggekeerd, wat me niet vaak was overkomen.

Een paar weken daarna kondigde Margherita aan dat ze een baan had geaccepteerd in New York. Een aanbod waar ze maanden over had nagedacht en dus ook toen ze in Berlijn op vakantie was met de onwetende, onnozele Guido Guerrieri die niets had gemerkt. Ik was in Berlijn, domweg gelukkig, en zij zat met haar hoofd in New York, al helemaal in een nieuw leven waarin voor mij geen rol was weggelegd.

Een paar maanden daarna vertrok ze, en zei dat ze over een jaar terug zou zijn. Ik heb het geen seconde geloofd, en ze is ook niet teruggekomen. Tenminste, niet om te blijven.

Ik deed mijn ogen halfdicht en voor mij verscheen, als in een bioscoop van het geheugen, haar strakke, gespierde en zelfbewuste lijf in wit ondergoed, in het halfduister van die hotelkamer in Berlijn, Oranienburgerstrasse. Het was een tragisch en tegelijkertijd rustgevend beeld. Het bevatte de volmaaktheid van dat moment en de postume weten-schap dat het niet zou voortduren.

Waar zou Margherita nu zijn, vroeg ik me af. Het was een hele tijd geleden dat die vraag voor het laatst bij me was opgekomen. Wat was er met me gebeurd in de afgelo-pen jaren, sinds haar vertrek? Ik herinnerde me bijna niets, afgezien van de ontmoeting met Natsu en een reeks dage-lijkse rituelen. Terwijl ik me boog over die gapende leegte van herinneringen kreeg ik een gevoel van duizeligheid, precies hetzelfde dat je krijgt wanneer je voor een fysieke afgrond staat.

Ik dacht terug aan de brief – een echte brief, op een vel papier, geen e-mail – die Margherita me had geschreven uit New York om te zeggen dat ze niet meer terug zou komen. Het was een aardige brief, geheel doortrokken van de wens me niet te kwetsen en het afscheid zo pijnloos mogelijk te maken. Een onverdraaglijke brief dus, bedacht ik toen ik hem voor de derde of vierde keer las, voordat ik hem verfrommelde en weggooide.

De gedachte aan de brief van Margherita was de aanzet tot een duizelingwekkende afdaling, langs steile, verlaten hellingen. Die hellingen begonnen vol te raken met mensen, naarmate ik dieper in het verleden stortte. Eindelijk belandde ik op de bodem van dat ravijn.

Het was het eind van de jaren zeventig. Veel dingen begonnen te veranderen, er was de zogenaamde 'terugval', iemand schreef aan de *Corriere della Sera* dat hij zelfmoord wilde plegen vanwege de liefde, wat het begin was van maandenlange, eindeloze, onverdraaglijke discussies. John Travolta was een megasucces en iedereen probeerde hem te imiteren. Sommigen lukte het, anderen – onder wie ik – niet.

Ik ging *Grease* zien met een meisje waar ik stapel op was en dat Barbara heette.

We hadden elkaar op een feest ontmoet en al kletsend had ze tegen me gezegd dat al haar vrienden die film al hadden gezien en dat zij niemand wist met wie ze erheen kon gaan. Maar allemachtig, wat een toeval, ik had hem ook nog niet gezien, loog ik. Als ze zin had konden we er samen heen gaan, misschien de volgende middag, een zondagmiddag nog wel.

Ze had er zin in en zo zat ik de volgende dag, verwonderd en gelukkig, naast haar, te midden van een menigte jongelui die samen met ons keken en luisterden naar John Travolta, Olivia Newton-John en hun vrienden – van wie sommigen beslist te oud, ongeloofwaardig en grotesk waren in hun rol van achttienjarige scholieren – die dansten, zongen en dialogen ten beste gaven die de grens van het onwaarschijnlijke ver overschreden.

Toen we op het punt stonden afscheid van elkaar te nemen, bij haar huis, gaf Barbara mij een snelle kus op de lippen, en vervolgens, voordat ze verdween achter de grote deur, wierp ze mij een glimlach toe, vol van belofte.

Die nacht deed ik letterlijk geen oog dicht van vreugde en de dag daarop besloot ik haar te verrassen en haar af te halen van school nadat ik eerst zo slim was geweest het maandagrooster van haar school te achterhalen en had vastgesteld dat het te combineren was met het mijne.

Terwijl ik met grote, snelle en gelukkige stappen naar het Scacchi Atheneum liep – de school van Barbara – was mijn hoofd vervuld van visioenen over wat een toekomst met haar voor mij in petto had.

Ik stond op het punt een belangrijke les te leren: het is nooit een goed idee om mensen te verrassen als de coördinaten van een situatie je niet helder zijn.

De bel van het laatste uur ging, driftig en vrolijk, en korte daarna stortte een luidruchtige stroom jongens en meisjes zich naar buiten. Ik herkende haar bijna onmiddellijk in de vormeloze vloed van truien, jacks, sjaals, rugzakken, petten en donkere haren, maar nu kan ik me haar gezicht niet meer herinneren. Als ik mijn best doe om op haar in te zoomen lukt het me slechts om een vaag cliché te onderscheiden van jeugdige schoonheid, blond, blauwe ogen, hoge jukbeenderen, een lichte teint en regelmatige trekken.

Ik was zo'n vijftig meter van haar verwijderd. Ik zette me in beweging, begon te glimlachen, en vervolgens doofde mijn glimlach, als in een tekenfilm. Tegen de stroom in, ten opzichte van de menigte die de school uitkwam, en mij vooruit – in alle opzichten – baande een jongen zich een weg, bereikte haar, gaf haar een zoen, en pakte haar hand.

Ik weet niet wat er daarna gebeurde want ik schoot instinctief het dichtstbijzijnde woonblok binnen waarvan de grote toegangsdeur openstond, eerst overmand door schaamte en onmiddellijk daarna ten prooi aan wanhoop.

Ik bleef minstens tien minuten in de hal staan en ging pas weg toen ik er zeker van was dat Barbara, en de jongen die overduidelijk haar vriendje was, waren verdwenen, en er geen gevaar was dat iemand – wie dan ook – mij in deze toestand zou zien.

Want intussen was ik begonnen te huilen, stilletjes, terwijl er een stroom van woorden en vragen door mijn hoofd woelde. Waarom was zij, de avond daarvoor, met mij naar de bioscoop gegaan? Waarom had ze mij gezoend? Kan iemand zo wreed zijn?

Wekenlang was ik zeer ongelukkig. Toen het beter met me begon te gaan kwam ik haar op een middag tegen, in de Via Sparano. Ik zag haar van een afstand, zij was in gezelschap van twee vriendinnen, en ik stond in mijn eentje bij de etalage van Laterza.

Ik ging rechtop staan, in een poging mezelf een houding te geven en trots over te komen.

Ik wilde flink zijn, een onverschillige houding aannemen, haar hoogstens toeknikken. Niet hooghartig – daar moest ik boven staan – maar onverschillig. Zij zou waarschijnlijk aanstalten maken om even te blijven staan maar ik zou doorlopen.

Maar waar was ik mee bezig!

We hadden een middag met elkaar doorgebracht, we waren naar de bioscoop geweest en we hadden elkaar gezoend. Nou en? Dat betekende toch niet dat we met elkaar moesten trouwen. Zulke dingen gebeuren tussen moderne, geëmancipeerde jongens en meisjes zoals zij en ik. Je gaat uit, je gaat naar de bioscoop, je zoent elkaar, je neemt afscheid, en dan ga je weer door, geen probleem.

Ze was nu heel dichtbij maar ze had me nog niet gezien. Ze praatte levendig met haar vriendinnen en opeens, zonder aanwijsbare reden, bedacht ik dat zij en die jongen misschien uit elkaar waren. Dan zou ik misschien niet al te hard, al te meedogenloos moeten zijn, zei ik tegen mezelf. Oké, ze had zich misdragen, maar dat kan gebeuren. Misschien kon ik haar een tweede kans geven en dan was het waarschijnlijk verstandiger om een waardige houding aan te nemen, en geen vijandige. Misschien zou ik zelfs een glimlach om mijn mond kunnen laten spelen. Ze moest zich toch gerealiseerd hebben dat ze fout was geweest, en als dat zo was, dan was ik de laatste om haar een tweede kans te weigeren.

Ze zag me pas toen ze nog maar een paar meter van me verwijderd was, ze zei vluchtig 'hoi', en praatte weer door met haar vriendinnen. Na die ontmoeting ging het weer een flink aantal weken slecht met me. Ik was ervan overtuigd dat ik nooit in mijn leven een vriendin zou krijgen en dat ik altijd ongelukkig zou zijn.

Er werd herhaaldelijk geklopt op mijn kamerdeur en ik realiseerde me dat ik nog in badjas was.

'Ja?'

'Ik ben het, ben je klaar?'

'Nee, sorry, ik heb wat zakelijke telefoontjes gehad en dat kostte nogal wat tijd.'

'Waarom doe je niet open?'

'Omdat ik nog niet aangekleed ben. Ga maar naar de hal, ik kom over vijf minuten.'

'Het maakt mij niets uit. Ben je soms verlegen?'

'Wat je zegt, ik ben verlegen. Ga maar naar de hal, ik kom zo.'

Terwijl ik mijn badjas op het bed gooide dacht ik een gelach te horen dat wegstierf in de gang.

Maar misschien had ik me dat alleen maar verbeeld.

29

Na vijf minuten was ik in de hal, zoals beloofd. Caterina was aan de telefoon en legde neer terwijl ze op mij afliep.

'Ik heb met Nicoletta gesproken. Ze verwacht ons bij haar thuis. Ze zegt dat ze al haar afspraken voor vanmiddag heeft afgezegd, we kunnen dus bij haar langsgaan wanneer we willen.'

'Je zei toch dat ze in de buurt van de Via Ostiense woonde?'

'Ja, vlak bij de Piramide. Zullen we eerst ergens een hapje gaan eten, en dan met een taxi naar haar toe gaan?'

'Oké.'

'Beslis jij maar waar we gaan lunchen. Vanavond neem ik je mee naar een restaurant, akkoord?'

Ik was akkoord, en dus gingen we naar een restaurant dat ik kende, vlak bij het Hof van Cassatie. We waren het er allebei over eens dat we ons best een glas wijn konden permitteren, ook al moest er die middag nog gewerkt worden. Vervolgens waren we het erover eens dat het een beetje treurig was om allebei één glas te nemen, en we besloten dat we net zo goed een hele fles konden nemen. We hoefden hem toch niet helemaal op te drinken. Het was nogal vol in het restaurant, niemand lette op ons, we dronken de hele fles leeg en ik begon me te ontspannen.

'Af en toe gedraag ik me een beetje als een dom gansje, dat weet ik. Het gebeurt bijna zonder dat ik het in de gaten heb, en vervolgens vraag ik me af of ik geen verkeerde dingen zeg.'

Ze keek me aan in afwachting van een reactie en ik kreeg heel duidelijk het gevoel dat ook die bescheiden bekentenis onderdeel uitmaakte van een weloverwogen verleidingsspel.

Omdat ik niet op deze vraag inging, besloot ze over te gaan op een ander soort provocatie. Ze streek met een vinger over de rug van mijn hand die op de tafel rustte. Het zou niet eerlijk zijn te zeggen dat dat me geheel onverschillig liet.

'Maar het is ook jouw schuld.'

Ik hapte toe.

'Hoezo mijn schuld?'

'Mannen vliegen altijd op me af en jij lijkt daarentegen zo onverschillig. Dat zit me niet lekker.'

'Ik ben blij dat je dit onderwerp te berde brengt, dat geeft mij de gelegenheid een verklaring te geven,' zei ik met belachelijke plechtstatigheid.

'Ja, leg dat maar eens uit,' zei ze met een glimlach terwijl ze de rug van mijn hand bleef strelen die ik niet durfde terug te trekken.

'Jij bent een heel mooi meisje maar om allerlei redenen kan ik de mogelijkheid zelfs niet in overweging nemen dat ik... hoe zal ik het zeggen...'

'In je eigen woorden.'

'Kortom, ik kan zelfs het idee niet in overweging nemen dat ik jou het hof zou maken, en zeker niet met het perspectief dat er iets tussen ons zou voorvallen.'

Het perspectief dat er tussen ons iets zou voorvallen?

Guerrieri, wat voor taal bezig je? Vraag je de volgende keer dat je met een meisje uitgaat of ze geneigd is het perspectief in overweging te nemen om een relatie op te starten die ook incidentele seksuele genoegens omvat? Met deze exacte bewoordingen is vanzelfsprekend ieder voorbehoud en het recht om het contract eenzijdig te ontbinden gewaarborgd.

'Waarom niet?'

'In de allereerste plaats omdat ik hier ben voor mijn werk, en het is nooit goed om werk en privézaken door elkaar te halen.'

Prima, helemaal waar. Jammer dat ik in het niet zo verre verleden deze regel, hoe zal ik het zeggen, nogal flexibel had toegepast.

'En verder?'

'En ook al zou het werk geen factor zijn, we verschillen nog altijd meer dan twintig jaar van elkaar.'

'En wat wil dat zeggen?'

'Dat wil zeggen dat het niet goed zit. Dat wil zeggen dat, wanneer er een zo'n groot verschil is in leeftijd en in levenservaring, het gevaar bestaat dat iemand gekwetst raakt.'

'Bedoel je te zeggen dat het risico bestaat dat ík gekwetst raak?'

'Die mogelijkheid bestaat.'

'Je bent nogal aanmatigend, ook al weet je het goed te verbergen. En als jij nu eens het risico liep gekwetst te raken?'

'Ook dat is niet te hopen. Dus hoe je het ook bekijkt, er zijn zeer goede redenen om er niet aan te beginnen. En het wordt volgens mij tijd om te gaan.'

Ik vond dat ik me goed had geweerd, kernachtig en waardig. Terwijl ze opstond stak ze echter haar tong naar me uit en opnieuw kreeg ik het ondefinieerbare gevoel dat ik onderdeel was van een spel waar ik geen greep op had.

Het duurde meer dan een minuut voordat Nicoletta de deur kwam opendoen.

Het was een lang, mager meisje, bleek, knap maar kleurloos. Het soort meisje dat het heel erg moeten hebben van

de juiste kleren en de juiste make-up. Ze had geen sympathieke en geen al te intelligente uitstraling. Caterina omhelsde haar, hield haar een tijdje stevig vast en stelde ons
toen aan elkaar voor. De hand van Nicoletta was slap en in
het huis, waar geen andere bewoners leken te zijn, hing een
vage geur van naftaline.

Via een duistere gang kwamen we in de keuken en gingen zitten rond een oude formica tafel. Het huis had iets
onpersoonlijks, iets mufs. De huurster had iets onaange-
naams, ook al was het moeilijk daar de vinger op te leggen. Ik bedacht dat ik als goede detective zou moeten vragen of ik de kamer van Manuela kon zien, ook al waren
haar spullen vast en zeker weggehaald en woonde er waarschijnlijk een nieuw meisje.

'Willen jullie koffie?' vroeg Nicoletta, met de toon van
iemand die bijna gedwongen is om een door de vakbond
geëist minimum aan gastvrijheid te garanderen. We zeiden
ja, en kort daarna werd de koffie geserveerd in oude ge-
barsten barkopjes. Toen Caterina de koffie op had, stak ze
een sigaret op en liet haar sigarettenkoker op tafel liggen.
Ook Nicoletta nam er een, en stak hem aan met een zeer
vrouwelijk gebaar, volledig in overeenstemming met haar
handdruk, zo er al sprake was van 'druk'.

'Goed, Nico, advocaat Guerrieri gaat je nu een paar vragen stellen. Geef rustig antwoord. Er kan je niets overkomen. Zoals ik je al zei is advocaat Guerrieri door de ouders van Manuela ingehuurd om na te gaan of er toch geen
elementen zijn die aan de carabinieri of aan het Openbaar
Ministerie zijn ontsnapt. Vanzelfsprekend wilde hij graag
met mij spreken en met jou, dat wil zeggen met de mensen die het dichtst bij Manu staan. Maar ik zeg je nogmaals
dat je je nergens druk over hoeft te maken.'

Caterina had de houding en de toon aangenomen van
een smeris in functie. Dat maakte behoorlijk indruk op me.

'Oké?'

'Oké,' zei Nicoletta, met een weinig enthousiaste uitdrukking. Toen was ik aan de beurt.

'In de eerste plaats wil ik u ervoor bedanken dat u erin hebt toegestemd om met mij te praten. Ik hoop niet te veel beslag te leggen op uw tijd.'

Zij knikte, zonder dat daaruit was op te maken of het een beleefdheidsknikje was of dat ze wilde bevestigen dat het een goed idee was niet te veel beslag te leggen op haar tijd. Ik stelde haar min of meer de vragen die ik Caterina had gesteld en zij beantwoordde deze op min of meer dezelfde manier. Toen kwamen we aan de cruciale vraag.

'Als u het niet vervelend vindt, zou ik u nu willen vragen mij wat te vertellen over de ex-vriend van Manuela. Over Michele Cantalupi.'

'Wat wilt u weten?'

Ik vroeg me even af of ik eromheen moest draaien, en stapsgewijs ter zake komen. Ik kwam tot de conclusie dat daar geen reden voor was.

'Alles wat u me kunt zeggen over zijn relatie met verdovende middelen. Voordat u begint wil ik u er nogmaals aan herinneren dat dit gesprek volstrekt vertrouwelijk is en dat niemand van mij te horen zal krijgen – de politie wel in de allerlaatste plaats – wat u mij vertelt. Het enige waar het mij om gaat is te begrijpen of Michele Cantalupi op de een of andere manier, direct of indirect, te maken heeft met de verdwijning van Manuela.'

'Ik heb geen idee of Michele een rol speelt bij de verdwijning van Manuela.'

'Vertel me over de cocaïne.'

Nicoletta aarzelde, keek vervolgens naar Caterina die haar goedkeurend toeknikte. Nicoletta zuchtte en begon te antwoorden.

'Ik wil vooropstellen dat wat ik weet alleen betrekking

heeft op de periode dat ze samen waren, Manuela en Michele.'

'U bedoelt: wat u weet ten aanzien van de cocaïne?'

'Ja.'

'Zeg het maar.'

'Hij had het altijd.'

'Had hij veel?'

'Ik heb de hoeveelheden nooit gezien, maar hij had het altijd.'

Er was iets in de manier waarop ze deze vraag beantwoordde dat me zei dat ze de waarheid niet sprak. Ik wist zeker dat Nicoletta de cocaïne had gezien en had gezien dat het niet weinig was.

'Heeft hij het ook hiernaartoe meegenomen, naar uw huis?'

Ze aarzelde weer en knikte toen bevestigend.

'Gebruikte Manuela?'

'Ik geloof van wel...'

'Geloof?'

'Ze heeft het een paar keer gebruikt.'

'Ook hier?'

'Een of twee keer.'

'Samen met Michele?'

'Ja.'

Op grond van de manier waarop ze mij antwoordde, en op grond van de spanning die ik voelde groeien vond ik het het juiste moment om, een paar minuten, van onderwerp te veranderen.

'Na het einde van de relatie met Michele heeft Manuela hier in Rome nog een vriend gehad, toch?'

Die vraag had duidelijk een ontspannende uitwerking op haar.

'Ze is een paar maanden met een of andere man uitgegaan, maar dat was een onbelangrijke affaire.'

'Heeft u kennisgemaakt met die man?'

'Ik heb hem maar één keer gezien. Hij heeft hier op een avond een keer gegeten.'

'Tot wanneer heeft hun omgang geduurd?'

'Daar zijn ze al vóór de zomer mee opgehouden. Manuela vond hem eigenlijk niet leuk. Ze is uit verveling een paar keer met hem uitgeweest, als tijdverdrijf.'

'Heeft deze affaire nog een nasleep gehad?'

'Hoe bedoelt u?'

'Zijn ze rustig uit elkaar gegaan of zijn er problemen geweest, zoals met Michele?'

'Zij waren niet eens bij elkaar. Ze zijn een paar keer samen uitgeweest en verder niets. Het was een onbelangrijke affaire, ik geloof dat zij hem na een paar maanden heeft gezegd dat zij geen zin had om ermee door te gaan, en daarmee was het afgelopen. Zonder enig probleem.'

'Toen u en Caterina elkaar belden heeft u beiden de veronderstelling geopperd dat Michele te maken zou kunnen hebben met de verdwijning van Manuela. Is dat zo?'

Nicoletta keek naar Caterina die weer knikte, om aan te geven dat ze haar toestemming had om te antwoorden.

'Ja, maar dat zeiden we zomaar, bij wijze van spreken. Michele was een gewelddadig iemand, en hun relatie was op een nare manier beëindigd.'

'Is hij ook een drugsdealer?'

'Dat weet ik echt niet, ik zweer het.'

Opeens kreeg ik een idee.

'Beschikte Manuela ooit over cocaïne, los van Cantalupi? Heeft ze het spul ooit hier mee naartoe genomen, ook wanneer hij niet in Rome was?'

Caterina ging verzitten en uit mijn ooghoek zag ik dat ze minder op haar gemak leek. De schouders van Nicoletta zakten in en van haar gezicht was duidelijk af te lezen dat ze zich realiseerde dat zij er nooit mee in had moeten stemmen om met mij te praten. Het was een vergissing waar ze nu spijt van had.

'Ik vraag het nogmaals: kon Manuela beschikken over cocaïne, los van Cantalupi? Deze informatie zou doorslaggevend kunnen zijn.'

Nog steeds geen antwoord.

'Ze heeft het spul hier mee naartoe genomen en jullie hebben, af en toe, samen gebruikt. Zo is het toch gegaan?'

Eindelijk gaf ze antwoord, na nog eens lang te hebben geaarzeld.

'Een paar keer,' zei ze met een dun stemmetje.

'En dat ging door na de beëindiging van haar relatie met Cantalupi?'

'Ja.'

'Dus Manuela wist hoe ze aan cocaïne moest komen, los van Cantalupi. Kocht ze het in Rome of in Bari?'

'Ik weet niet hoe ze eraan kwam en waar, ik zweer het.'

Ik begon zenuwachtig te worden. Als wat zij mij vertelde – en dat wat zij me nog níet vertelde – destijds aan de carabinieri was meegedeeld, zou het onderzoek misschien een andere draai hebben genomen. Het idee beviel me helemaal niet.

'Ik zweer dat ik geen idee heb waar zij het vandaan haalde,' zei ze nog eens.

'En u heeft van dit alles niets tegen de carabinieri gezegd. Beseft u niet dat deze informatie het onderzoek had kunnen helpen? Het had wel eens doorslaggevend kunnen zijn.'

'Ik weet niet van wie ze het kreeg. Ook als ik iets tegen de carabinieri had gezegd zou dat nergens toe hebben gediend.'

Ik moest me inspannen om mijn groeiende irritatie te onderdrukken, maar ik had vreselijk veel zin om tegen haar te zeggen dat ze stapelgek was. Als de carabinieri alleen maar hadden geweten dat Manuela betrokken was bij drugs-toestanden, zou dat voor hen aanleiding zijn geweest om hun onderzoek in die richting te sturen. Dat zou waar-schijnlijk niets veranderd hebben, maar in ieder geval zou er een mogelijkheid zijn geweest om te ontdekken wat er was gebeurd.

'U heeft niets gezegd omdat u niet wilde onthullen dat u cocaïne had gebruikt. U wilde niet dat uw ouders het te weten kwamen, zo is het toch?'

Ze knikte bevestigend en ik zei tegen mezelf dat haar gedrag, welbeschouwd, niets te maken had met domheid. Nicoletta was een kleine egoïstische lafaard die niets tegen de carabinieri had gezegd, louter en alleen om geen last te krijgen. Dat haar vriendin, met wie ze samenwoonde, samen studeerde en samenleefde, in het niets was verdwe-nen, was minder belangrijk voor haar dan het armzalige risico dat ze zich tegenover haar ouders zou moeten ver-antwoorden voor wat – een, twee? – snuifjes cocaïne.

'Er is iets waar ik achter moet zien te komen, Nicoletta, en ik vraag u mij de waarheid te zeggen, zonder enige te-rughoudendheid. Ik moet weten of Manuela, ook na de beëindiging van haar relatie met Michele, haar cocaïne be-trok uit hetzelfde milieu. Ik bedoel te zeggen: uit hetzelfde milieu als Michele.'

'Ik zweer u dat ik niet weet hoe ze eraan kwam. Ik heb het haar ooit gevraagd en toen zei ze dat ik me met mijn eigen zaken moest bemoeien.'

'Op wat voor manier zei ze dat tegen u?'

'Kortaf. De essentie was: bemoei je niet met die dingen. Ze gaan je niet aan en ze zijn gevaarlijk.'

'Heeft u het zo opgevat of heeft Manuela dat gezegd?'

'Ik kan me de woorden niet precies herinneren, maar dat was de essentie.'

Er volgden een paar minuten stilte. Caterina stak weer

een sigaret op. Nicoletta streek met een hand over haar gezicht en slaakte lange zuchten. Even dacht ik dat ze op het punt stond in huilen uit te barsten, maar dat deed ze niet. Ik vroeg me af wat ik verder nog uit dit gesprek kon halen, maar ik kwam op niets. Ten slotte vroeg ik of ik Manuela's kamer mocht zien.

'Er staat niets meer van haar,' zei Nicoletta.

'Maar wordt hij bewoond door een ander meisje?'

'Nee, de huisbazin heeft geen andere huurster kunnen vinden, ik woon hier alleen.'

'Mag ik er even rondkijken?'

Nicoletta haalde haar schouders op en stond op zonder iets te zeggen. De kamer van Manuela was halverwege de gang en, wat me opviel, zat op slot. Terwijl ik naar binnen liep voelde ik een lichte versnelling van mijn hartslag, alsof in die kamer doorslaggevende informatie verborgen lag en ik op het punt stond die te ontdekken.

Dat was niet zo. De dingen waren zoals Nicoletta had gezegd: er was niets meer in de kamer dat terugging op Manuela. Er stond een twijfelaar, een bureau waarvan de laden leeg waren en een kast, ook leeg. Aan de wanden hingen een paar kleine aanstellerige aquarellen die ongetwijfeld behoorden tot de oorspronkelijke inrichting van de kamer en het huis.

'En de spullen van Manuela?'

'De carabinieri zijn gekomen om de kamer te doorzoeken en vervolgens, een paar weken later, heeft de moeder van Manuela alles meegenomen.'

Volgens mij hadden de carabinieri, in technische zin, helemaal geen huiszoeking gedaan, want er zat geen proces-verbaal in het dossier. Zij waren erheen gegaan, zoals dat gebeurt in dat soort zaken, hadden even rondgekeken, hadden niets bruikbaars aangetroffen en waren weer vertrokken.

'Waarom hebben de ouders zo'n haast gemaakt om de kamer te ontruimen?'

'De huisbazin had gevraagd of ze de kamer aan wilden houden en dat wilden zij natuurlijk niet. Toen is de moeder van Manuela gekomen, met een tante, of misschien een vriendin, en die hebben alles meegenomen.'

Toen Nicoletta ophield met praten liep ik op het raam af, en zag dat het uitkeek op een smerige, grijze binnenplaats. Ik deed mijn ogen half dicht en probeerde in die enigszins naargeestige jarenzestigkamer de aanwezigheid te voelen van het verdwenen meisje, en haar stem, en misschien zelfs een bericht van haar op te vangen.

Gelukkig duurde deze onzin maar een paar seconden, zonder dat Caterina en Nicoletta er iets van merkten. Zijn je hersens aan het verpulveren, Guerrieri? Wie denk je dat je bent, Dylan Dog, detective van het occulte? zei ik hardop in mijn hoofd, terwijl ik de kamer uitliep, me generend voor mezelf.

Tien minuten later stonden Caterina en ik op straat, terwijl de duisternis viel.

30

'Wist jij dat allemaal al?'

'Min of meer, maar niet in detail,' antwoordde Caterina.

'Waarom heb je niets tegen mij gezegd?'

We zaten al in de taxi, op de terugweg. Het Romeinse verkeer liet zich van zijn slechtste kant zien. Caterina zuchtte diep, voordat ze antwoordde.

'Probeer me te begrijpen. Het betrof privézaken van Nicoletta en zij is een vriendin van me, ook al zien we elkaar niet meer zo vaak. Ik heb het zo geregeld dat jij haar kon ontmoeten en dat zij jou die dingen zelf zou vertellen. Dat leek me de beste oplossing.'

'En als Nicoletta niets had gezegd?'

'Dat zou volgens mij nooit gebeurd zijn, maar in dat geval zou ik hebben ingegrepen.'

Het betoog van Caterina klopte als een bus. Ze had zich onberispelijk gedragen, ze had me geholpen zonder het vertrouwen van een vriendin te beschamen.

Maar waarom had ik dan dat gevoel van irritatie, alsof een bepaalde regel van het spel dat we speelden me volledig ontging?

Ik moest haar vragen of zij ooit cocaïne had geprobeerd en of er niet iets was dat zíj me niet had gezegd. Ik zocht naar de juiste woorden toen haar mobiele telefoon ging. Ze haalde hem uit haar zak maar nam niet op.

'Neem op, als je wil,' zei ik.

'Het is een vriendin van me. Ik heb geen zin naar haar

te luisteren, ik heb geen zin om te zeggen dat ik in Rome ben. Later stuur ik wel een sms,' zei ze, terwijl ze haar schouders ophaalde en een knop indrukte die het geluid tot zwijgen bracht. Intussen had ik besloten dat ik het een lastige vraag vond, dat hij waarschijnlijk niet essentieel was, en dat ik hem wel op een ander moment zou stellen.

'Heeft Nicoletta volgens jou alles gezegd wat ze weet?'

'Waarschijnlijk niet, maar ze heeft gezegd wat jij wilde weten, en ik sluit uit dat ze iets specifieks weet over de verdwijning van Manuela.'

Ze had gelijk, dacht ik terwijl ik naar haar keek.

Ze had ook een prachtige huid, bedacht ik, terwijl ik naar haar bleef kijken totdat ik me realiseerde dat ik, hoe zal ik het zeggen, me nogal had laten afleiden.

'Wat voor idee heb jij je tot nu toe gevormd? Kan volgens jou de verdwijning van Manuela te maken hebben met die cocaïnebusiness?'

Ook al leek de taxichauffeur helemaal op te gaan in een sportuitzending op de radio en volstrekt niet geïnteresseerd te zijn in ons, ging ik instinctief zachter praten.

'Dat weet ik niet. Als Michele op de dag van haar verdwijning niet in het buitenland was geweest, zou het makkelijker zijn geweest om een link te veronderstellen. Zoals de zaken er nu voorstaan, blijft de situatie een breinbreker.'

Ze reageerde even niet en begon haar neus te masseren tussen middelvinger, wijsvinger en duim, terwijl het leek of ze op een onbestemde plek aan het speuren was. Toen scheen ze te hebben gevonden wat ze zocht, en begon weer te praten.

'Mag ik iets zeggen?'

'Natuurlijk,' antwoordde ik.

'Waarom zijn we er zo zeker van dat Manuela in Apulië verdwenen is? Wie weet is ze die middag, die avond of die nacht wel naar Rome gegaan? Waarom sluiten we dat met zo veel stelligheid uit?'

Precies.

We waren er allemaal vast van uitgegaan dat Manuela niet naar Rome was vertrokken. Op uitstekende gronden, dat wel. Dat was de waarschijnlijkste veronderstelling. De loketbeambte herinnerde zich dat hij haar een kaartje naar Bari had verkocht; Manuela had tegen Anita gezegd dat ze naar Bari zou gaan en pas daarna naar Rome zou vertrekken. Redelijkerwijs mocht dus worden verondersteld dat het moment van haar verdwijning ergens tijdens de reis tussen Ostuni en Bari of na aankomst in Bari lag. Maar er waren geen elementen om categorisch uit te sluiten dat Manuela naar Rome was vertrokken en daar ook was aangekomen, en dat de gebeurtenis die had geleid tot haar verdwijning had plaatsgevonden in Rome.

Als Manuela uit Bari was vertrokken en inderdaad daarna in Rome was aangekomen en verdwenen, zei ik tegen mezelf, dan was mijn hele zogenaamde onderzoek geen ene moer waard. En bovendien had ik geen flauw idee waar en hoe opnieuw te beginnen.

Caterina moet mijn overwegingen geraden hebben.

'Vanavond lossen we niets meer op. We hebben gedaan wat we moesten doen, van Nicoletta heb je de informatie verkregen die ze je kon geven, nu moeten we nadenken over wat we weten en kijken of er een idee bij ons boven komt. Maar dat kunnen we beter koel en zakelijk doen, vind je niet?'

Ik knikte, niet helemaal overtuigd.

'Heb je ooit de Ethiopische keuken geprobeerd?'

'Sorry?'

'Ik vroeg of je ooit de Ethiopische keuken had geprobeerd.'

'Een paar jaar geleden, in Milaan. Waarom?'

'Vond je het lekker?'

'Wel amusant. Ik herinner me dat je met je handen at en het eten in een soort zacht rond brood rolde, iets als een crêpe.'

'Dat heet een *injera*. Goed, vanavond gaan we eten in een Ethiopisch restaurant en aan de rest denken we morgen wel.'

Denken *we*? Jij en ik? Zijn we inmiddels compagnons?

Het Ethiopische restaurant was in de buurt van het station en het grote aantal Afrikaanse klanten dat de zaak bevolkte versterkte de gedachte dat het hier de echte Ethiopische keuken betrof. De obers kenden Caterina, begroetten haar heel hartelijk en brachten ons gelijk het menu.

'Is er iets wat je niet lust?'

'Nee, ik lust alles, ik ben in dienst geweest,' antwoordde ik.

'Laat het menu dan maar zitten, ik bestel wel. Kies jij de wijn maar.'

Het kiezen van de wijn was geen al te veeleisende taak, gezien het assortiment. Er waren slechts vier mogelijkheden en geen van alle opwindend. Ik liet een Siciliaanse syrah brengen die de enige acceptabele keuze leek.

'Ik zie dat je hier vaste klant bent.'

'Toen ik in Rome woonde, kwam ik hier vaak.'

'Kwam Manuela hier ook?'

'Jazeker.'

De gedachte kwam bij me op dat ik me naar de plekken in Rome zou kunnen laten brengen waar Manuela vaak kwam. Ik zou een paar vragen kunnen stellen en misschien zelfs iets te weten komen. Zonder het ook maar te laten bezinken zei ik tegen mezelf dat het een idee van een tv-detective was en begon over iets anders.

'Dus je hebt geen verkering, zei je.'

'Nee,' zei ze terwijl ze haar hoofd schudde.

'Al lang niet?'

'Een paar maanden.'

'Hoe dat zo?'

'Wat bedoel je met *hoe dat zo*?'

'Je hebt gelijk, dat was een slecht gestelde vraag. Je hebt een verhouding gehad en die is een paar maanden geleden uitgegaan. Heeft die lang geduurd?'

'Ja, behoorlijk lang. Een paar jaar.'

'Waren jullie nog bij elkaar toen Manuela verdween of was het toen al uit?'

'We waren nog bij elkaar, maar het liep al op zijn eind.'

'Je zult dus ook wel met hem over de verdwijning van Manuela hebben gesproken.'

'Jazeker.'

'Vind je het vervelend als ik je dit soort vragen stel?'

'Nee, niet dat ik het vervelend vind... of misschien toch wel een beetje, ik vind het vervelend om over hem te praten. Maar dat is mijn probleem, en als je me verder nog iets wilt vragen, aarzel niet.'

'Hoe heet hij?'

'Duilio.'

'Duilio. Geen veelvoorkomende naam.'

'En ook al niet zo'n mooie. Ik geloof dat ik hem nooit bij zijn naam heb genoemd.'

'Denk je dat het zin heeft om met hem een praatje te maken, om te zien of hij me een aanknopingspunt kan geven ten aanzien van Manuela.'

'Echt niet. Die twee hadden geen band, los van mij. Ik bedoel dat ze elkaar alleen kenden en zagen omdat ik er was.'

'Maar hoe lang zijn jullie nog bij elkaar gebleven, na de verdwijning van Manuela?'

Caterina antwoordde niet onmiddellijk. Ze liet haar gezicht op haar rechterhand rusten, haar elleboog op tafel, en concentreerde zich.

'Misschien een maand. Ja, ongeveer een maand,' antwoordde ze even later.

Ik bedacht dat de verdwijning van Manuela misschien de afloop van hun verhouding had bespoedigd. Ik stond bijna op het punt het te vragen maar bedacht me. Het was duidelijk dat het onderwerp haar niet beviel en ik had geen enkele goede reden om aan te dringen.

Op dat moment arriveerde het eten. Een groot bord, geheel bedekt met een soort zachte, sponsachtige crêpe waarop allerlei verschillende dingen waren uitgestald. Verschillende soorten groente, vlees, kip, sauzen, en aromatische kruiden waarbij een of andere scherpe specerij overheerste. Verder, op een apart bord, nog meer crêpes, bedoeld om de gerechten mee te pakken, te omwikkelen, en op te eten.

Een tijdje besteedden we al onze aandacht aan het eten en de wijn, zonder te praten. Terwijl ik naar de fles keek die snel leger werd bedacht ik dat het de tweede was die dag en dat we niet moesten overdrijven. Vervolgens zei ik tegen mezelf dat ik mijn hele leven al niets anders deed dan herhalen dat ik niet moest overdrijven, en dat ik genoeg begon te krijgen van mijn eigen betweterigheid.

'En, kan ik op je kantoor komen werken als stagiaire, na mijn doctoraal?'

'Oké,' zei ik simpelweg, omdat ik zo gauw geen geestig antwoord kon bedenken.

'Ik zou dat heel graag willen.'

Ik stond op het punt iets pathetisch en paternalistisch te zeggen over het beroep, over de opofferingen die het met zich meebracht, en over het feit dat je er absoluut van overtuigd moest zijn dat je eraan wilde beginnen. In plaats daarvan scheurde ik een stuk injera af dat ik gebruikte om

wat er nog over was van een onduidelijke, zeer scherp ge-
kruide vleessoort in te wikkelen.

'Je hebt het laatste stukje *tebs* genomen,' zei Caterina op
verwijtende toon.

'O, neem me niet kwalijk, wil jij het?'

'Ja,' zei ze met het gezicht van een klein meisje dat eraan
gewend is altijd haar zin te krijgen.

'Je was bezig iets heel onhoffelijks te doen en, om ver-
geving te krijgen, moet je iets heel liefs voor me doen.'

Terwijl ze dat zei strekte ze haar hoofd naar voren en
deed haar lippen halfopen. Ik keek haar ongelovig aan, slikte moeizaam en bracht toen mijn vingers naar haar mond.
Zij nam het stukje vlees aan en hield mijn vingers tussen
haar lippen terwijl ze me recht in de ogen keek, met een
geamuseerde, onbarmhartig blik.

Een deel van mij probeerde nog verzet te bieden.

Niet doen. Het is niet goed, dit meisje zou je dochter
kunnen zijn. Niet alleen biologisch. Haar moeder is een
paar jaar ouder dan jij, en toen jij een-, tweeëntwintig was
ging jij wel eens uit met meisjes ouder dan jezelf. Die Giusi
bijvoorbeeld, jij was twintig en zij drieëntwintig. Als jullie
toen een stommiteit hadden begaan, had je nu een dochter
van de leeftijd van Caterina gehad, met een moeder min of
meer de leeftijd van Caterina's moeder.

Dit is een van de krankzinnigste redeneringen die ik
ooit van je heb gehoord, Guerrieri, antwoordde het andere
deel van me. Biologisch gezien had je op je vijftiende een
dochter kunnen hebben. Als je dus deze redenering en
deze pseudoregel volgt – je gaat niet met een meisje dat,
biologisch gezien, je dochter had kunnen zijn – dan zou jij,
beste Guerrieri, op je vijfenveertigste, alleen het recht hebben om met meisjes boven de dertig te flirten. Wie be-
denkt er nu zoiets doms?

We lieten ons door de taxi naar de Piazza di Spagna brengen, die niet ver van ons hotel lag. Het was jaren geleden dat ik daar was geweest, op de Piazza di Spagna, ik kon me zelfs niet herinneren hoeveel jaar, en terwijl ik uit de auto stapte kwam er een kinderlijk, fundamenteel gevoel van vreugde over me. We gingen zitten tussen de menigte toeristen in de buurt van de fontein, om te luisteren naar de mensen en het water. Vervolgens beklommen we de trappen, en, me bewust van het cliché en toch blij, bedacht ik dat er weinig plekken op aarde zijn waar je de komst van de lente zo kunt voelen als op de Piazza di Spagna en de Trinità dei Monti.

We waren bijna bij de kerk toen een Filippijn mij zijn rozen aanbood. Ik zei nee dank u, terwijl ik een stapje opzij deed om hem te vermijden. Maar Caterina bleef staan, kocht er een en gaf hem aan mij.

Vlak daarna gingen we een kleine bar binnen waarvoor een bord stond dat een *nostalgische avond* beloofde met Italiaanse muziek uit de jaren tachtig.

We luisterden in die bar naar vier of vijf liederen, geen van alle onvergetelijk. Toen vroeg Caterina of ik terug wilde naar het hotel. Er ging een lichte elektrische schok door me heen en ik besefte dat ik het weerstand bieden moe was, aangenomen dat ik dat tot dat moment had gedaan. Ik zei ja, we gingen op weg, en tien minuten later waren we er.

We namen de sleutels van onze kamers en ik liep met haar mee naar de hare, één verdieping onder de mijne. Ze stond stil en leunde met haar schouders tegen de deur.

Nu gaat ze me vragen binnen te komen, en dan ga ik naar binnen en laat maar gebeuren wat er moet gebeuren wat kan het je schelen ik ben het zat om geen stap te kunnen verzetten in mijn leven zonder de kritiek van de zuivere reden op te roepen.

'Dank je, Gigi, welterusten,' zei ze terwijl ze me een kus op de wang gaf.

Gigi? Welterusten? Ben je gek geworden of zo?

Dat zei ik niet. In werkelijkheid zei ik niets. Ik bleef roerloos staan, met een uitdrukking die ik met veel plezier had willen observeren, als hij van iemand anders was geweest.

'Ik noem mensen die ik leuk vind bij hun initialen. Gi-gi: Guido Guerrieri. Ciao, Gi-gi, welterusten, en bedankt voor de fantastische avond.'

En voordat ik een woord kon uitbrengen was ze al verdwenen in haar kamer.

Ik maakte me snel klaar voor de nacht, in een emotionele wirwar van gêne, irritatie, opluchting en andere minder makkelijk thuis te brengen gevoelens. Ik had echter geen zin om die combinatie van factoren en hun aandeel in het geheel in detail te analyseren, dus besloot ik mijn boek te gaan lezen – een verhalenbundel van Grace Paley – totdat ik door slaap werd overmand. Niet zo gauw, vreesde ik.

Ik was zo'n tien minuten aan het lezen, en vond het verhaal waaraan ik was begonnen niet bepaald pakkend maar hoopte dat het me in slaap zou doen vallen, toen er op de deur werd geklopt.

'Ja?'

'Ik ben het. Doe je open?'

'Een ogenblik,' zei ik terwijl ik struikelde om snel mijn broek aan te trekken.

'Mag ik niet binnenkomen?'

Ik deed een stap opzij en liet haar binnen. Terwijl ze vlak langs me liep rook ik de geur van leer die ze absoluut niet had toen we weggingen. Het was een geur die op een vreemde manier zowel vertrouwd en geruststellend als verontrustend was. Ik probeerde op te roepen waar hij me aan herinnerde maar dat lukte me niet.

'Leuk hemd heb je aan,' zei ze terwijl ze op het bed ging zitten. Ik realiseerde me dat ik een belachelijk shirt met Alberto Lupo als kungfu-expert aan had.

'O ja, maar ik verwachtte geen bezoek...'

'Je bent echt vreselijk.'

'Hoezo?'

'Eerst dacht ik dat je me zou vragen mee te gaan naar je kamer, vervolgens dacht ik dat je aan mijn deur zou kloppen. Toen dacht ik dat je me zou bellen. Maar nee. Je bent een harde, hè, Gigi? Maar ik had het onmiddellijk door, dat je anders was dan anderen.'

Omdat ik geen flauw idee had wat ik moest antwoorden, moet ik wel een bijzonder ondoorgrondelijk gezicht hebben getrokken waarmee ik haar stelling bevestigde dat ik anders was dan anderen.

'Waarom blijf je staan? Kom hier zitten, doe alsof je thuis bent.'

Terwijl ik op het bed ging zitten rook ik opnieuw haar parfum.

En toen haar lippen, die warm waren en fris en zacht, en smaakten naar kersen en naar onoverwinlijke jeugd en naar heerlijke dingen van heel lang geleden. Intense dingen die er toen gewoon waren.

Voordat ik verdween hoorde ik versregels klinken in mijn hoofd.

Wie is zij, die daar oplicht als de dageraad,
zo helder als de volle maan, zo stralend als de zon,
zo ontzagwekkend als een vaandelvrouw?

31

Toen ik mijn ogen opendeed en op mijn horloge keek was het al na negenen.

Caterina sliep nog diep, haar gezicht naar beneden, in een omhelzing met een kussen, terwijl haar onbedekte rug in een regelmatig ritme omhoog en omlaag ging.

Ik stond op zonder lawaai te maken, waste me, kleedde me aan en schreef op een briefje dat ik een wandeling was gaan maken en gauw terug zou komen, en kort daarop bevond ik me in de Via del Corso.

De lucht was aangenaam lauw, de mensen waren in lentekleding, en terwijl ik om me heen keek om te beslissen waar ik koffie zou gaan drinken zag ik een corpulente, bijna kale mijnheer, in een verkreukeld pak en met een los zittende stropdas, glimlachend op mij afkomen. Wie was dat in godsnaam?

'Guido Guerrieri! Maar wat een bijzondere verrassing. Herken je me niet? Ik ben Enrico. Enrico De Bellis.'

Toen ik zijn naam hoorde had ik een ongewone ervaring. Uit de plooien van dat vervormde gelaat en uit het meedogenloze drijfzand van de tijd zag ik de trekken naar boven komen van een prachtige, oninteressante jongen, met het uiterlijk van een fotoromanacteur, die ik vijfentwintig jaar daarvoor had leren kennen.

Toen hij er zeker van was dat ik hem had herkend omhelsde en kuste De Bellis mij. Hij rook naar smerige aftershave, sigaretten, te lang gedragen kleren en ook naar alcohol. In een mondhoek zat het restje van een espresso die hij kort daarvoor had gedronken. Het weinige, te lange, haar dat hij nog had viel over zijn oren en zijn nek.

'Hallo, Enrico,' zei ik toen hij me losliet. Ik probeerde me te herinneren wanneer we elkaar voor het laatst hadden gezien en ik probeerde alle informatie terug te vinden die ik had opgeslagen over wat hem in het leven was overkomen. Universiteit – rechten natuurlijk, zoals de meeste nietsnutten – opgegeven na drie of vier examens en gevolgd door vele jaren van min of meer gevaarlijk, min of meer legaal geklooi. Opzetten van handelsondernemingen en die vervolgens in het niets laten verdwijnen. Ongedekte cheques. Spelletjes met creditcards. Een stukgelopen huwelijk – zeer stukgelopen, en gevolgd door een nasleep van aanklachten, carabinieri en processen – met een nogal lelijk, rijk meisje. Een veroordeling wegens frauduleus bankroet, en andere strafprocedures wegens zwendel en heling.

Hij was uit Bari verdwenen, achtervolgd door vele schuldeisers, van wie sommige niet bepaald vertrouwenwekkend waren. Personages met bijnamen als *Pietje de Dief*, *Willem de Woekeraar*, *Tyson*. De laatste was een onverhulde verwijzing naar diens rol bij de parallelle procedures om schulden te innen.

De Bellis was in het niets verdwenen, zoals alleen zij dat kunnen die leven zoals hij. En nu dook hij op uit dat niets en stond voor mij, met zijn onverzorgde kleren en zijn geur van sigaretten, van slonzigheid en van doffe, verdrongen wanhoop.

'Wat hebben we elkaar lang niet gezien! Wat doe je in Rome?'

Ik vond het niet het moment om hem precies te vertellen wat ik in Rome deed – en wat ik zojuist had gedaan.

'De gewone dingen. Een beroep in cassatie.'

'Zo zo, een beroep in cassatie. Je bent een belangrijk advocaat geworden, dat weet ik. Ik volg je. Ik heb over je horen praten door onze gemeenschappelijke vrienden.'

Ik gaf er de voorkeur aan om me niet af te vragen welke vrienden Enrico De Bellis en ik gemeenschappelijk konden hebben. Hij gaf me een klap op mijn schouder.

'Jezus, man, je bent in uitstekende vorm, je bent niet veranderd. Ik heb een moeilijke periode achter de rug maar ik kom er wel bovenop. Wat zeg ik, ik ben al bezig erbovenop te komen. In grote stijl. En als ik het plan dat in mijn hoofd zit weet uit te voeren, gaat het weer definitief de goede kant op.'

Hij praatte snel, met zo'n geforceerde opgewektheid dat het potsierlijk overkwam.

'Kom mee, ik wil je graag een espresso aanbieden,' zei hij terwijl hij me bij de arm nam en me meetrok naar een bar een paar stappen verderop.

'Twee espresso's,' zei hij tegen de barman.

En vervolgens, op een samenzweerderige toon, tegen mij: 'Zullen we er een drupje sambuca in doen, Guido?'

Nee, dank je, sambuca om tien uur 's morgens staat niet op mijn lijst van dieetvoorschriften.

Ik glimlachte gedwongen en schudde mijn hoofd. Hij besloot zijn shot te nemen en ook het mijne. Hij knikte naar de barman die hem klaarblijkelijk goed kende. Deze schonk de sambuca in en hield pas op toen het kopje tot de rand toe was gevuld.

Technisch gesproken was het eigenlijk sambuca met een drupje koffie. De Bellis dronk zijn kopje snel leeg en direct daarop – ik weet het zeker – wilde hij er nog een bestellen. Hij deed zijn best om zich in te houden.

Vervolgens deed hij of hij in zijn zakken zocht en merkte dat hij zijn portemonnee was vergeten.

'Verdorie, Guido, dat spijt me nou. Ik heb je uitgenodigd

om koffie met me te drinken en nu merk ik dat ik geen geld bij me heb. Sorry.'

Ik betaalde, we liepen naar buiten en hij stak een MS op uit een pakje dat even verkreukeld was als zijn kleren. Beslist een gezond leven. Hij nam me bij de arm en we begonnen te wandelen in de richting van de Piazza del Popolo. Hij vond het een geschikte gelegenheid om mij op de hoogte te brengen van alle oplossingen die de moderne geneeskunde te bieden had voor de behandeling van erectiestoornissen. Een onderwerp waarover hij – dat moet ik toegeven – op bijna professioneel niveau was geïnformeerd.

Na mij diverse praktische keuzes te hebben voorgelegd – van allerhande pillen tot injecties uit griezelfilms en hydraulische apparatuur die in de smaak zou zijn gevallen bij dokter Frankenstein – voegde hij eraan toe dat uiteindelijk hoerenbezoek voor ons toch de beste oplossing was of, nog beter, het oude handwerk. Een goede pornofilm gratis op internet, vijf minuten en klaar is Kees. Geen enkel probleem, geen zorgen over je potentie, die medicijnen waren ook niet zo goed voor je, eh, want jij bent in vorm, maar ik ben een paar kilo te zwaar maar vroeg of laat ga ik op dieet; en je hoeft daarna niet aardig te zijn, samen te roken, plannen te maken. Het is allemaal een kwestie van hydraulica. Onderhoud van de prostaat.

Ik moest bijna kotsen en ik deed alsof ik een schoenveter moest vastmaken om me van zijn arm te bevrijden.

'Mag ik je om een gunst vragen, Guido? Wij zijn echte vrienden geweest en dat is belangrijk voor mij.'

Wij zijn nooit echte vrienden geweest, hij en ik. Ik was er zeker van dat hij me om geld ging vragen.

'Uitgerekend vandaag moet ik een betaling doen. Zoals ik al zei, heb ik het even moeilijk, maar ik ben mezelf aan het hernemen, ik heb een schitterend plan dat ik je graag in alle rust zou willen uitleggen. Misschien kunnen we elkaar een van deze avonden ergens ontmoeten, dan drinken we een paar glazen en vertel ik je alles. Wacht, laat ik je eerst mijn visitekaartje geven.'

Het visitekaartje was van het soort dat je maakt met een automatische machine, op flutpapier. Er stond op: *Enrico De Bellis, Financiële en Zakelijke Consulten.* Geen adres, alleen een mobiel nummer. Financiële en Zakelijke Consulten? Wat stelt dat voor, vroeg ik me af, en het antwoord was dat hij toch iets op zijn visitekaartje moest schrijven, en dat hij er moeilijk op kon zetten: *Enrico De Bellis, zwendel, trucs en heling.*

'Ik zou je echt heel dankbaar zijn als je me een klein bedrag zou kunnen lenen dat ik je natuurlijk binnen een week zou teruggeven. Het is geld dat ik aan bepaalde mensen moet geven die... nou ja, mensen die je beter niet kwaad kunt maken. Dat hoef ik jou niet te zeggen, jij die een groot strafpleiter bent. Overigens heb ik je nog niet gecomplimenteerd met je carrière, maar toen we nog jongens waren wisten we al dat jij daar zou komen waar je wilde. Ik herinner me dat je zei dat je strafpleiter wilde worden, en dat je naam wilde maken. Dat is je gelukt en je hebt het verdiend.'

In mijn hele leven heb ik nooit gezegd dat ik strafpleiter wilde worden. Al helemaal niet als jongen toen ik De Bellis kende.

'Ik heb even duizend euro nodig. Zoals ik al zei krijg je het geld vanzelfsprekend binnen een paar dagen terug. Ik stuur je een cheque per post, of je geeft me het nummer van je bankrekening en dan maak ik het over.'

Natuurlijk. Ik geef je het nummer van mijn bankrekening en binnen een paar dagen stort jij het geld terug, misschien wel met rente.

'Het spijt me, Enrico, maar, zoals je je waarschijnlijk kunt voorstellen, heb ik niet zo veel contant geld bij me.'

'Je zou misschien een cheque kunnen uitschrijven...'

'Ik gebruik haast geen cheques meer. Ik doe alles met creditcards.'

'Het is me duidelijk, volstrekt duidelijk. Jij bent iemand van de vipcards, onbeperkt krediet en dat soort dingen. Wat moet je dan nog met contanten en cheques? Dan zouden we misschien naar een geldautomaat kunnen gaan – die zijn hier overal – en met jouw kaart zou je duizend euro kunnen opnemen. Je kunt er absoluut zeker van zijn dat je binnen een week, hoogstens tien dagen, alles terugkrijgt. Wat vind je?'

Ik vond niets. Ik pakte mijn portefeuille, deed hem open, haalde er drie briefjes van vijftig euro uit en hield ze hem voor.

'Helaas heb ik nogal haast, Enrico. Zoals ik al zei ben ik in Rome voor mijn werk.'

Hij nam het geld aan zonder een woord te zeggen en liet het snel in een zak van zijn verkreukte pak verdwijnen. We bleven een ogenblik roerloos tegenover elkaar staan. Hij was bezig zich af te vragen of hij nog meer kon vragen. Toen het hem uiteindelijk duidelijk was dat ik hem niet nog meer geld zou geven, verloor zijn gezicht alle uitdrukking en werden zijn ogen dof. Hij had geen enkel belang meer bij mij en kon dus gaan.

'Oké, ik zal je niet ophouden als je weg moet.'

Hij zei maar nauwelijks gedag, zonder me te bedanken en natuurlijk zonder iets te zeggen over het teruggeven van het geld. Hij liep weg met een zware moeizame tred terwijl hij weer een ms opstak. In mijn verbeelding zag ik hem op zoek gaan naar iemand anders aan wie hij geld kon vragen. Gewikkeld in een dagelijkse strijd, om te overleven, dat in de eerste plaats. En verder om de wanhoop te verdrijven die gevaarlijk knorde achter zijn rug, klaar om hem te grijpen.

Een paar uur later zaten Caterina en ik in het vliegtuig dat ons weer terugbracht naar Bari.

Net als de nacht daarvoor was ze volkomen op haar gemak, ongedwongen, spontaan en ontspannen. Ze gedroeg zich alsof er niets was gebeurd of, precies het tegenovergestelde, alsof we een langdurige verhouding hadden. Ik daarentegen raakte steeds meer in de war en kreeg steeds meer het zowel vage als heldere gevoel dat er iets overduidelijks was dat me ontging.

Toen ik haar afzette bij haar huis, in de Madonellawijk, vlak bij cinema Esedra, gaf ze me een zoen en zei dat ik haar gauw moest bellen omdat ze er nu al naar uitzag me weer te zien.

32

Dat gevoel van desoriëntatie werd er in de loop van de middag op kantoor niet beter op. Ik zette mijn mobiel uit, zei dat ze geen telefoontjes moesten doorverbinden, en stortte me op het afhandelen van de troep die zich in de twee dagen van mijn afwezigheid had opgehoopt, maar het lukte me niet om me te concentreren op wat ik aan het doen was. Zoals me soms overkomt tijdens slapeloze nachten, dacht ik een zacht geluid te horen – een geruis, een geborrel – waarvan ik de oorzaak niet kon vaststellen.

Toe ik eindelijk een pauze nam, besloot ik de stand van zaken te bepalen ten aanzien van wat ik had bereikt, aangezien ik niet in staat was de stand van zaken te bepalen ten aanzien van de metaforische geluiden die ik in mijn hoofd hoorde.

Ik nam een notitieblok en begon te schrijven.

1) Waarschijnlijk is Manuela in Bari aangekomen en daarna niet meer vertrokken naar Rome. Maar dat kunnen we niet met zekerheid zeggen. De mogelijkheid blijft bestaan dat ze is doorgereisd naar Rome, ook al hebben we niets in handen om dat te bevestigen.

Wat moet ik doen om deze veronderstelling verder uit te diepen?

2) Manuela is een gebruikster van cocaïne. Waarschijnlijk is het Michele geweest door wie ze eraan is begonnen, maar na het einde van hun verhouding is ze ermee doorgegaan. Ze wist een makkelijke manier om eraan te komen. Ze stond in contact met kringen die ze, naar aanleiding van vragen van haar vriendin Nicoletta, heeft bestempeld als 'gevaarlijk'.

Ik aarzelde lang voordat ik de volgende zin opschreef.

Kan het zijn dat Manuela dealde?

Wat moet ik doen om deze veronderstelling verder uit te diepen?

3) Michele is een gewelddadige jongen, een waardeloos type en waarschijnlijk een drugsdealer.

Ik moet zo snel mogelijk een foto van hem te pakken krijgen en die laten zien aan de vriend van Quintavalle.

Michele zou een ideale verdachte zijn (Nicoletta en Caterina hebben onmiddellijk aan hem gedacht, toen ze hoorden van de verdwijning van Manuela) maar hij was in het buitenland op de dag dat Manuela verdween.

Was hij echt in het buitenland? Waarschijnlijk wel, maar wat moet ik doen om deze veronderstelling boven alle twijfel te verifiëren?

De identiteit vaststellen van de vrienden met wie hij is vertrokken?

Hoe?

Het zou beter zijn als ik niets had ontdekt, zei ik tegen mezelf. Als ik niets had ontdekt, zou ik rustiger zijn. Alles volgens verwachting: detective spelen was mijn werk niet. Ik zou het geld hebben teruggeven aan de familie Ferraro, ik zou hebben gezegd dat het me heel erg speet maar dat er niets aan te doen was – tenminste, niet door mij – en ik zou me hebben kunnen terugtrekken uit die affaire.

Maar ik had wel bepaalde dingen ontdekt, en van andere had ik een vermoeden, ook al kon ik ze nog geen vaste vorm geven. En dus zat ik er tot mijn nek in.

Dat idee speelde al minstens een halfuur door mijn hoofd toen Pasquale mijn kamer binnenkwam.

'Advocaat, er is een jongedame die u wil spreken. Ze heeft een aantal malen gebeld maar u had gezegd dat we niet door mochten verbinden. Ze is nu hier. Wat moet ik doen?'

Caterina, dacht ik. Ik voelde me ongemakkelijk bij de gedachte dat ze hier was, op kantoor, na wat er was gebeurd. Het kwam over als een inbreuk – weer een – waar ik niet mee wist om te gaan.

'Het is juffrouw Salvemini, voor de zaak-Ferraro.'

Salvemini? Anita dus. Wat wilde Anita?

'In orde, Pasquale, laat haar maar binnenkomen, dank je.'

Anita was exact hetzelfde gekleed als de vorige keer en het leek wel of die kleren een soort uniform voor haar waren.

'Ik heb geprobeerd u op uw mobiel te bereiken, maar die stond steeds uit.'

'O ja, ik had hem afgezet omdat ik een middag had met heel veel verplichtingen.'

'Misschien heb ik u gestoord. Er is iets wat ik u wilde zeggen, iets wat ik me heb herinnerd. Misschien is het iets onbenulligs, maar u had me gezegd u te bellen wat er ook maar bij me boven kwam.'

'U heeft me absoluut niet gestoord. En u heeft er heel goed aan gedaan om te komen, dank u, ik waardeer het zeer. Wat heeft u zich herinnerd?'

'Manuela had twee mobiele telefoons.'

'Pardon?'

'Ik herinnerde me ineens dat Manuela niet één, maar twee mobieltjes had.'

'Twee mobiele telefoons.'

Ik probeerde dat nieuws enigszins tot me door te laten dringen en kwam onmiddellijk tot de conclusie dat het iets heel belangrijks kon zijn. De gesprekstabellen die waren opgenomen in het dossier van het Openbaar Ministerie hadden betrekking op slechts één nummer.

'Hoe komt het dat u zich dat detail herinnerde?'

'Ik heb tegen u gezegd dat Manuela tijdens de rit tussen het trullidorp en Ostuni druk in de weer was met haar telefoon en dat ze op een bepaald moment misschien een bericht had ontvangen.'

'Jazeker, dat herinner ik me goed.'

'Toen ze het bericht ontving, had ze de telefoon in haar hand, maar ze rommelde in haar tas en haalde er nog een uit. De scène kwam me weer heel helder voor de geest toen ik vanmorgen een mobiel hoorde die een sms-signaal had net als dat van Manuela dat ik die middag in de auto had gehoord.'

'Wat voor signaal?'

'Het was een vreemd geluid. Als van een klein glazen voorwerp – een lampje of een flesje – dat breekt. Het was uit mijn herinnering verdwenen en het kwam pas weer bij me boven toen ik het opnieuw hoorde. Het was alsof dat geluid me in staat stelde ook de rest van de herinnering terug te vinden.'

Ze sprak de laatste woorden bijna verontschuldigend uit. Omdat ze met irrelevante informatie aankwam of omdat ze, integendeel, veel te laat kwam met heel belangrijke informatie.

'Bent u in staat de twee telefoons te beschrijven?'

'Nee, absoluut niet. Ik reed. Ik kan u wel met zekerheid zeggen dat ze in de weer was met een mobiel, dat toen dat geluid van brekend glas te horen was en dat zij er daarop nog een tevoorschijn haalde. Uit mijn ooghoek zag ik dat ze twee telefoons in haar handen had. Maar ik kan u niet zeggen wat voor telefoons het waren.'

Ik dacht koortsachtig na zonder richting te kunnen geven aan mijn gedachten. Ik realiseerde me dat ik al een tijdje tegenover dat meisje zat zonder iets te zeggen, en misschien had ik geen normale uitdrukking.

'Kunt u me verder nog iets vertellen?'

'Nee, ik geloof het niet.'

'Bedankt, Anita, ik ben u echt zeer dankbaar.'

'Denkt u dat deze informatie nuttig voor u kan zijn?'

'Dat denk ik wel.'

Ik bracht haar naar de deur van het kantoor. Ik drukte haar hartelijk de hand en groette haar, terwijl ik probeerde de opwinding die zich meester van me maakte te beheersen.

Waarom had niemand iets gezegd van die andere telefoon?

Nee, verkeerd gestelde vraag. Ik had geen specifieke vragen gesteld over een eventuele tweede telefoon en dus was het ook betrekkelijk normaal dat niemand er met mij over had gesproken. Het echte probleem lag anders: waarom wisten de carabinieri en het Openbaar Ministerie hier niets vanaf en hadden ze dus ook de gesprekstabellen van deze tweede telefoon niet opgevraagd?

Tweede vraag, belangrijker en dringender. Wat ging ik nu met deze informatie doen?

Het meest voor de hand liggende en het meest correcte zou zijn om onmiddellijk Navarra te bellen en deze informatie met hem te delen. Natuurlijk zou dit mij uitgesloten hebben van verdere deelneming aan het onderzoek, bedacht ik. Dus, zei ik tegen mezelf, moest ik de informatie wel doorgeven aan de carabinieri, maar misschien kon ik er eerst zelf nog iets mee doen. Een dom idee. De carabinieri konden er snel achter komen of er nog een ander telefoonnummer op Manuela's naam stond door dat simpelweg op te vragen bij de databanken van de providers. Ik niet. Toch vond ik dat het mijn onderzoek was en ik wilde het niet aan anderen overlaten, nu ik eindelijk enig resultaat had geboekt.

Het eerste wat ik moest doen was Caterina bellen om te vragen of zij iets afwist van een tweede mobiele telefoon. Ik belde meerdere malen maar haar mobiel bleef onbereikbaar. Even overwoog ik om in de gids haar vaste nummer op te zoeken – ik wist het adres – en haar daar te bellen, maar verwierp het idee bijna onmiddellijk, bij de gedachte dat haar vader of moeder zou kunnen opnemen.

Toen bedacht ik dat ik het kon vragen aan de moeder

van Manuela. Rechtstreeks, niet via Fornelli want ik was in de greep van een soort bezetenheid en had er behoefte aan om snel te handelen.

Op het dossier had ik haar nummer genoteerd – natuurlijk niet dat van de vader – en ik belde haar gelijk, zonder er al te veel over na te denken. Ze nam op nadat hij een flink aantal malen was overgegaan, toen ik al op het punt stond op te hangen.

'Goedenavond, mevrouw, u spreekt met advocaat Guerrieri.'

Ze aarzelde even en bleef stil. Toen drong het tot haar door wie ik was.

'Goedenavond, advocaat!'

Even stond ik op het punt haar te vragen hoe het met haar ging.

'Mag ik u even storen om u iets te vragen?'

'Ja?' Haar stem was vervuld van zowel hoop als angst. Ik vroeg me af of het wel zo'n goed idee was geweest om toe te geven aan een opwelling en haar te bellen.

'Ik wilde u vragen of Manuela meer dan één mobiele telefoon had.'

Er volgde een lange pauze. Zo lang dat ik de vrouw moest vragen of zij nog aan de lijn was.

'Ja, neemt u mij niet kwalijk. Ik was aan het nadenken. Manuela had iets met telefoons, ze kocht vaak weer nieuwe. Ze vond het leuk ermee te spelen, u weet wel, foto's, filmpjes, muziek, videospelletjes.'

'Maar u weet niet of ze nog een tweede nummer had.'

'Daar was ik nu juist over aan het denken. Ze had absoluut verschillende telefoons en ze heeft de afgelopen jaren verschillende nummers gehad. Maar op het moment van haar verdwijning had ze er maar een. Ze had al een hele tijd één nummer, voor zover ik weet. Waarom vraagt u me dat? Heeft u iets ontdekt?'

Nee, het was beslist geen goed idee geweest om haar te bellen. Ik had beter kunnen wachten tot Caterina weer bereikbaar was, zei ik tegen mezelf.

'Een veronderstelling, mevrouw. Niet meer dan een veronderstelling. En waarschijnlijk een veronderstelling die nergens toe leidt. Ik wil niet dat u' – ik stond op het punt te zeggen *illusies koestert*, maar ik hield me op tijd in – 'verwachtingen koestert waarin u makkelijk zou kunnen worden teleurgesteld. In de komende dagen ga ik een aantal zaken verifiëren en dan zal ik u op de hoogte brengen.'

Weer een pauze. Lang en angstig.

'Leeft Manuela nog, advocaat?'

'Dat weet ik niet, mevrouw. Het spijt me, maar ik ben niet in staat die vraag te beantwoorden.'

Vervolgens nam ik snel afscheid van haar alsof ik wegvluchtte van een gevaarlijke plek. Ik sloot mijn ogen en haalde mijn vingers door mijn haar. Daarna liet ik ze over mijn gezicht gaan, ik voelde mijn wenkbrauwen, de lijn van mijn neus, en mijn baard die sinds de ochtend alweer was gegroeid en een raspend geluid produceerde.

Ten slotte deed ik mijn ogen weer open.

Een tweede telefoon. Jezus, een tweede telefoon. Er kon van alles te vinden zijn in de gesprekstabellen van die telefoon. Een tweede telefoon was zoiets alledaags dat niemand eraan had gedacht. Het was de gestolen brief van Poe.

Ik verliet het kantoor met de gedachte dat ik er met Tancredi over zou moeten praten, hij zou weten wat te doen en me kunnen helpen, maar hij was nog in Amerika.

Ik zou graag naar Nadia toegegaan zijn, om haar alles te vertellen en te vragen wat zij ervan dacht, maar ik verwierp dat idee onmiddellijk. Ik kon het niet goed verklaren maar, na wat er in Rome was gebeurd, kreeg ik een ongemakkelijk gevoel bij het idee om naar Nadia te gaan, alsof ik haar op een of andere manier had bedrogen.

Absurd, zei ik tegen mezelf.

Alles is absurd.

Ik probeerde Caterina weer te bellen, maar haar telefoon was nog steeds onbereikbaar.

Dus ging ik maar naar huis, trok mijn bokshandschoenen aan en gaf Mister Sacco er flink van langs. Maar ik praatte ook met hem, in de pauze tussen twee rondes, en vroeg hem naar zijn mening over de laatste ontwikkelingen. Hij was die avond niet zo spraakzaam. Terwijl hij ten slotte wat lui heen en weer slingerde maakte hij me alleen duidelijk dat het beter was om een hap te eten, een goed glas wijn te drinken en eerst maar eens te gaan slapen. Misschien zou er de volgende dag een idee bij me opkomen.

Misschien.

33

Ik had akelige dromen en bij het ontwaken had ik geen enkel goed idee. Ik stond zeer slechtgehumeurd op en het werd allemaal nog erger toen ik me mijn verplichting van die ochtend herinnerde.

Ik had een afspraak op het parket met een cliënt: medicus, universitair hoogleraar, en invloedrijk kopstuk. Hij werd ervan beschuldigd te hebben geknoeid met een selectieprocedure om een van zijn ondergeschikten een baan te bezorgen. De andere kandidaat was een wetenschapper van internationale faam die jaren had gewerkt aan Amerikaanse universiteiten en onderzoekscentra en die op een bepaald moment had besloten naar Italië terug te keren.

Bij de eerste sollicitatieprocedure voor zijn specialiteit had hij zich aangemeld, niet wetende dat die baan al was vergeven voordat de procedure voor de vacature was aangekondigd. De voorbestemde winnaar was een jonge onderzoeker, volstrekt hersenloos maar zoon van een andere hoogleraar aan dezelfde faculteit die in academische kringen de bijnaam *Holle Bolle Gijs* had gekregen, vanwege zijn onwrikbare morele rechtschapenheid.

De wanverhouding in wetenschappelijke kwalificaties tussen de twee kandidaten – vanzelfsprekend geheel in het voordeel van de niet-aanbevolen kandidaat – was grotesk. Dit detail had echter geen indruk gemaakt op de commissie en de herlenloze jongeman had de baan gekregen. De andere kandidaat had zich hier niet bij neergelegd. Hij had de beslissing aangevochten bij het Regionale Administratieve Hof en gelijk gekregen – en ook had hij aangifte gedaan bij het Openbaar Ministerie.

Mijn cliënt had een verzoek gekregen om te verschijnen, beschuldigd van ambtsmisbruik en valsheid in geschrifte, en ik had hem gesuggereerd gebruik te maken van zijn zwijgrecht. De bewijzen tegen hem waren beperkt en als hij erin zou toestemmen om zich aan een verhoor te onderwerpen zou dat – gezien het feit dat de substituut-officier een heel helder meisje was en ongetwijfeld intelligenter dan hij – de zaak alleen maar verergeren.

In dit geval, en zoals, eerlijk gezegd, in vele andere gevallen, had ik duidelijk het gevoel dat ik aan de verkeerde kant stond. In dit geval, zoals in andere gevallen, had ik me afgevraagd of ik inderdaad deze opdracht en deze cliënt wilde. Het antwoord was dat ik hem niet wilde en vervolgens had ik hem toch geaccepteerd. Een kwestie die ik met mijn psychiater zou moeten bespreken, als ik er een had.

Terwijl ik naar het gerechtsgebouw fietste bedacht ik dat deze ochtend mij wel het slechtst uitkwam om die man te ontmoeten. Hij was stellig schuldig aan een misdrijf dat ik verwerpelijk vond, hij was een zalvende windbuil en, bovenal, hij droeg mocassins met kwastjes.

Er zijn een aantal dingen die ik onverbiddelijk afkeur. Daaronder vallen inderdaad mocassins met kwastjes, maar ook koordjes om je bril aan te hangen, Cartier-pennen, geldclips, herentasjes van namaakleer, vesten met kabelmotief, massief gouden herenarmbanden, mondspray.

Toen we elkaar ontmoetten bij het kantoor van het Openbaar Ministerie, een paar minuten vóór de vastgestelde tijd van de ondervraging, was ik, na al deze overwegingen, niet in de juiste gemoedsgesteldheid. Na een begroeting en wat beleefdheden zonder hartelijkheid (in ieder geval niet mijnerzijds), zei hij dat hij grote twijfel had over de beslissing om gebruik te maken van zijn zwijgrecht. Hij dacht in staat te zijn om al het nodige uit te leggen en hij had het gevoel dat weigeren te antwoorden vrijwel neerkwam op schuld bekennen en sowieso meer iets was voor criminelen, en niet passend bij zijn positie.

Jouw positie van oude windbuil en achterkamertjesacademicus, dacht ik, terwijl ik een irritatie voelde opkomen die volstrekt buitensporig was omdat die man ten slotte alleen maar uiting gaf aan zijn legitieme twijfel. Hij had de pech dat hij de verkeerde persoon was, op de verkeerde ochtend, en vooral met de verkeerde schoenen.

'Ik dacht dat we dit al hadden besproken, professor. Omdat ik de officier van justitie ken en gezien de fase waarin de procedure zich bevindt, blijf ik bij mijn advies: u zou gebruik moeten maken van uw zwijgrecht. Het is natuurlijk uw eigen keus, dus als u meent anders te moeten handelen, kan ik u dat niet beletten. Als u dat doet, weet dan wel dat het wat mij betreft een ernstige vergissing is en dat ik me het recht voorbehoud om van de opdracht af te zien.'

Nadat ik uitgesproken was verbaasde ik me over mijn eigen agressiviteit. Hij bleef een paar ogenblikken stil, verbijsterd, bijna verschrikt, en wist niet hoe hij moest reageren. Met zijn status van pompeuze, invloedrijke windbuil zou hij mij, onder andere omstandigheden, lik op stuk hebben gegeven. Maar we waren in het Openbaar Ministerie, dat wil zeggen, een van de meest intimiderende plekken die er bestaan, hij was de verdachte en ik was zijn advocaat. De omstandigheden waren niet ideaal voor hem om zich hard tegen mij op te stellen.

'Goed, advocaat, we doen wat u zegt.'

Op dat moment, niet bepaald een toonbeeld van consequent gedrag, voelde ik me schuldig. Ik had hem slecht behandeld door misbruik te maken van mijn machtspositie, wat je nooit zou mogen doen. Mijn toon werd veel milder, bijna solidair.

'Het is het beste, professor. Daarna kijken we welke stappen het Openbaar Ministerie vervolgens neemt en zo nodig zijn we nog steeds op tijd om een memorie voor te bereiden waarin we alles schrijven wat we willen, om ons te verdedigen.'

Kort daarna gingen we het kantoor van het Openbaar Ministerie binnen, we maakten gebruik van het zwijgrecht en vijf minuten later stond ik op straat, op weg naar kantoor.

Terwijl ik bezig was mijn fiets met een ketting vast te zetten naast de grote toegangsdeur, zag ik een grote zwarte hond met een indrukwekkend en bekend profiel aan komen draven.

Toen ik hem herkende had ik een opwelling van blijdschap. Baskerville. Dan moet Nadia er ook zijn, dacht ik, terwijl ik floot om de hond te roepen en om me heen keek om zijn baasje te lokaliseren.

Het grote beest kwam op me af en toen hij bij me was ging hij op zijn achterpoten staan en liet zijn voorpoten op mijn borst rusten. Hij kwispelde opgewonden en ik bedacht – trots op mijn onverwachte kynofiele succes – dat we in korte tijd echt vrienden waren geworden, Baskerville en ik. Om op zijn vriendelijkheid te reageren begon ik hem op zijn kop te aaien achter zijn oren, zoals ik de avond dat we elkaar hadden leren kennen had gedaan.

Achter zijn *oren*?

Baskerville had maar één oor, zei ik tegen mezelf. Dus het kwispelende beest dat zijn poten op mijn borst hield en zijn snuit vlak bij mijn gezicht was Baskerville níet. Ik slikte moeizaam, terwijl ik de uitdrukking van de hond probeerde te doorgronden en vast te stellen of hij van plan was mij, na mij eerst enthousiast te hebben begroet, te doden en te verscheuren. Het enorme beest leek echter echt sociabel en likte zelfs mijn handen. Ik vroeg me af hoe ik me uit die omhelzing kon losmaken zonder de gevoelens te kwetsen van mijn nieuwe vriend toen een spichtige jongeman, een beetje buiten adem, de hoek om kwam en op ons afliep. Het eerste wat hij deed toen hij ons had bereikt, was de hond aanlijnen en bij mij wegtrekken. Vervolgens, terwijl hij probeerde op adem te komen, wendde hij zich tot mij.

'Het spijt me heel erg, sorry. We laten hem altijd los in de winkel, maar een klant heeft de deur open laten staan en zo kon hij naar buiten. Hij probeert er altijd vandoor te gaan, het is nog een pup, hij is nog geen jaar. Ik hoop dat u niet geschrokken bent.'

'Nee, helemaal niet,' loog ik een beetje. In werkelijkheid was er, toen ik doorkreeg dat die hond Baskerville niet was, een koude rilling langs mijn rug gelopen, maar ik vond het niet noodzakelijk die jongeman van alle details op de hoogte te brengen.

'Rocco is heel braaf en hij is dol op kinderen. We wilden een waakhond, en daarom hebben we een cane corso genomen, maar ik ben bang dat we de verkeerde in huis hebben gehaald.'

Ik glimlachte begripvol, als een kenner, maar zei verder niets. Ik vond de jongen al behoorlijk spraakzaam en wilde hem niet aanmoedigen, om te voorkomen dat hij mij het verhaal van zijn leven ging vertellen en zijn ervaringen met zijn eerste hamster. Dus groette ik hem en zijn hond Rocco, en terwijl ze wegliepen ging ik verder met het op slot zetten van mijn fiets.

De klik van het slot was vertrouwd en geruststellend, ik ging rechtop staan en opeens realiseerde ik me dat een idee zich, ongevraagd, in mijn hoofd had genesteld dat er eerst niet was. Het gonsde van de ene kant naar de andere, dat idee. Ik wist dus dat het er was, maar het lukte me niet het voor me te zien en al helemaal niet om het te vatten.

Ik probeerde te reconstrueren wat er enige ogenblikken geleden was gebeurd.

De hond was op mij afgelopen, ik had hem gefloten, ervan uitgaande dat ik kort daarop ook Nadia zou zien, de hond had me enthousiast begroet, ik had hem achter zijn oren geaaid, op dat moment had ik me gerealiseerd dat het Baskerville niet was, een ogenblik daarna was zijn baas verschenen die... wacht, wacht, ga terug Guerrieri.

Ik had hem achter zijn oren geaaid en me gerealiseerd dat het Baskerville niet was. Het was op dat moment dat het van buiten komende idee zich in mijn hoofd had genesteld. Koortsachtig probeerde ik het te formuleren.

De hond Pino, ook wel Baskerville door mij genoemd, werd geïdentificeerd door het feit dat hij één oor miste. Hij werd dus geïdentificeerd door een afwezigheid. De informatie werd verkregen door iets wat ontbrak.

Een diepzinnige gedachte, zei ik tegen mezelf in een poging sarcastisch te zijn. Dat lukte me niet. Het ging om het vatten van iets belangrijks.

Baskerville. Een ontbrekend oor. Dankzij iets wat ontbreekt begrijp je iets anders. Wat? Iets wat ontbreekt.

Baskerville.

Sherlock Holmes.

De hond heeft niet geblaft.

Deze zin vormde zich opeens in mijn hoofd, knipperend als een gekleurd reclamebord in een verlaten, spookachtig decor.

'De hond heeft niet geblaft,' is een zin van Sherlock Holmes, in *The Hound of the Baskervilles*. Of misschien niet, misschien niet in dat boek. Ik moest het onmiddellijk controleren, ook al wist ik nog niet waarom.

Ik liep naar boven naar mijn kantoor waar niemand was.

Ze waren allemaal naar de verschillende gerechtskantoren om hun respectievelijke agenda's af te handelen. Ik was blij dat ik alleen was, ik maakte koffie, zette de computer aan en tikte op Google in: *Holmes en de hond heeft niet geblaft*.

De zin kwam niet uit *The Hound of the Baskervilles* maar uit *Silver Blaze*. Al lezende kwam het verhaal weer bij me boven. Het ging over de diefstal van een volbloed en de zaak werd door Holmes opgelost door de constatering dat de waakhond niet had geblaft: dus de paardendief moest een bekende zijn voor de hond.

De sleutel van het mysterie lag dus in iets wat níet was gebeurd. Iets wat er had moeten zijn maar er niet was.

Wat had dit alles te maken met mijn onderzoek?

Wat ontbrak er dat er wel had moeten zijn?

Als een antwoord vorm begint te krijgen, brengt het een soort misselijkheid teweeg, als een plotseling opkomende zeeziekte.

Ik pakte het dossier, haalde er de gesprekstabellen van Manuela uit en bestudeerde ze opnieuw. En hoe meer ik ze bestudeerde en hoe meer mijn idee werd bevestigd – dat wil zeggen dat ik níet aantrof wat er had moeten zijn, iets wat me tot dat moment niet was opgevallen – hoe meer mijn misselijkheid toenam, en zo sterk werd dat ik dacht van het ene op het andere moment te moeten overgeven.

De hond had niet geblaft. En ik kende die hond.

Ik zette mijn telefoon aan en zag dat Caterina vier keer had gebeld.

34

Ik vroeg me af of het beter was om te wachten, maar vond onmiddellijk van niet.

Dus belde ik Caterina. Ze nam op na twee keer overgaan, opgewekt.

'Hoi, Gi-gi. Wat leuk om jouw naam op mijn telefoon te zien verschijnen.'

'Hallo, hoe gaat het met je?'

'Goed. En nu ik jouw stem hoor, heel goed. Ik zag dat je gisteravond een aantal keren gebeld had maar ik had mijn telefoon uitgezet. Ik stierf van de slaap – pauze met lachje – en ik ben naar bed gegaan als een meisje van vijf. Vanochtend heb ik verscheidene malen geprobeerd je te bellen maar je was steeds onbereikbaar.'

'Ik was op de rechtbank en ben nog maar net terug. Luister, ik dacht...'

'Ja?'

'Wat zou je ervan zeggen als ik je over twintig minuten kwam ophalen om ergens aan zee te gaan eten?'

'Daar zeg ik ja op, een fantastisch idee. Ik maak me snel klaar, en we zien elkaar over twintig minuten. Ik wacht op je voor het huis.'

Ik arriveerde precies twintig minuten later, de tijd die ik nodig had om de auto uit de garage te halen en naar haar huis te rijden. Ik was bezig de auto dubbel te parkeren om op haar te wachten toen ze uit haar woonblok tevoorschijn kwam. Ze stapte glimlachend in, gaf me een kus en ging toen zitten. Ze glimlachte, ze leek echt vrolijk, ja zelfs gelukkig en ze was werkelijk heel mooi. De beelden van de nacht in Rome kwamen me even voor de geest, als filmframes die zonder toestemming gemonteerd zijn in een film die over iets heel anders ging, en geen happy end voorspelde. Ik was ontdaan, vanwege de treurnis en het verlangen die meedogenloos door elkaar liepen.

'Waar breng je me heen?'

'Waar zou je graag heen willen?'

'Heb je zin om zee-egels te gaan eten in de Forcatella?'

De Forcatella is een visserswijk aan de zuidkust, vlak over de grens tussen de provincies Bari en Brindisi. De plek is beroemd vanwege zijn verrukkelijke zee-egels.

De auto gleed soepel en stil over de superstrada, velden aan beide kanten. De wolken waren wit en schitterend als in de foto's van Ansel Adams. De lente leek op het punt los te barsten en zorgde voor een opwindende, gevaarlijke euforie. Ik probeerde me te concentreren op het rijden en op de aparte handelingen – terugschakelen, soepel de bochten volgen, in de achteruitkijkspiegel kijken – en niet te denken.

Er waren weinig mensen en het lukte ons een tafel vlak bij zee te krijgen. Als je een paar stappen deed, kon je het water aanraken dat zachtjes tegen de rotsen sloeg, en de lucht was vol geuren, en aan de horizon trok het diepblauw van de zee een scherpe grens, volmaakt en dwingend, met het azuurblauw van de lucht.

Godver, zei ik in mezelf terwijl ik tegenover haar ging zitten.

We bestelden vijftig zee-egels en een karaf ijskoude wijn. En niet lang daarna nog eens vijftig, en nog een karaf. Ze waren groot en goed gevuld, die zee-egels: oranje pulp met een mysterieuze smaak. Samen met de lichte, koude wijn stegen ze op subtiele wijze naar je hoofd.

Caterina praatte, maar ik luisterde niet naar haar woorden. Ik luisterde naar de klank van haar stem, ik zag de bewegingen van haar gezicht, ik keek naar haar mond. Ik bedacht dat ik graag een foto van haar zou willen hebben om te bewaren.

Een absurde gedachte die echter vele andere losmaakte, met inbegrip van het idee om de hele zaak voor gezien te houden. Een paar minuten lang leek ik dat echt besloten te hebben, de zaak voor gezien te houden, en die paar minuten had ik een gevoel van totale beheersing, van een wankel, perfect evenwicht. Het gevoel van volmaaktheid dat alleen tijdelijke dingen hebben die zijn voorbestemd om snel te eindigen.

Ik moest denken aan een autovakantie door Frankrijk, heel veel jaar geleden, met Sara en een aantal vrienden. We kwamen aan in Biarritz, waar de tijdloze sfeer van die plek ons dusdanig beviel dat we besloten er te blijven. Daar heb ik toen een paar surflessen genomen en na eindeloos veel pogingen slaagde ik erin om drie, vier seconden op de plank te blijven staan en de golf te berijden. Toen begreep ik waarom surfers – de echte surfers – zo gek zijn en waarom het bestijgen van de golf en er zo lang mogelijk op blijven het enige is wat voor hen telt. De rest zal hun worst wezen. Er is niets volmaakter dan die tijdelijkheid.

Terwijl ik luisterde naar de klank van Caterina's stem en de zoutzoete smaak van de laatste zee-egels proefde, was het alsof ik op een surfplank stond die de golf van de tijd bereed, in een oneindig, volmaakt ogenblik.

Ik vroeg me af hoe het zou zijn om me dat moment te herinneren. En toen viel ik van de golf en wist ik weer waarom ik daar was.

Kort daarna stonden we op.

'Wat ben je van plan te doen?' vroeg ze me terwijl we naar de auto liepen.

'Ten aanzien van wat?'

'Ten aanzien van je onderzoek. Je had het over een drugs-dealer aan wie je de foto van Michele wilde laten zien.'

'O, ja. Dat overwoog ik, ik probeer de balans op te maken. Misschien is het ook niet strikt noodzakelijk, ik ben namelijk op een idee gekomen.'

'Welk idee?'

'Kom mee, we stappen in de auto en dan zal ik het je zeggen.'

De auto stond, met zijn neus naar de zee, op een open plek die 's zomers altijd vol was maar die middag was hij verlaten.

'Ik wil eerst een sigaret roken,' zei ze terwijl ze haar ge-kleurde sigarettenkoker uit haar tas haalde.

'Je kunt ook in de auto roken als je wilt.'

'Nee, ik haat de geur van sigaretten in mijn eigen auto. Kun je nagaan hoe onverdraaglijk het moet zijn voor ie-mand die niet rookt.'

Ik stond op het punt te zeggen dat ik ook heel veel jaren had gerookt en dat ik ook, toen al, de stank van rook in de auto verafschuwde. Maar vervolgens besloot ik simpelweg dat het moment was gekomen om er een eind aan te maken.

'Er is iets wat ik je wilde vragen.'

'Vraag maar,' zei ze terwijl ze de eerste rook uitblies.

'Weet jij of Manuela twee mobiele telefoons had?'

35

De rook schoot haar in het verkeerde keelgat en ze moest
hevig hoesten, onthutst en in verlegenheid gebracht. Als in
een middelmatig blijspel.

'Hoezo, twee mobiele telefoons?'

'Had Manuela maar één telefoon, of meer dan een?'

'Ik eh... één, geloof ik. Waarom vraag je me dat?'

'Weet je het zeker? Denk goed na.'

'Maar waarom vraag je me dat?'

Haar stem kreeg nu een toon van ongeduld die neigde
naar agressiviteit.

'Ze hebben me gezegd dat Manuela waarschijnlijk twee
telefoons had en ik dacht dat jij dat wel zou weten.'

'Wie heeft dat tegen je gezegd?'

'Wat doet dat ertoe? Weet je of ze twee nummers had,
ja of nee?'

'Dat weet ik niet. Ik had maar één nummer van haar, om
haar te bellen.'

'Ken je dat nummer uit je hoofd?'

'Nee, waarom zou ik? Ik had het opgeslagen in mijn telefoon, wat voor zin had het om het uit mijn hoofd te leren?'

'Heb je het nog steeds?'

'Wat?'

'Het opgeslagen nummer van Manuela.'

Ze keek me aan met opengesperde ogen. Ze wist niet
precies wat er gebeurde maar ze begreep wel dat het niet
veel goeds was, en toen werd ze beslist agressief.

'Mag ik, verdomme, weten waar jij op uit bent? Wat hebben al die kutvragen te betekenen?'

'Heb je een andere telefoon genomen na de verdwijning van Manuela?'

'Nee. Zou je me willen zeggen...'

'Heb je de naam van Manuela uit je telefoon verwijderd?'

'Zeker niet.'

'Mag ik het telefoonboek van je mobiel inzien?'

Ze keek me aan met een ongelovige uitdrukking die snel omsloeg in een grimas van woede terwijl ze wat er van de sigaret over was weggooide.

'Val dood. Doe die auto open, start de motor en breng me naar huis.'

Ik drukte op het knopje van de afstandsbediening en de auto ging open, met een zachte, onvermijdelijke klik. Ze stapte onmiddellijk in, ik voegde me na een paar seconden bij haar maar ik had liever ergens anders willen zijn, ver weg.

Een minuut lang, of misschien langer, zeiden we geen van beiden een woord.

'Mag ik weten waarom je de motor niet start?'

'Jij moet me eerst vertellen over die tweede telefoon van Manuela.'

'En jij moet mij met rust laten en naar huis brengen. Ik ben niet van plan jou ene reet te vertellen.'

'Als je wilt breng ik je naar huis, maar onmiddellijk daarna ga ik naar de carabinieri, dat begrijp je toch?'

'Voor mijn part gooi je jezelf onder een auto, dat zou overigens het beste zijn.'

Haar stem begon te breken. Door de opwinding, zeker, maar ook door de angst die begon door te breken.

'Als ik naar de carabinieri ga zal ik moeten zeggen dat Manuela een tweede telefoon had wat niemand wist. Ze zullen heel snel achter het nummer komen en vervolgens de betreffende gesprekstabellen opvragen. En dan zal er heel wat uit te leggen zijn, in veel onaangenamere omstandigheden dan deze.'

Ze antwoordde niet. Ze draaide het raampje omlaag, nam een sigaret en stak hem aan, zonder zich druk te maken over de stank. Ze rookte en keek voor zich uit, naar de zee. Ik vond het ongelooflijk hoe zo'n mooi gezicht vervormd kon raken door woede en angst, en zo lelijk kon worden.

'Het lijkt me beter dat je me vertelt wat je tot nog toe hebt verzwegen. Het lijkt me beter dat je het nu aan mij vertelt dan, onder andere omstandigheden, aan de carabinieri en aan de officier van justitie. Misschien is er een manier om de schade te beperken.'

'Waarom ben je er zo van overtuigd dat Manuela nog een nummer had en dat ik dat ken?'

Ik stond bijna op het punt haar te vragen of ze ooit dat verhaal van Conan Doyle had gelezen. Ik deed het alleen niet omdat de kans me uiterst onwaarschijnlijk leek.

'In de gesprekstabellen van Manuela's telefoon, die bij de stukken zijn gevoegd, komt jouw nummer nooit voor.'

Ze had even tijd nodig om deze informatie te verwerken.

'Het is onverklaarbaar dat er tussen jullie geen enkel gesprek is geweest, in aanmerking genomen dat jullie vriendinnen waren. Er zou er ten minste één moeten zijn, want je hebt me verteld dat je Manuela hebt gebeld om een afspraak te maken om iets te drinken. En zelfs dat gesprek is er niet.'

'Maar ik weet niet meer waar ik haar heb gebeld. Misschien heb ik haar thuis gebeld...'

'Caterina, vertel me over die andere telefoon. Alsjeblieft.'

Ze stak weer een sigaret op. Ze rookte er de helft van terwijl ze haar hoofd bewoog op een onnatuurlijke wijze, alsof het haar ontbrak aan interne synchronisatie. Haar schitterende teint was ziekelijk grijs geworden. Ze begon opeens te praten, terwijl ze voor zich uit bleef kijken.

'Manuela had een tweede nummer en een tweede telefoon.'

'En dat was het nummer waarop jullie elkaar spraken.'

'Ja.'

Een paar seconden bevond ik me in een wankel evenwicht. Ik had me erop geconcentreerd om haar het bestaan van die tweede telefoon te laten toegeven en was niet klaar voor het vervolg. Vervolgens bedacht ik dat het geen zin had om er nog langer omheen te draaien.

'Wat is er die zondag gebeurd?'

'Ik heb het koud,' zei ze met een gezicht waar nu alle kleur definitief uit verdwenen was.

Ik drukte op het knopje om haar raampje te sluiten, ook al kwam hij niet van buiten, die kou.

Toen wachtte ik tot ze zou gaan antwoorden.

36

'Het lijkt me onmogelijk dat het zover is gekomen,' zei ze na een lange stilte, terwijl ze me nog steeds niet aankeek. De woorden waren dramatisch maar de toon was vreemd neutraal, en kleurloos.

'Jullie hadden afgesproken elkaar die zondagmiddag te ontmoeten, nietwaar.'

Ze knikte van ja, zonder te spreken.

'Dat hadden jullie die dag daarvoor al afgesproken.'

Ze knikte weer.

'Ben je haar van het station gaan afhalen, toen ze aankwam uit Ostuni?'

'Nee. Ik was in het huis van Duilio en we hadden afgesproken elkaar daar te treffen.'

'En heeft ze dat gedaan?'

'Ja, ze arriveerde tegen zessen, misschien iets later. Ze had een taxi genomen, rechtstreeks van het station, en vroeg of ze mocht douchen.'

'Woont Duilio alleen?'

'Ja, ja.'

'Waar?'

'Hij is nu verhuisd, hij wilde weg uit dat andere huis.'

'Welk andere huis?'

'Hij woonde in de buurt van de vuurtoren, in een van die nieuwe flatgebouwen aan zee. Maar nu woont hij in het centrum.'

'Waarom hadden jullie besloten elkaar te zien?'

'Manuela moest weer terug naar Rome en ze wilde een voorraad inslaan.'

Ik slikte moeizaam. Het was wat ik had verwacht maar toch vond ik het onaangenaam om te horen.

'Je bedoelt: een voorraad cocaïne?'

'Ja.'

'Was de cocaïne alleen voor persoonlijk gebruik?'

'Nee, ze verkocht het ook, om te betalen voor wat ze allemaal zelf gebruikte.'

'Verkocht ze het in Rome?'

'Voor het grootste deel. Maar ik weet niet wie haar klanten waren.'

'Wist Nicoletta dit? Ik bedoel: wist ze dat Manuela dealde?'

'Dat weet ik niet, maar ik denk van niet. Wat ze jou heeft gezegd toen we haar zijn gaan opzoeken is alles wat ze weet. Min of meer.'

'Dus zij kwam naar het huis van Duilio om cocaïne te halen om mee te nemen naar Rome?'

'Ja.'

'Hoeveel moest ze hebben?'

'Dat weet ik niet. Ze nam vijftig, soms ook wel honderd gram per keer. Dat regelden ze onder elkaar. Als ze het geld had betaalde ze direct, anders gaf Duilio haar krediet.'

'Wat doet Duilio in het leven?'

'Hij is autodealer. Dat wil zeggen, hij werkt in het bedrijf van zijn vader, maar doet ook dingen in de politiek.'

'En hij verdient bij met cocaïne.'

Opnieuw knikte ze met het hoofd, om ja te zeggen.

'Hoe oud is deze mijnheer?'

'Tweeëndertig.'

Ik nam een paar seconden om mentaal de balans op te maken, voordat ik verderging met het stellen van vragen.

'Dus Manuela kwam naar het huis van Duilio, waar jij ook was, nam een douche en toen?'

'Het idee was om uit eten te gaan, maar eerst wilde Manuela het spul proberen. Het was een nieuwe partij die Duilio de dag daarvoor had gekregen.'

'Was ze met die bedoeling gekomen?'

'Ja. Ze zat al een paar dagen zonder. Ze had gedacht iets te vinden in het trullidorp, maar daar had niemand iets, dat weekend. Ze was er helemaal op gefixeerd toen ze aankwam.'

Ik bedacht dat Anita haar goed had geobserveerd. Hoe had ze het ook alweer geformuleerd? *Manuela maakte niet de indruk een kalm persoon te zijn.*

Het was alsof ze constant in een te hoge versnelling zat.

'Maar wil dat zeggen dat ze verslaafd was?'

'Ze gebruikte bijna iedere dag. Aanvankelijk liet ze zich trakteren, en snoof op feesten. Toen ze niet meer genoeg had aan cadeautjes en feestjes, is ze gaan dealen. Ze kon onmogelijk alles wat ze nodig had bekostigen met het geld dat haar ouders haar gaven.'

'Ga door.'

'Ze nam een douche en vervolgens besloten we een paar snuifjes te nemen voordat we uitgingen. De coke was uitstekend, een van de beste soorten die we ooit hadden geprobeerd. Na twee, drie snuifjes zouden we uitgaan, maar zij wilde nog meer. Ze bleef maar snuiven, en ik zei dat ze op moest houden, dat ze overdreef. Maar zij zei dat ze verscheidene dagen droog had gestaan, dat ze in een depressie aan het raken was en dat ze moest bijkomen. Ze lachte en ze leek wel gek. Op een bepaald moment begon Duilio zich zorgen te maken.'

'En wat gebeurde er toen?'

'Duilio zei dat het zo genoeg was en probeerde het zakje van haar af te nemen. Zij werd razend, zette een keel op en zei dat ze, als hij haar niet nog een beetje gaf, herrie zou gaan schoppen en de hele boel overhoop zou gooien. Nogmaals, ze leek wel gek.'

Even hield ik op naar de woorden van Caterina te luisteren, om me te concentreren op de toon van haar stem. Er was geen emotie, het ritme was eentonig, het leek geen verhaal dat afkoerste op een tragische ontknoping. Het leek niet de stem van een meisje dat het einde vertelt van haar beste vriendin. Ik schudde mijn hoofd en mijn schouders terwijl er een rilling door me heen ging.

'Kun je dat laatste gedeelte herhalen, alsjeblieft? Ik was er even niet bij.'

'Hij zei dat hij haar nog één lijntje zou geven en meer niet. Hij schudde de cocaïne uit het zakje op de tafel en misschien is zijn hand uitgeschoten. Zoals ik al zei had ze al heel veel genomen en ook dat lijntje snoof ze helemaal op. Het was niet de eerste keer dat ze zich zo te buitenging.'

'En toen?'

'Kort daarop begon ze zich niet goed te voelen. Ze zweette, trilde, had een heel snelle hartslag en het leek alsof ze opeens koorts had gekregen. Vervolgens werden haar pupillen heel groot, je werd bang van haar ogen.'

'Wat hebben jullie toen gedaan?'

'Ik wilde 118 bellen, maar Duilio zei dat we beter konden wachten. Hij zei dat hij wel vaker mensen in die omstandigheden had gezien, en dat het na korte tijd overging. Hij zei: "Laten we nog even wachten, zoiets kan gebeuren. Als we 118 bellen komt de politie ook en zitten we in de shit. Je zult zien dat ze zich snel weer beter zal voelen." Op een bepaald moment hield ze op met trillen en deed ze haar ogen half dicht. Het leek alsof ze in slaap was gevallen en wij werden rustig. We dachten dat de crisis voorbij was.'

'Maar?'

'Na een paar minuten merkten we dat ze niet meer ademde.'

Nog steeds die neutrale, vlakke toon, om bang van te worden.

Vanaf het begin was ik ervan overtuigd geweest dat Manuela dood was. Maar nu ik het zeker wist, nu iemand het tegen me zei die haar had zíen sterven, kon ik het niet geloven. Ik probeerde die ervaring helder te krijgen en ik realiseerde me dat ik al die dagen, ervan overtuigd dat Manuela dood was, me haar levend had voorgesteld.

Ze wás levend, in een van die parallelle werelden waarin onze fantasie verhalen creëert en wegzet. Zowel de verhalen die we aan anderen vertellen als de meer geraffineerde, sterkere verhalen die we alleen aan onszelf vertellen.

'Wat deden jullie toen?'

'Duilio probeerde kunstmatige ademhaling toe te passen en ook hartmassage, maar het had geen enkel effect. Ik zei toen dat we onmiddellijk de politie moesten bellen. De paniek begon bij me toe te slaan.'

Ik onthield me ervan te zeggen dat ik dat afschuwelijke verhaal, gezien de kilheid waarmee ze het vertelde, nauwelijks kon geloven.

'Maar jullie belden niet.'

'Duilio zei dat we een stommiteit zouden begaan en dat we allebei in de gevangenis zouden belanden. Hij zei dat het een ongeluk was en dat het uiteindelijk haar eigen schuld was, dat zij zich zelf had volgestopt. Wij zouden haar niet tot leven kunnen wekken en we zouden ook onze eigen levens verwoesten.'

'En wat hebben jullie toen gedaan?'

Ze zei wat ze hadden gedaan. Ze vertelde me hoe ze zich hadden ontdaan van het lichaam van Manuela. Ze hadden het in een vloerkleed gewikkeld, als in een heel slechte serie, naar een illegale stortplaats gebracht, en samen met haar spullen en een paar autobanden verbrand, omdat Duilio wist dat dat de beste manier was – gebruikt door maffiamoordenaars – om een lijk te laten verdwijnen. Autobanden verbranden in hun geheel, tot het laatste stukje, en wanneer ze zijn opgebrand is er helemaal niets meer over.

Terwijl ik luisterde werd ik overvallen door een duizelingwekkend gevoel van onwerkelijkheid.

Dit kan niet, dit is een nachtmerrie. Ik word zo meteen geheel bezweet wakker in mijn bed, ontdek dat het allemaal niet waar is, sta op, drink een glas water, dan kleed ik me rustig aan en ga een wandeling maken, ook al is het buiten nog donker. Wat ik soms deed toen ik last had van slapeloosheid.

Vervolgens kreeg ik de aandrang om haar een draai om haar oren te geven, om van haar los te komen. Ik voelde hoe mijn rechterhand zich samentrok op de stoel, ik bedacht dat, als het voor mij al onverdraaglijk was om deze dingen te vernemen, het voor de ouders van Manuela een eindeloze marteling zou zijn.

Ik sloeg haar niet. Ik bleef haar vragen stellen omdat er nog een paar zaken opgehelderd moesten worden. Details misschien. Of misschien niet.

'Hebben jullie niet bedacht dat de politie jullie toch op het spoor zou zijn gekomen?'

'Nee. Manuela had die tweede telefoon, waar jij achter bent gekomen. Het was een simkaart die ze door iemand in Rome had laten kopen, op aanraden van Duilio, die doodsbang was afgeluisterd te worden, vanwege drugs of vanwege de politiek. Ze gebruikte die telefoon alleen om met mij te praten, met Duilio en, geloof ik, met degenen aan wie ze spul verkocht in Rome. De simkaart stond niet op haar naam, zelfs haar ouders wisten van niets, en dus waren we er zeker van dat niemand het nummer zou kunnen ontdekken en bij ons uit zou kunnen komen door de gesprekken te controleren. Niemand wist dat we haar die middag zouden zien.'

Niets op aan te merken. Het was banaal, bijna bureaucratisch en bijna volmaakt.

Bijna.

'Waarom heb je erin toegestemd met mij te praten?'

'Wat kon ik doen? De moeder van Manuela had het me gevraagd, ik kon moeilijk nee zeggen. Jullie zouden allemaal argwanend zijn geworden, net zoals jij argwanend werd toen Michele weigerde jou te ontmoeten.'

'En waarom heb je toen besloten mij te helpen? Bij wijze van spreken, natuurlijk.'

Caterina zuchtte, nam weer een sigaret en stak hem aan.

'Toen ik hoorde dat ik bij jou werd verwacht, belde ik Duilio. We hadden maanden niets van elkaar gehoord. We hebben elkaar opgezocht en samen besloten hoe ik me moest opstellen. Ik moest bevestigen wat ik al tegen de carabinieri had gezegd en mocht je me toevallig vragen wat ik die avond had gedaan dan moest ik zeggen dat ik bij hem was geweest, dat wij in de stad hadden gegeten en dat ik Manuela een paar dagen daarvoor voor het laatst had gezien. Ik verwachtte niet dat je over het onderwerp drugs zou beginnen. Toen je dat deed sloeg de angst me om het hart. Ik kon me niet voorstellen dat jij van die cocaïne af wist.'

En dat was ook zo. Ik heb gebluft en jij bent erin getrapt.

Ik had me zelfvoldaan moeten voelen, maar het lukte me gewoon niet. Ik had een droge, bittere mond.

'Omdat je had gezegd dat Michele je niet wilde ontmoeten, en dat zijn advocaat je had bedreigd, dacht ik die hele drugstoestand op hem te kunnen afwentelen en zo je aandacht af te leiden.'

'En natuurlijk heeft Michele niets met deze zaak te maken.'

'Nee, hij heeft niets met de dood van Manuela te maken. Maar wel met de cocaïne. Het komt door hem dat ze ermee is begonnen en hij deed zaken met Duilio. Daarom wilde zijn advocaat niet dat hij jou ontmoette want hij heeft wel een heleboel te verbergen.'

'Maar weet hij wat er met Manuela is gebeurd?'

'Nee. Toen hij terugkwam heeft hij aan Duilio gevraagd of hij wist wat er was gebeurd, maar die heeft gezegd dat hij van niets wist en Michele heeft niet aangedrongen. Het kan zijn dat hij hem niet heeft geloofd, maar hij is een heel grote klootzak die gewend is zijn eigen zaakjes te regelen, en zich van anderen werkelijk geen ene reet aantrekt. Wat ik over hem heb gezegd, is allemaal waar.'

'Waarom heb je Nicoletta overgehaald om met mij te praten?'

'Op een of andere manier zou het je toch wel gelukt zijn om haar te spreken te krijgen. Dus samen met Duilio heb ik besloten jou te laten geloven dat ik je van dienst zou kunnen zijn. Door te doen alsof ik je hielp bij het onderzoek zou ik greep kunnen houden op wat je deed en je tegelijkertijd op een dwaalspoor kunnen brengen. Een beetje met Michele en een beetje door te suggereren dat de verdwijning van Manuela zich in Rome had afgespeeld en niet in Apulië.'

Bijna plotseling hield ze op met praten. Eigenlijk viel er ook niets meer te vertellen, dacht ik.

De duisternis viel in.

En niet alleen buiten.

37

'En wat gebeurt er nu?' vroeg ze na vele minuten stilte, waardoor ik weer bijkwam uit de morbide apathie waarin ik was vervallen.

'Excuseer me even een ogenblik,' antwoordde ik terwijl ik het portier opende en uit de auto stapte.

De wind was opgestoken en had de hemel schoongeveegd. De lucht was gespannen, brak en tragisch.

Ik liep naar het restaurant en ging naar binnen zodat zij me niet kon zien en zeker niet kon horen. Ik draaide het nummer en Navarra antwoordde bijna onmiddellijk, na twee of drie keer overgaan.

'Goedenavond, advocaat.'

'Goedenavond, sergeant.'

'U heeft toch niet ontdekt wat er met het meisje is gebeurd?' vroeg hij op schertsende toon, alleen om het gesprek te beginnen. Ik bleef zwijgen. Nogal lang, geloof ik.

'Advocaat?' De luchtige toon was verdwenen.

'Ja, hier ben ik. U bent waarschijnlijk thuis.'

'Nee, ik ben nog op het bureau, maar ik stond op het punt om weg te gaan. Ik heb een zware dag gehad.'

'Het spijt me, maar zou u nog even kunnen blijven?'

'Wat is er gebeurd?'

'Straks kom ik iemand bij u afleveren. Het zou prettig zijn als u, terwijl u op me wacht, contact opneemt met de dienstdoende toegevoegd verdediger. Het zal nodig zijn.'

Er viel een zeer lange, tastbare pauze.

'Is het meisje dood?'

'Ja.'

'Dat was ze zeker al op de avond van haar verdwijning?'

'Ja.'

Ik vertelde hem het belangrijkste en we spraken af dat we elkaar binnen drie kwartier zouden treffen voor het bureau. Toen verbrak ik de verbinding en keerde terug naar de auto.

Caterina zat er nog steeds, het leek alsof ze geen vin had verroerd. Ik stapte weer in, startte de motor en reed weg. Ze vroeg niet weer wat er zou gebeuren. Ze zei niets. Geen van tweeën zei iets totdat we in Bari aankwamen en stilstonden, een paar blokken bij de kazerne vandaan.

'Wat je mij hebt verteld zou je ook aan de carabinieri moeten vertellen.'

Voordat ze antwoordde wierp ze me een lange blik toe die ik niet kon doorgronden.

'Zullen ze me arresteren?'

'Nee. In de eerste plaats is er geen sprake van heterdaad en zijn er geen termen voor een aanhouding. Verder kom je je uit eigen beweging melden, en bovenal was de cocaïne niet van jou, jij hebt het niet aan Manuela verstrekt. Je zult alleen beschuldigd worden van medewerking aan het verduisteren van het lijk. Je zult ervan afkomen met een schikking en een voorwaardelijke gevangenisstraf.'

'En Duilio?'

'Dat hangt van hem af. In vele opzichten was de dood van Manuela een ongeluk. Als hij meewerkt – en daar heeft hij alle belang bij – kan hij voorlopige hechtenis vermijden en met een goede advocaat kan ook hij een schikking krijgen, maar natuurlijk wel voor een beduidend hogere straf.'

Ik stond op het punt er nog een paar technische details aan toe te voegen, om duidelijk aan te geven wat een goede advocaat zou moeten doen om de schade te beperken en misschien de heer Duilio Weetikveel de gevangenis te besparen. Ik realiseerde me dat ik het geenszins met opzet deed, maar tot mijn verbazing hoopte ik toch dat zijn advocaat incompetent zou zijn – Schirani misschien –, dat de officier van justitie geen begrip zou tonen en dat Duilio zonder mededogen in het gevang geslingerd zou worden, ongetwijfeld de plek waar hij thuishoorde.

'Maar wordt hij ook aangeklaagd in verband met de drugs?'

'Ja. De punten van aanklacht zouden in zijn geval, afgezien van verduistering van het lijk, moeten zijn: bezit van verdovende middelen met de bedoeling deze te verkopen, en artikel 586.'

'Wat is artikel 586?'

'Artikel 586 van de Codice Penale zou je al bestudeerd moeten hebben.'

Ze zei niets en dus ging ik verder.

'*Dood ten gevolge van een ander misdrijf.* Een soort doodslag, maar minder ernstig. Het idee is dat als jij iemand drugs verstrekt en die persoon overlijdt vanwege de inname van die drugs, jij daarvoor verantwoordelijk bent.'

'Moeten we met ze mee naar de plek waar we haar hebben... ik bedoel naar die stortplaats?'

'Ik denk niet dat dat nodig zal zijn,' loog ik.

Ze wrong zich de handen. Ze krabde de linkerkant van haar hals met haar rechterhand. Ze haalde haar neus op, luidruchtig en gedachteloos, als iemand die net heeft gehuild. Daarna streek ze haar hand over haar gezicht en keek me aan. Uit haar gezicht sprak nu verdriet, oprechtheid en wroeging. Ze was een verdomd goede actrice en bereidde zich voor op haar laatste poging.

'Moet ik er echt heen, Guido? Manuela is dood en ik zal mijn hele leven wroeging hebben over wat er is gebeurd.

Door mezelf te beschuldigen geef ik haar niet terug aan haar familie. Het enige wat ik ermee zal bereiken is dat ik mijn eigen leven zal verwoesten, zonder dat iemand er iets aan heeft. Wat heeft het voor zin?'

Een heel goede vraag. Het eerste, en enige antwoord dat bij me opkwam was dat die arme drommel misschien zou ophouden om op het station op treinen te wachten. Misschien.

Ik wankelde, en dacht dat ik misschien te veel haast had gehad om Navarra te bellen. Misschien had ze wel gelijk, haar dwingen zich aan te geven betekende alleen maar het stukmaken van nog meer levens, zonder goed te maken wat onherstelbaar was vernield.

Wat had het inderdaad voor zin?

Als een lichtje in de duisternis kwam een zin van Hannah Arendt bij me naar boven.

De remedie tegen de onvoorspelbaarheid van het lot, en tegen de chaotische onzekerheid van de toekomst, is het vermogen om beloftes te maken en te houden.

Een belofte houden. Misschien was dat de zin van alles. Het was, in ieder geval, alles wat ik had.

'Je moet erheen. Helaas is het niet iets waarover we kunnen onderhandelen.'

'En als ik niet ga?'

'Dan zal ik het moeten doen, en dat zal veel erger zijn. Voor allemaal.'

'Dat kun je niet, wat ik je heb verteld valt onder je beroepsgeheim.'

Ze zei het als een bewering, maar het was een wanhopige vraag. En juridisch sloeg het helemaal nergens op.

'Jij bent geen cliënt van me.'

'En als ik zou zeggen dat je het met me hebt gedaan? Als ze je uitspugen bij de Orde van Advocaten?'

'Dat zou onaangenaam zijn,' gaf ik toe. 'Onaangenaam,

maar zonder consequenties. Zoals ik je al zei, jij bent geen cliënt van me, en je bent ook niet minderjarig.'

Ze hield even haar mond, op zoek naar een laatste, wanhopig argument, maar dat vond ze niet. Toen drong het tot haar door dat we echt het einde hadden bereikt.

'Je bent een grote klootzak. Je laat mij barsten omdat je betaald wil worden door je cliënten. Je geeft geen ene reet om hen, om mij, om niemand. Het enige waar je je druk om maakt is het opstrijken van je smerige geld.'

Ik startte de motor weer en reed langs de paar huizenblokken die ons scheidden van de ingang van de kazerne. Navarra was er al en terwijl ik hem voorbijreed groetten we elkaar met een gebaar. Ik stopte zo'n twintig meter verderop en zette de auto naast twee vuilcontainers.

'Voordat ik naar de smerissen ga en mijn leven door de plee spoel, heb ik je iets te zeggen.'

Uit haar toon klonk woede en geweld en misschien verwachtte ze dat ik haar zou vragen wat ze me te zeggen had. Dat deed ik niet en dat maakte haar nog razender.

'Ik heb alleen met je geneukt om greep op je te houden, om te verhinderen dat je iets over ons zou ontdekken.'

Dan zouden we dus kunnen zeggen dat je niet veel succes hebt gehad, dacht ik terwijl ik knikte.

'Het voelde als werk, ik deed alsof, en ik vind je walgelijk. Je bent oud, en wanneer jij alzheimer krijgt, of in je broek piest, of ondersteund moet worden door een Moldavische oppas, ben ik nog jong en mooi, en zal ik met weerzin terugdenken aan die keer dat jij aan me hebt gezeten.'

Hé, kalm aan, meisje. Wellicht overdrijf je nu een beetje. Mag ik je eraan herinneren dat we twintig jaar van elkaar verschillen, en geen veertig. Toegegeven, dat zijn er heel wat, maar als ik zover ben dat ik een oppas nodig heb, ben jij ook geen meisje in de bloei van je leven meer.

Dat zei ik niet, maar ik overwoog serieus om het te doen,

toen zij, in een flits, een stijlvol einde maakte aan mijn dilemma en aan de hele gênante situatie.

'Grote klootzak,' zei ze, voor het geval het denkbeeld dat ze kort daarvoor al had geuit, niet duidelijk bij me was overgekomen. Vervolgens spoog ze me in het gezicht, opende het portier en stapte uit de auto.

Ik bleef roerloos zitten terwijl ik haar volgde in de achteruitkijkspiegel.

Ik zag haar bij Navarra komen en met hem verdwijnen in de kazerne, definitief.

Pas toen veegde ik mijn gezicht af en reed weg.

38

Een paar minuten overwoog ik om Fornelli te bellen, hem te zeggen wat ik had ontdekt en het aan hem over te laten om de ouders van Manuela op de hoogte te brengen.

Tenslotte had ik het werk gedaan waarvoor ze me hadden ingehuurd. Nee, ik had veel meer gedaan. Zij hadden me gevraagd – ik herinnerde mij de woorden van Fornelli – op zoek te gaan naar mogelijkheden tot verder onderzoek die we het OM zouden kunnen suggereren, om te voorkomen dat de zaak zou worden geseponeerd. Ik was verder gegaan dan dat, ik had zelf het verdere onderzoek gedaan, ik had de zaak voor hen opgelost en dus was mijn werk ruimschoots afgerond.

Het was niet mijn taak om naar de ouders van Manuela te gaan en hun te vertellen wat het lot van hun dochter was geweest.

Dat duurde een paar minuten. Gedurende die minuten pakte ik meerdere malen de telefoon om Fornelli te bellen en meerdere malen bedacht ik me. En er gingen heel veel dingen door me heen. Ten slotte herinnerde ik me dat Carmelo Tancredi me een keer had uitgenodigd, misschien twee jaar geleden, om een tochtje te maken op zijn rubberboot.

Het was op een dag eind mei, de zee was rustig, het licht enigszins melkachtig.

We vertrokken van de San Nicola-pier, we voeren naar het noorden en na een uur waren we in de oude haven van

Giovinazzo. Het was een onwerkelijke, bijna metafysische plek, waar de tijd de afgelopen twee of drie eeuwen geen enkel teken had nagelaten. Geen auto's te zien, geen antennes, geen motorboten. Alleen maar roeiboten, oude bolwerken, jongetjes in onderbroek die het water in doken, grote zeemeeuwen die in hun eentje sierlijk rondcirkelden.

We aten focacciabrood, dronken bier, zaten in de zon en praatten lang met elkaar. En zoals dat gaat, gingen we van onbelangrijk gekeuvel over tot fundamentele zaken.

'Heb jij regels, Guerrieri?' vroeg Tancredi me op een bepaald moment.

'Regels? Daar heb ik nooit over nagedacht. Tenminste, niet expliciet. Ja, ik denk van wel. En jij?'

'Ja, ik ook.'

'Wat zijn de jouwe?'

'Ik ben smeris. De eerste regel voor een smeris is dat je degenen met wie je te maken krijgt vanwege je werk niet vernedert. Macht over anderen is iets obsceens en de enige manier om het draaglijk te maken is respect. Dat is de belangrijkste regel en ook de makkelijkste om te overtreden. En jij?'

'Adorno heeft gezegd dat de hoogste vorm van moraliteit is om je nooit ergens thuis te voelen, zelfs niet in je eigen huis. Daar ben ik het mee eens. Je moet je nooit al te zeer op je gemak voelen. Je moet je altijd een beetje misplaatst voelen.'

'Precies. Een andere regel van mij betreft het liegen. Je moet proberen zo min mogelijk te liegen, tegen anderen. En helemaal niet tegen jezelf.'

Vervolgens, na even nagedacht te hebben: 'Wat natuurlijk onmogelijk is, maar je moet het op zijn minst proberen.'

De haven die werd overspoeld door het matte licht van de vroegtijdige broeierige meihitte vervloeide, terwijl de lichten van de stad en de chaos van het avondlijke verkeer weer verschenen. De woorden van Tancredi dreven van dat landschap mijn auto in, en bleven daar hangen.

Je schijt in je broek bij het idee de ouders van het meisje te ontmoeten en hun het bericht mee te delen. Dus zoek je uitvluchten en lieg je. Tegen jezelf, en dat is, zoals we zeiden, geen goede zaak.

Is het niet jouw taak om met de ouders te spreken? Is het soms de taak van iemand anders?

Van niemand anders. Einde discussie.

Ik hield op met denken en deed alles bijna in trance, met een vreemd soort efficiëntie. Ik belde Fornelli, vertelde hem het hoogst noodzakelijke en zei dat ik hem zou ophalen van zijn kantoor om samen naar de ouders van Manuela te gaan. Misschien had hij iets willen zeggen of een tegenwerping willen maken, maar daar gaf ik hem de tijd niet voor. Ik verbrak de verbinding en vertrok voor de zoveelste keer. Het ergste deel van het hele verhaal stond op het punt te beginnen.

Toen we aankwamen bij huize Ferraro stonden ze op ons te wachten. Fornelli had ze gewaarschuwd en toen ik hen aankeek wist ik dat ze het al hadden begrepen.

Voor de derde keer in minder dan twee uur vertelde ik alles wat ik had ontdekt, en wat het lot van Manuela was geweest.

Ik vertelde bíjna alles.

Een paar stukjes van het verhaal hield ik voor mezelf. Het feit dat Manuela een drugsdealer was geweest en de manier waarop het stel zich had ontdaan van het lijk. Ik vond dat ik het recht had om mezelf ten minste die pijn te besparen. Natuurlijk zouden ze vroeg of laat alles te weten komen, tot het laatste meedogenloze detail. Maar niet die avond, en niet van mij.

Toen ik zei dat Manuela dood was nam mevrouw Rosaria

haar hoofd in haar handen en ik dacht dat ze op het punt stond het uit te schreeuwen. Maar nee. Ze bracht slechts een onderdrukte snik voort en bleef lang in die houding, haar hoofd in haar handen en haar mond halfopen, een stilstaand beeld van eindeloze, ondraaglijke droefenis.

Antonio, bijgenaamd Tonino, zat iets meer naar achteren, leunend op een tafel. Hij begon te huilen, en vervolgens te snikken. En daar zat ik, en ik keek en ik luisterde, omdat er niets anders was dat ik zou kunnen doen.

Het duurde gelukkig niet lang. Drie kwartier nadat we huize Ferraro waren binnengegaan zat ik weer in mijn auto. Ik zette Fornelli af nadat ik, geheel onmachtig, een lange monoloog had moeten aanhoren over hoe bijzonder het was om te ontdekken wat ik had ontdekt, en dat ik hem de komende dagen alle details moest vertellen. En natuurlijk zou ik de verdediging van de civiele partij op me nemen, zei hij toen we afscheid namen.

Geen sprake van, antwoordde ik. Daarvoor zouden ze een andere advocaat moeten vinden. Iets in mijn toon, of in mijn gezicht, of in allebei moest hem afhouden van iedere poging om aan te dringen of zelfs alleen een verklaring te vragen.

Ik ging mijn huis binnen terwijl ik zowel vanbuiten als vanbinnen een volmaakte, pulserende moeheid voelde.

Ik groette Mister Sacco en zei dat ik over twee minuten bij hem zou zijn. Ik ging de slaapkamer binnen, kleedde me rustig uit en deed zorgvuldig een volledig zwachtel om mijn handen voordat ik de bokshandschoenen aantrok. Er zijn gelegenheden waarbij het absoluut noodzakelijk is de dingen te doen zoals het hoort.

Ik bokste een halfuur. Soepel en snel, en het leek alsof de moeheid en de andere dingen die ik bij me droeg, zich omzetten in een vloeiende, mysterieuze energie.

Vervolgens heb ik lang gedoucht met ambergeurig badschuim dat ik jaren daarvoor had gekocht en dat ik nooit had opengemaakt omdat ik vond dat er een goede gelegenheid voor nodig was. Die goede gelegenheid was nooit gekomen.

Toen ik de woonkamer weer binnenkwam, in mijn badjas, zei ik hardop dat ik die avond niet alleen wilde blijven, en dat ik Nadia en de oude Baskerville ging opzoeken.

'Sorry, Mister Sacco, het is niet dat ik je gezelschap niet waardeer. Integendeel. Maar soms ben je echt een beetje te zwijgzaam.'

Toen ik eenmaal buiten stond merkte ik dat de stad stil was geworden, en dat de wind was gaan liggen en alleen een lichte zeegeur had achtergelaten. De avond leek weer een rustige, gastvrije plek.

Dus stapte ik op mijn fiets en begon te trappen, door de verlaten straat.